AF178282

ro
ro
ro

Rowohlt Verlag GmbH, Kirchenallee 19, 20099 Hamburg

Kontaktadresse nach EU-Produktsicherheitsverordnung:
produktsicherheit@rowohlt.de

Janne Mommsen hat in seinem früheren Leben als Krankenpfleger, Werftarbeiter und Traumschiffpianist gearbeitet. Inzwischen schreibt er überwiegend Romane und Theaterstücke. Mommsen hat in Nordfriesland gewohnt und kehrt immer wieder dorthin zurück, um sich der Urkraft der Gezeiten auszusetzen.

Janne Mommsen

MEIN WUNDERBARER KÜSTENCHOR

ROMAN

Rowohlt Taschenbuch Verlag

3. Auflage August 2023
Originalausgabe
Veröffentlicht im Rowohlt Taschenbuch Verlag,
Reinbek bei Hamburg, August 2018
Copyright © 2018 by Rowohlt Verlag GmbH,
Reinbek bei Hamburg
Umschlaggestaltung HAUPTMANN & KOMPANIE
Werbeagentur, Zürich
Umschlagabbildung Raimund Linke/Getty Images
Satz aus der Plantin, InDesign,
bei Pinkuin Satz und Datentechnik, Berlin
Druck und Bindung
BoD – Books on Demand GmbH, Bad Hersfeld
ISBN 978-3-499-27444-2

Ein Leben ohne Gesang wäre möglich,
aber trostlos

1.

Durch die riesige Scheibe in der Eingangshalle blickte Britta auf die Ostsee. Die Wellen stürzten mit weißen Schaumkronen auf den Strand zu, dazu schien die Nachmittagssonne vom dunkelblauen Himmel herab. Diese prächtige Aussicht hatte sie als Teamleiterin der Rezeption des Boltenhagener «Hotel Bernstein» in der zurückliegenden Saison jeden Tag vor sich gehabt.

Nun schlossen sie für ein halbes Jahr. Sämtliche Angestellten hatten sich am Spätnachmittag in der Eingangshalle versammelt: Zimmermädchen, Kellner, Köche, Bäcker, Konditoren, Hausmeister und das Team von der Rezeption. Ihre Stimmen tönten im Raum wie ein Chor und wurden sanft vom Rauschen des Meeres unterlegt, das direkt vor der Tür lag. Die Kleidung ihrer Kollegen kam Britta vor wie Karnevalskostüme. Sonst kannten sie sich nur in Hoteluniform, schwarzem Rock oder Hose, weißem Hemd sowie lila Weste mit Namensschild. Heute trugen alle ihre Freizeitkleidung, und dabei gab es einige echte Überraschungen: Die adrette Mona vom Empfang zeigte sich das erste Mal als Punk mit lila Haaren, der charmante Stefan vom Frühstücksbuffet hatte so viele Piercings im Gesicht, dass Britta mit dem Zählen kaum hinterherkam, Hausdame Friederike, sonst in Lackschuhen und engem Rock unterwegs, war zu einem Vollöko mit Wollrock und

Socken in den Sandalen mutiert, Kellner Peter mit der biederen Silberbrille zeigte im kurzärmeligen T-Shirt seine wild züngelnden Drachen-Tattoos an den Unterarmen. Britta grinste in sich hinein. Schade, dass keine Gäste mehr da waren, die hätten ihren Spaß gehabt.

Nun ist mein achtundvierzigster Sommer auch nur noch eine Erinnerung, dachte Britta wehmütig. Seit Anfang Mai war sie täglich im Meer schwimmen gewesen. Nach der Nachtschicht gab es für sie nichts Schöneres, als sich in die Fluten zu stürzen. Mit Freunden und Kollegen hatte sie unzählige Strandpartys gefeiert, oft bis zum Morgengrauen. Was sie am nächsten Tag allerdings stärker büßen musste als früher – war sie etwa älter geworden? Sonst kam es ihr nicht so vor. Jedenfalls solange sie sich keine Fotos von früher anschaute.

Ein mittelgroßer, bulliger Mann mit kurzgeschorenem Haarkranz stellte sich nun vors Fenster und versperrte ihr die Sicht aufs Meer. Das war Manne Schmidt, Brittas Chef. Als er sich laut räusperte, wurden alle still.

«Tolle Saison, habt ihr super gemacht», rief er in die Menge.

Tosender Beifall. Sie waren von Mai bis Ende September ausgebucht gewesen. Unter anderem mit einem internationalen Treffen von Rotariern, für das sich die Küche mächtig ins Zeug gelegt hatte. Später im Sommer gab es das Trainingscamp einer Fußball-Zweitligamannschaft samt Betreuern und einen Musical-Workshop aus Hamburg.

«Wie ihr wisst, machen wir bis März dicht», fügte der Chef hinzu. «Ostern sind wir mit den Umbauten dann durch.»

Das war mit allen so abgesprochen, keiner würde seinen Job verlieren. Sonst hatten sie sich mit kleiner Besetzung immer irgendwie durch den Winter gehangelt, um Weihnachten herum gab es eine kurze Zwischensaison. Die fiel jetzt aus. Sie würden im Winter die Überstunden abbummeln, die sie im Sommer angesammelt hatten, und im Februar ein paar Urlaubstage vorwegnehmen. Das Hotel sollte komplett umgebaut und von drei auf vier Sterne aufgewertet werden, inklusive mondänem Pilates- und Wellnessbereich und neuen Badezimmern.

«Schönen Winter, Leute, und bis bald», rief Manne Schmidt in die Menge. «Die Weihnachtsfeier findet am 20. Dezember im Klützer Eck statt, wie jedes Jahr. Ich freu mich auf euch.»

Der Abschied von den Kollegen erinnerte Britta an den letzten Tag vor den großen Schulferien. Endlich Feierabend, dachte sie, ein halbes Jahr lang! Einerseits konnte sie die Pause nach der anstrengenden Saison gut gebrauchen. Andererseits würde der Winter dieses Jahr besonders lang werden. In die Sonne fliegen wie sonst war leider nicht drin: Sie hatte gerade ihr Haus renoviert und sich eine neue Küche, Bett und Couch gekauft. Auf ihrem Konto herrschte absolute Ebbe.

Vor der Tür schaute Britta auf die Uhr. Zu ihrer Verabredung musste sie nicht auf die Minute pünktlich sein, aber sie wollte auch nicht zu spät kommen. Mit zügigen Schritten ließ sie das Bernstein hinter sich und wanderte ins herbstliche Hinterland. Es war ihr täglicher Weg zur Arbeit und zurück, sie kannte ihn im Hochsommer wie im Schnee. Britta ging quer über die Felder, sofort klumpte zäher Lehm an ihren Schuhen. Die langgezogenen Hügel mit den abgeernteten Äckern kamen ihr vor wie Wellen aus Erde. Es roch nach frischer Ackerkrume und feuchtem Laub, vermischt mit einer Prise Salz vom nahen Meer. Sonst freute sie sich immer auf das Storchenpaar mit den langen Beinen und den klappernden Schnäbeln, das am Ortsrand lebte. Doch die beiden befanden sich längst auf ihrer Reise zum Winterquartier in Afrika.

Ein paar Kilometer vor ihr lag der Kirchturm von St. Marien, der die Form einer Bischofsmütze hatte. Die Gegend um ihn herum nannte man den «Klützer Winkel». Britta fing an, einen alten Folksong aus den Siebzigern zu summen: «Country roads, take me home, to the place, I belong …» Dieses Lied übten sie gerade in ihrem Chor. «Das Leben hier ist älter als die Berge», hieß es an einer Stelle. Das galt auch für den Klützer Winkel. Britta hatte hier immer das Gefühl, der Ewigkeit gegenüberzustehen: Die Hügel, über die sie gerade ging, waren in der letzten Eiszeit entstanden, davor lagen weitere Milliarden Jahre.

Mitten auf dem kahlen Feld vor ihr stand eine uralte mächtige Eiche, die ihr Geäst nach allen Seiten hin aus-streckte. Britta hatte sie nach dem Namen ihrer Großtante «Sybille-Eiche» getauft. Sybille hätte lauthals protestiert, wenn sie das gewusst hätte, mit ihren dreiundachtzig Jahren war sie Jahrhunderte jünger als dieser Baum.

Jetzt nahm der kräftige Seewind die Eiche als Tanzpartnerin, rauschte und raschelte an den wenigen verbliebenen Blättern. Die Äste schwangen übermütig auf und ab und gaben ein wohliges Knarzen von sich.

Wie aus dem Nichts verdunkelte sich der Himmel über Britta, und dicke Tropfen prasselten auf sie herab – aber wie! Hätte sie bloß den Wagen genommen, mitten auf dem Feld gab es natürlich weder Bus noch Taxi. Sie nahm dieses Wetter irgendwie persönlich, was natürlich Unsinn war, ihr Ärger darüber kostete nur unnötige Energie. Also zog sie entschlossen die Kapuze über den Kopf und ging im selben Tempo weiter wie vorher. Das Beste war es, einfach so zu tun, als existierte der Regen gar nicht.

Mit dem letzten Licht des Tages gelangte sie auf die Festonallee, die zu Schloss Bothmer führte. Die Bäume zu beiden Seiten des breiten Weges waren über Jahrzehnte so beschnitten worden, dass sie vom Stamm nur links und rechts austrieben und nebeneinander wie eine Girlandenkette aussahen. Die Allee führte über eine Hügelkuppe zum Hauptgebäude des festlich erleuchteten Schlosses. Britta kannte es zu jeder Jahreszeit, im Nebel, im Schnee, bei Sommerhitze, in der Abendsonne und auch jetzt, bei Regen.

Als sie zwischen den Bäumen durchschritt, fühlte sie sich wie eine Fürstin in alten Zeiten. Plötzlich drehte der Regen noch einmal auf, ein böiger Wind peitschte die

Tropfen senkrecht und waagerecht auf ihre Wangen, sie fühlten sich an wie Nadelstiche. «Gnade!», bettelte sie im Stillen. Aber die wurde ihr nicht gewährt. Die Hosenbeine ihrer Jeans waren bereits so nass, als sei sie damit ins Meer gesprungen, ihr wurde schlagartig kalt. Schreiten war nicht mehr angesagt, sie trabte die Allee entlang, so schnell es ging.

Auf der Kuppe des Hügels öffnete sich ihr Blick zu den Seitenflügeln und Nebengebäuden von Schloss Bothmer. Es stand auf einer rechteckigen Insel, die von einem breiten Wassergraben umgeben war. Um das Anwesen herum gab es Gartenanlagen und Alleen, die jetzt in der regennassen Dämmerung versanken.

Aus dem großen Festsaal strahlte ihr bereits der Kronleuchter entgegen. Ihre Großtante Sybille, genannt «die Gräfin», stand in einem eleganten dunklen Kostüm am Fenster und blickte in die heraufziehende Dunkelheit. Britta fiel auf, wie hager sie geworden war. Sybille hielt ihre Adlernase etwas hoch, wie es sich für eine Aristokratin gehörte. Vermutlich fragte sie sich schon, wo Britta blieb.

Sie eilte auf die Brücke über den Wassergraben, überquerte den großen Vorplatz vor dem Hauptgebäude und rannte auf eins der Kavaliershäuser zu. Von drinnen hörte sie Stimmen, die «Country Roads» sangen, es klang wie ein Echo von den herbstlichen Feldern und Wiesen, die sie gerade durchlaufen hatte. Sie riss die schwere Holztür mit dem verzierten Messinggriff auf.

Im offenen Kamin flackerte ein Feuer mit knackenden Holzscheiten, das eine bullige Wärme abgab. Die Flammen warfen Schatten an die Stuckdecke mit den Lilien und brachten sie zum Tanzen. Der Gesang kam aus dem Dunkeln, Britta kannte alle Stimmen: Wendys glockenheller Sopran übernahm zusammen mit Sarah die Melodie, dazu kam Regina mit ihrem rauchigen Alt. Rainers knarziger Bass setzte ein Fundament unter die Frauenstimmen. Einen Moment lang mussten sich Brittas Augen an das spärliche Licht im Saal gewöhnen, dann erkannte sie, dass aus dem Halbdunkel Wendy und Regina feierlich im gleichen Rhythmus auf sie zuschritten. Dabei sangen sie das Lied weiter.

Britta staunte, denn zum ersten Mal trugen die Frauen ihre neue Chorkleidung, die Sarah für sie alle geschneidert hatte: schwarze Hose, dazu eine dunkelblaue Bluse mit Rundkragen, an dessen Rand eine schmale, weiße Borte lief. Die Einigung auf ein gemeinsames Outfit war eine der schwierigsten Aufgaben gewesen, die der Chor je zu bewältigen hatte. Einige waren prinzipiell gegen identische Kleidung gewesen, anderen war das Dekolleté zu tief, wiederum andere fanden es nicht tief genug. Sarah hatte mit unendlicher Geduld immer wieder neue Schnitte und Farben vorgestellt, bis schließlich alle einverstanden waren. An der Kleidung für die beiden Männer bastelte Sarah noch. Rainer trug heute seine dunkelblaue Uniform der mecklenburg-vorpommerschen Polizei, er kam direkt vom Dienst.

Regina hielt Britta ein sorgsam gefaltetes Wäschepaket hin, als gehörte es zu einem geheimen Ritual. Die Mitsängerinnen traten in den Feuerschein, und Regina überreichte Britta das Kostüm, ohne mit dem Singen aufzuhören. «Miner's lady, stranger to blue water ...» Britta huschte in eine dunkle Ecke, um sich umzuziehen. Leise mitsummend, zog sie die halbhohen Wanderschuhe aus, an denen bis zum Knöchel Lehm klebte. Sie warf ihre Jacke auf den Holzfußboden, schlüpfte aus der Bluse und der nassen Hose. Dann wischte sie sich das Gesicht mit einem Papiertaschentuch ab und zog die Sachen an. Sie trat vor den Kamin, über dem ein großer Spiegel hing. Darin sah sie eine Frau, die mit Ende vierzig einigermaßen gut in Form war: schlank, blonde, mittellange Haare, blaue Augen. Nur ihre Nase mochte sie nicht, die war ihr etwas zu gekrümmt, aber das fand nur sie, niemand hatte sie je darauf angesprochen. Das Chorkostüm wirkte elegant und lässig zugleich, das pure Understatement, sie war begeistert.

Jetzt traten die anderen singend auf sie zu und umringten sie. Den letzten Ton hielten sie zusammen so lange an, wie die Luft reichte. Dann riefen alle fröhlich «Hallo, Britta!» und umarmten sie.

«Ihr seht phantastisch aus!», rief Britta in die Runde und fügte lächelnd hinzu: «Noch besser als sonst.»

«Ist das möglich?» Regina zog zweifelnd eine Augenbraue hoch und lachte. Die Mittvierzigerin verzichtete auch im Chorkostüm nicht auf ihre gewohnte Perlenkette.

Sarah zeigte nur die Andeutung eines Lächelns, obwohl sie sich mit Sicherheit wie wahnsinnig freute, denn es war vor allem ein großes Kompliment an ihre Schneiderkunst. Die Fünfunddreißigjährige mit den riesigen blauen Augen und den strubbeligen Haaren, die nach allen Seiten vom Kopf abstanden, sah immer aus wie ein Wesen vom anderen Stern. Sie hatte fünfzehn Jahre als Gewandmeisterin im Schweriner Theater gearbeitet und war auf ihrem Gebiet eine echte Könnerin – wie die Chorkostüme zeigten.

Plötzlich wurden alle still und schauten einander bedrückt an.

«Jetzt wird es ernst», raunte Wendy in die Runde. Die apfelroten Wangen der Bauersfrau glühten, ihre Augen flackerten nervös.

Brittas Großtante betrat den Saal, mit hochgerecktem Hals und kerzengeradem Rücken, wie immer.

«Guten Abend, meine Lieben», rief sie.

Ihre Nase war lang und hatte oben einen kleinen Knick: Das zeigte eindeutig die Fürstenberg'sche Linie an, zu der Britta auch gehörte. An Sibylle sah das Kostüm ebenfalls phantastisch aus. Brittas Großtante war keine echte Gräfin, aber es hätte ihr jeder abgekauft. Immerhin ließ ihr Familienname, Fürstenberg, einen Hauch von Adel anklingen, vor allem wenn sie die ersten beiden Silben betonte, wie sie es auf Ämtern gerne tat. Dass sie nun schon dreiundachtzig Jahre alt war, konnte Britta kaum glauben. Sie wirkte wie die oberste Prinzipalin des Klützer Winkels, ihre schmalen, grauen Fuchsaugen signalisierten, dass sie stets noch ein Ass im Ärmel hatte.

«Ich bin oben durch den Festsaal geschritten, um zu sehen, was die Spiegel zum Kostüm sagen werden», erklärte Sybille.

«Und?», fragte Sarah mit bangem Blick.

Sybilles Augen funkelten. Zur Verblüffung aller kletterte sie beherzt über einen wackligen Stuhl auf Sarahs Zuschneidetisch und blickte von dort auf sie hinab. Britta sah das mit höchster Besorgnis: Eine falsche Bewegung, und ihre Großtante krachte auf den Fußboden und brach sich alle Knochen. Sybille drückte den Rücken durch und erhob den Zeigefinger Richtung Decke, dann holte sie tief Luft und rief laut in den Saal: «Tampere – wir kommen!»

Als wollte der Himmel das besiegeln, klatschte in diesem Moment eine Regenbö mit voller Wucht gegen die Scheibe. Alle drehten sich um und schauten erschrocken hinaus. Sybille hatte den Bann gebrochen und das magische Wort ausgesprochen, das alle seit Wochen tunlichst umgangen hatten: «Tampere». Der Name der finnischen Stadt löste Glück und Angst zugleich aus.

Eigentlich waren sie ein Amateurchor, der einmal die Woche einfach nur Spaß am Singen haben wollte. Britta galt schon als Profi, weil sie Gitarre und Akkordeon spielen und Noten lesen konnte. Vor zwei Jahren hatten sie sich dann getraut, drei Lieder bei einer Adventsfeier in «Frieda's Frieden» zu singen, einem Alten- und Pflegeheim in Boltenhagen. Das war bisher der einzige Auftritt gewesen.

Doch dieses Jahr hatte sie ihr Chorleiter Dustin einfach bei einem Wettbewerb in der finnischen Stadt Tampere angemeldet, ohne sie zu fragen. Sie sollten dort in einer Halle auftreten, in die achthundert Menschen passten – das war ein Viertel der Klützer Bevölkerung!

Alle waren total entsetzt gewesen, aber absagen wollte auch niemand. Britta war ebenfalls unsicher. Dass sie im Chor jeden Mittwoch Spaß zusammen hatten, war eine Sache, fand sie. Aber waren sie auch wirklich gut genug für so ein großes Publikum? Andererseits, wenn man es nicht probierte, bekam man es nie heraus, und so sah Britta es als riesige Herausforderung.

«Ich glaube es erst, wenn die Tickets da sind», murmelte Rainer und spielte nervös mit der Polizeimütze in seiner Hand.

«Die sollen morgen kommen», kündigte Britta an.

«Dann los!», bekräftigte Sybille noch einmal in die Runde. Sie schien die Einzige zu sein, die gar keine Furcht besaß.

Vor der Tür des Kavaliershauses hakte sich Sybille bei Britta ein und ging mit ihr über den großen Vorplatz. Zum Glück regnete es nicht mehr, von der Festonallee zog der Geruch nach feuchtem Laub und Erde herüber. Seit Sybille nicht mehr Auto fuhr, begleitete Britta sie zur Probe. Sie schritten vom hell beleuchteten Schloss in die Dunkelheit. Britta bemerkte, dass Sybille die Schultern hängen ließ, ihr Rücken wurde rund.

«Alles okay?», fragte Britta.

«Ich weiß nicht, ob ich es nach Tampere schaffe», bekannte ihre Großtante leise.

«Wieso das denn nicht? Eben auf dem Tisch klangst du noch total entschlossen.»

Sybille lächelte müde. «Ich musste euch doch Mut machen.»

«Was ist los mit dir, Sybi?»

Ihre Großtante starrte mit trübem Gesicht in die Dunkelheit. «Ich habe Angst vor dem Winter. Meine Augen werden rapide schlechter, abends und bei Glatteis kann ich nicht mehr raus.»

Britta blieb stehen und sah sie von der Seite an. «Dann meldest du dich bei mir, und wir gehen zusammen.»

Sybille tätschelte ihre Hand. «Ohne dich und den Chor hätte ich längst aufgegeben.»

Diesen Tonfall kannte Britta nicht von ihrer sonst so optimistischen Großtante, und er gefiel ihr gar nicht. Anscheinend hatte sie gerade ein Tief. Britta musste ihr helfen. Am besten würde sie gleich morgen die Tickets nach Tampere abholen, das würde Sybille aufmuntern. Und ihr fiel noch etwas ein, was sie für sie tun konnte. Das würde sie auf dem Weg gleich mit erledigen.

2.

Am nächsten Morgen hörte Britta schon, was für ein Wetter war, als ihre Augen noch geschlossen waren. Alle Geräusche von draußen waren wie mit Watte gedämpft, und das bedeutete, es herrschte dichter Nebel. Sie streckte sich einmal lang aus und jubelte im Stillen darüber, dass sie sich letzte Woche nach einigem Zögern das sündhaft teure Boxspringbett gekauft hatte. Es war so gemütlich und groß wie keines zuvor! Der große Schlafraum mit den Dachschrägen ging über die ganze Etage und würde ihre behagliche Höhle für den Winter werden, mit Duftkerzen, Büchern und schöner Musik.

Dass es bereits acht Uhr war und sie nicht zur Arbeit ins Hotel musste, fühlte sich gut an. Am liebsten wäre sie einfach liegen geblieben. Doch dann müsste sie noch länger auf Kaffee und Toast warten, und die Vorstellung trieb sie dann doch nach unten. Ihre Küche war erst vor zwei Tagen eingebaut worden. Der Induktionsherd und die modernen Schränke sahen immer noch fremd aus, alles roch nagelneu.

Sie bereitete sich ein festliches Frühstück zu. Für sie war es die schönste Mahlzeit des Tages – falls sie Zeit dazu hatte, wie jetzt. Sie öffnete ein Glas ihrer selbst eingekochten Johannisbeermarmelade und brutzelte sich ein Rührei, dann bestrich sie den Toast mit der Marmelade. Dazu brühte sie ihren Lieblingskaffee auf, den sie sich aus einer kleinen Lübecker Rösterei zuschicken ließ. Besser konnte ein Tag nicht beginnen!

Ihr rot geklinkertes Häuschen stand auf einem der vielen kleinen Hügel der Dreitausend-Seelen-Stadt Klütz. Ein Hufschmied hatte es vor hundertfünfzig Jahren für sich und seine Familie gebaut, seine ehemalige Schmiede war gleich um die Ecke. Unten befanden sich zwei Räume und die Küche, oben das große Schlafzimmer mit dem Bad. Hinterm Haus gab es eine Terrasse mit einem üppigen Blumengarten, von dort blickte Britta über eine Wiese hinunter auf die Stadt.

Zehn Jahre hatte sie hier zusammen mit Olli gelebt. Auch er hatte im Hotel gearbeitet und im Chor gesungen. Olli war einer der begnadetsten Tenöre gewesen, die sie je gehabt hatten, er konnte hoch singen, ohne dass es angestrengt klang. Der großgewachsene sportliche Surfer, der damals schulterlange blonde Haare trug, stammte aus der Gegend und kam mit jedem schnell ins Gespräch. Britta und er kannten sich bereits einige Jahre, als sie ein Paar wurden, so etwas hatte sie vorher noch nie erlebt. Auf einer Chorparty zu Silvester hatten sie die halbe Nacht zusammen getanzt, und da hatte es plötzlich gefunkt. Beide waren total überrascht gewesen – und extrem verliebt ineinander. Schon bald darauf hatten Britta und er das Haus gemietet. Olli hatte es nach und nach mit Antiquitäten vollgestellt, die er im gesamten Klützer Winkel aufkaufte. Seine Bauernschränke und Kommoden waren echte

Schmuckstücke, davon verstand er wirklich etwas. Irgendwann kam man durch die Räume allerdings nur noch im Zickzack, was sie nervte. Das Wohnzimmer ähnelte einem Möbellager, außerdem fragte er sie nie, wenn er mal wieder etwas dazukaufte.

Das allein war nicht der Trennungsgrund gewesen. Beide suchten irgendwann immer mehr Raum für sich. Obwohl sie so viel Zeit zusammen verbracht hatten, lebten sie sich nach und nach auseinander. Das war keinesfalls dramatisch abgelaufen, es war auch niemand anderes im Spiel gewesen. Ihre Liebe war einfach erloschen. Olli verkündete eines Tages, dass er nach Zarrentin ziehen und dort einen Antiquitätenhandel eröffnen wolle. Das lag über eine Autostunde entfernt, war also keine unüberwindbare Entfernung. Aber beiden war klar, dass ein Umzug das Ende ihrer Beziehung bedeutete. Sie trennten sich einvernehmlich. Als Olli dann aber tatsächlich seine Möbel auf einen Lkw lud, war ihr doch ganz anders geworden.

Das war jetzt zwei Jahre her. Anfangs hatten sie alle paar Wochen mal telefoniert, meistens hatte sie angerufen. Nach seinem Auszug blieb sie in dem Haus alleine wohnen – was für sie purer Luxus war. Einige alte Möbel von ihm hatte sie einfach behalten, denn sie hatte keine Lust gehabt, sich um eine neue Einrichtung zu kümmern. Aber dieses Jahr hatte sie doch das Bedürfnis verspürt, das Haus neu zu gestalten. In den letzten Monaten hatte sie sämtliche Zimmer renoviert, das meiste hatte sie alleine gemacht. Olli war ein versierter Handwerker und hatte ihr eine Menge auf diesem Gebiet beigebracht. Sie hatte alles selbst tapeziert und gestrichen, und auch die hellen Laminatböden, die die Räume größer und luftiger erscheinen ließen, hatte sie eigenhändig verlegt. So hatte Britta viele freie Flächen geschaffen. Bett, Küche, Wohnzimmercouch hatte sie neu gekauft. Nur Ollis uralten Schreibsekretär aus Kirschbaumholz hatte sie behalten, obwohl sie für ihn genau genommen keine Verwendung hatte. Sie liebte das antike Teil, das im Wohnzimmer wie eine große Skulptur wirkte. Direkt über die neue Couch hatte sie ein großes, buntes Urwaldgemälde an die Decke gehängt, das man am besten sehen konnte, wenn man sich rücklings hinlegte: Der Kirchturm von Klütz war mit Palmen, Schlingpflanzen und wilden Blumen zugewuchert, dazwischen krochen Schlangen, ein Tiger huschte über den Marktplatz. Das Bild hatte Regina mal in ihrer Galerie ausgestellt und ihr zum Geburtstag geschenkt. Britta schaute es immer wieder gerne an.

Nach dem ausgiebigen Frühstück sprang sie auf ihr kirschrotes Damenrad, das im Hof stand. Der Chor brauchte jetzt noch den letzten Ruck, um nach Tampere zu kommen. Die Kostüme waren der erste Schritt gewesen, die Tickets mit aufgedrucktem Ziel und eigenem Namen rückten es noch näher an sie heran. Auch für Britta.

Der Nebel hing immer noch zwischen Häusern und Bäumen fest. Britta fand, dass er sein schlechtes Image zu Unrecht besaß: Schließlich dämpfte er alle unangenehmen Geräusche und ließ Ecken und Kanten an Gebäuden und Bäumen fürs Auge fließend erscheinen. Das empfand sie als äußerst entspannend. Auf dem groben Kopfsteinpflaster standen noch unzählige Pfützen vom gestrigen Regen, die sie mit dem Rad im Slalom umfuhr.

Sie passierte das Restaurant Frät Kraug, das um diese Uhrzeit noch geschlossen hatte. Laut handgeschriebener Tafel am Eingang gab es heute als Tagesgericht Hackbraten mit Soße und Salzkartoffeln, wahlweise bot Wirt Hannes Matjes nordische Art mit Bratkartoffeln und Remoulade an.

Als sie vor über zwanzig Jahren hierhergezogen war, standen viele Häuser in Klütz vor dem Verfall, aus den lecken Dächern tropfte Wasser, der Putz bröckelte von den Wänden. Die wenigen Geschäfte waren grau, öde und schmucklos, der neu angesiedelte Quelle-Bestellshop mit seiner modernen Aufmachung wirkte wie ein Fremdkörper aus einem anderen Universum. Doch die Klützer hatten die Ärmel hochgekrempelt und nach und nach alles renoviert. Inzwischen war ihre Stadt eine echte Schönheit geworden. Keine spektakuläre vielleicht, nach der sich alle umdrehten, aber eine, die zu Recht etwas auf sich hielt. Britta mochte die roten, alten Ziegelhäuser mit ihren grün lackierten Holztoren, durch die früher die Kutschen und Trecker gefahren waren. Viele dieser Gebäude waren Anfang des letzten Jahrhunderts Bauernhöfe oder kleine Gewerbebetriebe gewesen. Die Klützer Häuser und Straßen trotzten stoisch jedem Wetter, sie hatten wechselvolle Zeiten überdauert und würden es weiter tun. Das strahlte eine Ruhe und Gelassenheit aus, die Britta nirgendwo anders so gefunden hatte.

Verstecken musste sich die Stadt wirklich nicht: Die rot geklinkerte St.-Marien-Kirche mit der Bischofsmütze als Turm war das Wahrzeichen der Landschaft, außerdem hatte der Ort eine alte Mühle, und in einen wunderschönen umgebauten Speicher war das Literaturhaus Uwe Johnson eingezogen, in dem Kulturveranstaltungen stattfanden. Kleine Ladengeschäfte und Cafés fand man inzwischen auch. Und nicht zu vergessen das prächtig restaurierte Schloss Bothmer am Rand der Stadt, wo ihr Chor probte.

Das Reisebüro von Frank Malessa befand sich in einer unscheinbaren Seitenstraße, es war vermutlich das kleinste des Landes. In den Ladenraum passte mit Mühe ein Schreibtisch, davor standen zwei Klappstühle für die Kunden. An den Wänden hingen nicht, wie sonst üblich, Poster von Sonnenstränden mit Palmen, sondern Fotos von Franks himmelblauem Oldtimer-Bus der Marke Robur, an dem er in seiner Freizeit ständig herumschraubte. Das rundliche Gefährt aus den Sechzigern hatte über zwanzig Sitzplätze und sah aus wie ein rollendes Ei, das von einem Kind gemalt worden war.

Frank schien mit der hohen Lehne seines Chefsessels organisch verwachsen zu sein. Früher war er noch hin und wieder aufgestanden, um in der Tür eine zu rauchen, aber seit er das Rauchen aufgegeben hatte, blieb er den ganzen Tag auf seinem Platz hocken.

«Moin, Frank», grüßte sie, als sie eintrat.

«Welch Glanz in meiner bescheidenen Hütte», rief der rundliche Mann und zwirbelte seinen dichten Vollbart. Britta wusste natürlich, dass er das zu jeder Frau sagte, die ohne Begleitung hereinkam. Was Reisen anbelangte, war Frank ein echtes Genie. Wenn es irgendwo auf diesem Planeten ein Schnäppchen gab, fand er es. Er kannte sämtliche Tricks und Kniffe.

Frank fasste neben sich in eine Schreibtischschublade und reichte ihr einen großen Umschlag. «Ich habe euch auf der Fähre in der Nähe der Sauna gebucht», erklärte er stolz.

Das war nett gemeint, aber Britta fragte sich, wie sich wohl eine Sauna auf einem Schiff anfühlte, das in der aufgewühlten Novembersee hin und her schaukelte. Half Hitze womöglich gegen Seekrankheit? Zudem war sie nicht sicher, ob sie als Chor zusammen nackt in die Sauna gehen würden, wo schon das Maßnehmen fürs Kostüm heikel gewesen war. Man redete mit den anderen zwar über Gott und die Welt, aber niemals über die eigenen körperlichen Mängel oder Vorzüge – außer Jenny und Annika vielleicht, die Idealfigur hatten. Doch vor Gewandmeisterin Sarah konnte niemand etwas kaschieren, ihr Maßband war unerbittlich. Als sie zu Werke ging, hatte sich Britta im Stillen sehr amüsiert. Regina zum Beispiel hatte ihre eigenen Maße angeblich genau im Kopf gehabt, aber als Sarah nachgemessen hatte, waren es doch überall ein paar Zentimeter mehr gewesen.

«Ich habe schon die Diät eingerechnet, die ich gerade mache», hatte Regina behauptet. «Sonst schlackert dann ja alles, wenn ich acht Kilo weniger habe.»

Zum Glück besaß Sarah durch ihre Theatererfahrung genug diplomatisches Geschick, um die Wahrheit herauszufinden, ohne jemanden zu brüskieren.

Als Frank Britta den Umschlag mit den Tickets und der Hotelbuchung über den Schreibtisch reichte, wurde ihr ganz anders. Nun redeten sie nicht mehr bloß über Tampere, sondern hatten es schwarz auf weiß! Sie fand, dass ihre Mitsängerinnen und Mitsänger die Tickets sofort bekommen sollten und nicht erst am nächsten Mittwoch zur Probe.

3.

Als Britta das Reisebüro verließ, wäre sie ihrer Freundin Julika fast vor den Schwangerenbauch gelaufen, der sich kugelrund unter einem schwarzen Pastorinnen-Talar abzeichnete.

«Darf ich dich überhaupt noch umarmen?», fragte Britta lächelnd.

«Aber ja!»

Mit ihrem dunklen Kurzhaarschnitt und den großen braunen Augen erinnerte Julika an die französische Filmschauspielerin Juliette Binoche. Allerdings war Julika viel jünger, fünfunddreißig, und im Chor eine wichtige Stütze im Alt. Einige behaupteten, dass die Männer nur ihretwegen in den Gottesdienst der St.-Marien-Kirche gingen – was angesichts schwindender Besucher natürlich hochwillkommen war. Britta war eigentlich keine Kirchgängerin, aber zu den wichtigsten Predigten ihrer Freundin ging sie gerne, schon aus Sympathie. Sie fand, dass Julika auf der Kanzel einen warmherzigen Ton anschlug, sie sprach nicht übertrieben salbungsvoll und abgehoben, sondern war nahe bei den Menschen. Dazu trug auch ihr ausgeprägter mecklenburgischer Akzent bei, der gehörte hierhin. Britta konnte mit dem, was Julika sagte, eine Menge anfangen. Was sie beide darüber hinaus verband, war die innige Liebe zur Natur, zum Meer, den Stränden und den

Hügeln des Klützer Winkels. Im Sommer fuhren sie, so oft es ging, zusammen zum Baden.

«Bist du etwa immer noch im Dienst?», fragte Britta erstaunt.

Julika nickte. «Das wird heute meine letzte Hochzeit vorm Mutterschutz.»

«Wenn man von einer schwangeren Pastorin getraut wird, ist das ein schönes Omen, oder?»

«In diesem Fall bin ich da nicht so sicher», antwortete ihre Freundin lachend. «Das Paar ist Anfang siebzig.»

«Und sie sehen immer noch eine Zukunft vor sich – toll!»

«Warum nicht? Jeder Tag zählt.» Julika rieb sich den Bauch. «Von deren Optimismus werde ich mir eine dicke Scheibe abschneiden.»

In ihrer Gemeinde wurde natürlich über die Schwangerschaft der Pastorin getratscht. Julika hatte Britta verraten, dass der Vater des ungeborenen Kindes eine flüchtige Urlaubsbekanntschaft in Südfrankreich gewesen war. Sie würde das Kind alleine großziehen, was Britta bewundernswert fand. Britta freute sich riesig auf die Geburt von Julikas kleiner Tochter, sie wollte die tollste Patentante der Welt werden.

«Und, was ist am wichtigsten, um ein Kind großzuziehen?» Britta legte ihrer Freundin den Arm um die Schulter.

«Eine gute Mutter?», fragte die.

«Und ein ganzer Chor», ergänzte Britta.

Tatsächlich würde sich Julika auf sie und die anderen verlassen können, zusammen bekamen sie das hin!

«Danke, Britta.» Julika musste vor Rührung richtig schlucken.

«Da nicht für.» Prompt zog Britta das Ticket mit Julikas Namen aus dem großen Umschlag, den ihr Frank gegeben hatte. «Ich habe hier noch was für dich. Dein Fahrschein für Tampere, plus einen für deine Tochter.»

«Ja, dann wird meine Kleine schon da sein.» Sie lächelte. «Ob ich den Auftritt als frischgebackene Mutter überhaupt schaffe?»

«Bestimmt», ermunterte sie Britta, die es insgeheim aber ebenfalls für unsicher hielt.

Julika warf einen Blick auf ihre Uhr. «Ich muss jetzt zu der Trauung.»

«Dann viel Glück.»

«Wir sehen uns auf jeden Fall bei der nächsten Chorprobe.»

«Sei bloß vorsichtig, Julika. Und schone dich auch ein bisschen.»

Julika umarmte Britta zum Abschied. «Du weißt doch, ich bin nicht krank, sondern schwanger.»

Als Nächstes radelte Britta zur kleinen Kunstgalerie von Regina, die erst am Nachmittag öffnete. Regina stellte in ihrer Galerie gerade ziemlich düstere Bilder eines unbekannten Kölner Künstlers aus: schwarzer Himmel mit dunklen Riefen über November-Landschaften. Britta fragte sich, wer so etwas kurz vor Erntedank kaufen wollte. Aber der Ertrag der Galerie war für Chefarztfrau Regina nicht allzu wichtig. Ihr Mann leitete die Schönheitsklinik in Boltenhagen, da war sie finanziell gut versorgt. Es wurde gemunkelt, dass er mit dem Skalpell auch an ihrer straffen Gesichtshaut mitgewirkt hatte, was Regina stets abstritt. «Meine Mutter war bis ins hohe Alter praktisch ohne Falten», behauptete die Endvierzigerin. Seit fast zehn Jahren sang sie im Chor und kam bei Wind und Wetter zu jeder Probe. Als Notenwartin konnte man sich hundertprozentig auf sie verlassen, sie hatte immer sämtliche Partituren dabei. Dass sie beim Singen nicht jeden Ton traf, war nebensächlich.

Britta warf das Finnland-Ticket in Reginas roten Blechbriefkasten neben der Tür und radelte dann weiter am alten Speicher vorbei, in dem das Literaturhaus untergebracht war. Es war nach dem Schriftsteller Uwe Johnson benannt, der die Gegend in seinen Romanen beschrieben hatte. Auf dem Weg zum Markt kam ihr Dorfpolizist Rainer in seinem Dienstwagen entgegen und grüßte mit Lichthupe. Als sie ihm wild zuwinkte, machte er eine Vollbremsung.

«Ich hab was für dich», sagte sie und reichte ihm sein Ticket durchs Fenster.

Rainer sah richtig erschrocken aus. «Jetzt geht es also los», murmelte er.

Anschließend schob Britta ihr Rad zu Friseurin Gerda, die ihren Salon direkt am Wochenmarkt hatte. Wenn man sich hier dienstags vormittags die Haare schneiden ließ, hatte man das Marktgeschehen gut im Blick. Sowohl

Gerda als auch ihre momentan einzige Kundin waren ebenfalls Chormitglieder: Das Haar von Physiotherapeutin Jenny war vollständig in Alufolie eingewickelt, sie wartete darauf, dass das Färbemittel einzog. Mit neunundzwanzig Jahren war sie die Zweitjüngste. Es gab wohl niemanden im Chor, der nicht schon mal von ihr eingerenkt oder massiert worden war.

«Welche Farbe soll es denn werden?», fragte Britta und deutete auf Jennys Kopf.

«Blond», antwortete die.

«Aber du bist doch schon blond.»

Jenny klimperte mit den künstlichen Wimpern über ihren großen grünen Augen. «Man kann gar nicht blond genug sein!», erklärte sie mit vollem Ernst.

Mittfünfzigerin Gerda war auch hell blondiert, zusätzlich trug sie eine rote und eine blaue Strähne im Haar. Auch Britta ließ sich bei Gerda die Haare schneiden, zeigte sich allerdings gegenüber deren Farbvorschlägen unnachgiebig: Sie blieb bei ihrer Naturfarbe, ohne jeden Schnickschnack.

«Mädels, ich habe eure Finnland-Tickets!», verkündete Britta nun.

«Dann kann es ja endlich losgehen», rief Jenny begeistert. Sie arbeitete nebenbei als Trainerin in einem Wismarer Tanzstudio und gab Fitnesskurse im Klützer Turn- und Sportverein. Publikum war sie also gewohnt.

Gerda hingegen sah besorgt aus.

«Was ist?», fragte Britta.

«Ich bin einfach kein Showstar. Die größte Bühne, auf der ich je gestanden habe, ist mein Friseursalon.»

«Ist das etwa nichts?», fragte Jenny aufgedreht. «Mensch, Gerda, vielleicht kommst du da ganz groß raus!»

«Von Klütz nach Hollywood?»

«Ich sehe es klar vor mir.»

Die drei lachten.

Natürlich hatte Britta als Teenager auch mal davon geträumt, eines Tages berühmt zu sein. Von allen Menschen geliebt und verehrt zu werden, hätte ihre sämtlichen Pubertätsprobleme gelöst, jedenfalls hatte sie das gedacht. Dass es mit dem Ruhm dann doch nicht geklappt hatte, war in Ordnung, es ging den anderen Klützern ja nicht anders. Immerhin bekam jeder hier im Ort seine kleine Bühne: sie im Hotel, andere am Tresen der Dorfkneipe, in der Physiotherapie-Praxis oder beim Futtermittelhändler.

Der Nebel war dünner geworden, er würde sich wohl bald auflösen. Die nächste Station war Wendys Obst- und Gemüsestand am Klützer Markt. Vor dem grauen Himmel leuchteten die Kürbisse und die anderen Früchte heute besonders knallig.

«Die Pflaumen zum Sonderpreis ab fünf Stück!», rief Wendy mit ihrer wunderbaren Altstimme. In ihrer grünen Schürze sah die stämmige Bauersfrau so aus, als wäre sie einem Bilderbuch entsprungen: Sie hatte sommers wie winters apfelrote Wangen und trug am liebsten Cargohosen, ihre braunen Haare waren immer windzerzaust. Zusammen mit ihrem Mann bewirtschaftete sie einen Hof ganz in der Nähe, wo sie Gemüse produzierten und Biofleisch herstellten. Ihr Name «Wendy» hatte auf Britta anfangs wie eine Parodie gewirkt, aber für den konnte sie ja nichts. Das Land war lange geteilt gewesen, und in diesem Teil sehnte man sich damals nach der großen Welt, in die man nicht reisen durfte, und gab seinen Kindern gerne internationale Namen. Dass Wendy im anderen Teil des Landes das Pferdemädchen in einem berühmten Jugendbuch war, kam erst zum Tragen, nachdem sich das Land wieder vereint hatte.

Britta beugte sich vor und raunte ihr das magische Codewort zu: «Tampere.» Dann reichte sie ihr das Ticket.

Wendy schluckte und atmete schwer. Dann schüttelte sie sich, als müsste sie ein paar böse Geister vertreiben, ansonsten kam von ihr kein Kommentar. Der Chorauftritt war keine Kleinigkeit für sie, das sah Britta ihr an.

«Alles gut?», fragte Britta.

«Ich weiß nicht.»

«Du bist ja nicht allein auf der Bühne, wir rücken dicht zusammen. Das wird!»

Wendy wechselte schnell das Thema und deutete auf ihr Gemüse. «Was brauchst du heute?»

«Einmal quer durch den Garten – für Sybille.»

Wendy nickte, sie wusste Bescheid. Mit ihren schlanken Fingern füllte sie die Tüten und Taschen, die Britta mitgebracht hatte, mit Karotten, Sellerie, Porree, Blumenkohl, Zwiebeln und Roter Beete. Sie wog alles sorgfältig ab, dann schrieb sie die Preise mit einem dicken Bleistift in ihre Kladde und addierte sie.

«Zweiundzwanzig Euro», murmelte sie, «minus Chorrabatt, macht achtzehn.»

Britta gab ihr einen Zwanziger und verweigerte das Wechselgeld. Dann schob sie ihr Fahrrad mit den vollen Taschen den Hügel zu ihrem kleinen Haus hinauf. Unterwegs ging sie noch mal durch, wer schon alles sein Ticket erhalten hatte: Julika, Regina, Gerda, Jenny, Wendy, Rainer und sie selbst. Es fehlten noch ihre Großtante, Karl, der Feuerwehrmann, Gewandmeisterin Sarah, Annika von der Regionalschule, die mit vierundzwanzig die Jüngste war, Chorleiter Dustin und Ludmilla, die russischstämmige Krankenschwester, die gerade Dienst im Wismarer Krankenhaus hatte.

Zu Hause in der neuen Küche breitete Britta ihre Einkäufe auf dem großen Tisch aus. Sie wusste, welches Sybilles Lieblingsgerichte waren: Königsberger Klopse mit Curry-Geschmack, aber ohne Kapern, Wirsinggemüse mit Hackfleisch, Gemüsesuppe mit Speck, Steckrübeneintopf, aber auch Vegetarisches wie Couscous und Tofupfanne. Britta kochte gleich mehrere Mahlzeiten vor und trällerte dabei die Chorlieder, die sie in letzter Zeit geübt hatten. Nach kurzer Zeit waren die Scheiben in der Küche beschlagen, Gemüse- und Gewürzdüfte lullten sie angenehm ein. Wenn eine Mahlzeit fertig war, füllte sie sie in eine der Tupperboxen, die sie auf dem Tisch vorbereitet hatte. Von einigen Gerichten, die Sybille besonders gerne mochte, wie Königsberger Klopse mit asiatischem Curry, bereitete sie gleich mehrere Portionen. Damit würde Sybille vorerst gut über die Runden kommen!

Als alles abgekühlt war, packte Britta die Boxen in riesengroße Tüten und verstaute sie in ihrem Wagen. Genau genommen gehörte das kleine Cabrio Sybille. Der Peugeot 205 CJ hatte fünfundzwanzig Jahre hinter sich, das Verdeck war zigmal geflickt, der weiße Lack an vielen Stellen stumpf. Aber er fuhr noch super. Als Sybille im Frühjahr das Autofahren wegen ihrer schlechten Augen aufgeben musste, hatte sie Britta den Wagen überlassen. Sooft es ging, hatte Britta ihre Großtante im Sommer damit durch den Klützer Winkel kutschiert. Es war herrlich gewesen, die Anlage laut aufzudrehen und den Wind in den Haaren spielen zu lassen. Sybille ließ auch jetzt noch kaum eine Strandparty aus, darüber hinaus fuhr Britta sie zum Arzt oder zu Verabredungen. Falls Britta mal nicht konnte, sprangen andere aus dem Chor ein.

Ihre Großtante wohnte in der Nähe des Schlosses im Erdgeschoss einer alten Villa, die von hohen Buchen umgeben war. Sybille war gerade nicht da, als Britta ankam, aber sie hatte einen Schlüssel. Sie packte die gefüllten Tupperboxen in die riesige Gefriertruhe im Keller. Das Essen musste Sybi sich dann nur noch auftauen und auf dem Herd warm machen.

Anschließend ging Britta nach oben in die Wohnung. Nach der großen Wende im Land hatte Sybille ihre alten

Möbel weggegeben und vollständig durch Ikea ersetzt. Das fand sie damals extrem schick. Sie hatte alle Teile selbst zusammengeschraubt und schaffte das am Ende sogar ohne Bedienungsanleitung. Zu der Zeit hatte sie sich auch das Peugeot-Cabrio gekauft und sich als Dame von Welt gefühlt. Mit «Tante» wollte sie von Britta auf gar keinen Fall angesprochen werden, weil es sie angeblich älter machte. Im Klützer Winkel kannten alle Sybille, sie hatte hier Jahrzehnte als Krankenschwester gearbeitet. Sie war eine der wenigen im staatlichen Gesundheitssystem gewesen, die sich mit Bachblüten, Schüssler Salzen und anderen Naturheilmethoden auskannten. Oft bot sie ihren Patienten etwas aus ihrem «Naturkoffer» an, wusste aber immer, in welchen Fällen auf jeden Fall Antibiotika angesagt waren.

Britta legte ihr einen Zettel auf den Küchentisch, auf den sie schrieb: «Soll der Frost ruhig kommen – zu Essen ist im Haus!» Daneben platzierte sie das Ticket für Tampere. Das würde Sybille hoffentlich aufrichten.

Auch für Britta stand fest: Der Chor würde sie durch den langen Winter tragen!

4.

Heute Abend war endlich wieder Chorprobe, für Britta der Höhepunkt der Woche! Sie saß in ihrer Küche und blickte in die Herbstsonne. Der Mittwochabend war jedes Mal wie ein Sommerurlaub. Nach dem Singen würde sie glücklich nach Hause kommen und so aufgeladen sein, dass sie kaum einschlafen konnte. Das lief seit über zwanzig Jahren so. Wer sonst auf dieser Welt hatte etwas so Wunderbares in seinem Leben?

Gegen sechs dämmerte es – Zeit für ihr Mittwochsritual. Ein voller Bauch sang nicht gern, ein hungriger aber auch nicht. Sie biss von ihrem Butterbrot ab, das sie mit Meersalz bestreut hatte. Dazu trank sie einen Becher von dem köstlichen Kräutertee, den sie am Klützer Markt kaufte. Heute wollte sie auf jeden Fall im neuen Kostüm zur Probe erscheinen. Sie zog die schwarze Hose und die dunkelblaue Bluse mit der weißen Borte an und stellte sich vor den Spiegel. Es sah wirklich sehr edel aus. Sie blickte kurz auf ihre Armbanduhr. Eigentlich war es noch zu früh, aber ein paar von ihnen kamen immer eher, um noch etwas zu quatschen. Sie putzte sich die Zähne und sang sich mit Zahnpasta im Mund schon mal ein. Ein letzter Blick in den Spiegel, etwas Lippenstift und einen Hauch ihres Lieblingsparfüms «Eternity» auftragen, Regenjacke an, Chormappe unter den Arm – und los ging's.

Sie verließ das Haus und ging am Frät Kraug in ihrer Straße vorbei, danach an Jeans & Sportfashion, der Fahrschule und dem Nagelstudio. Es war recht kühl draußen, sie war froh, dass sie einen dicken Pullover über ihr Kostüm gezogen hatte.

Am Haus ihrer Großtante kam ihr Sybille bereits in Regenmantel und dickem Schal entgegen. Drunter trug auch sie voller Stolz ihr Chorkostüm und duftete ebenfalls nach «Eternity», das auch ihr Lieblingsparfüm war.

«Du bist ja wahninnig, Britta», sagte Sybille und küsste sie zur Begrüßung auf die Wange.

«Weswegen?»

«Na, die Gefriertruhe!»

«Lass es dir schmecken.»

«Das hätte ich doch auch bei Bofrost ordern können.»

«Und die wissen, dass du die Königsberger Klopse ohne Kapern, aber am liebsten mit asiatischem Curry magst?» Britta lächelte. «Im Ernst, du sollst auch im Winter eine gute Zeit haben.»

«Das hätte wirklich nicht nötig getan.»

«Doch!»

Sie hakte Sybille unter und zog mit ihr los Richtung Schloss Bothmer.

Als sie an der Physiotherapie-Praxis vorbeikamen, trat Jenny heraus. Ihre weißblonden Haare, frisch bei Gerda nachgefärbt, leuchteten in der Dämmerung. Auch sie trug das neue Kostüm, ohne dass sie sich abgesprochen hatten. Unter ihrem Arm klemmte eine der schwarzen

Notenmappen, die sie per Sammelbestellung im Internet geordert hatten.

«Nicht mal zum Essen kommt man bei dem ganzen Stress», schimpfte Jenny und biss in einen Schokoriegel.

«Vielleicht solltest du aufs Land ziehen, damit du mal zur Ruhe kommst», schlug Britta vor.

«Du hast recht, so 'n Moloch wie Klütz ist auf Dauer zu hektisch.»

Sie grinsten sich an und schlenderten zu dritt weiter. Die knorrigen alten Bäume auf dem Weg kamen Britta vor wie alte Freunde. Als das Schloss in Sichtweite war, betrachtete sie es mit Ehrfurcht. Sarah hatte die volle Festbeleuchtung angestellt, die normalerweise nur angesagt war, wenn der Bundespräsident oder ein ausländisches Staatsoberhaupt zu Besuch kam. Das Anwesen wurde bis in die letzte Ecke ausgeleuchtet, es strahlte in der Dunkelheit wie ein Juwel.

Dass sie im großen Festsaal probten, lag allein daran, dass Sarah als Kastellansfrau einen Generalschlüssel für das Schloss besaß. Der hohe Raum mit der kunstvollen Stuckdecke und dem Kronleuchter ging über die gesamte Breite des Gebäudes, nach vorneheraus schaute man auf den riesigen Vorplatz, an den sich die herbstlich-bunte Festonallee anschloss, auf der Rückseite lag der kunstvoll angelegte Inselpark. An den Wänden des Saals fehlten natürlich nicht die riesigen Spiegel, hier sollte man sehen und gesehen werden! Über die Jahrhunderte hinweg hatten an diesem Ort Bälle, Ballettaufführungen und Konzerte stattgefunden, einige historische Filme waren hier gedreht worden.

Sarah war immer die Erste, weil sie aufschließen musste. Sie wartete bereits am großen Tisch unter dem hell erleuchteten Kronleuchter. So waren sie schon zu viert. Kurze Zeit später trudelten die anderen ein. Der breitschultrige Karl kam in Feuerwehruniform, weil er einen Einsatz gehabt hatte, der aber harmlos gewesen war – ein brennender Papierkorb an der Promenade in Boltenhagen musste gelöscht werden. Er hatte sich seinen Seitenscheitel noch einmal korrekt nachgezogen und die Lesebrille mit dem silberfarbenen Gestell aufgesetzt. Es folgte der rot gelockte Polizist Rainer, der heute in Jeans und dunklem Hemd auflief.

Die Frauen trugen, bis auf Julika, alle ihre neue Chorkleidung: Bauersfrau Wendy, Krankenschwester Ludmilla mit ihrem herrlichen russischen Akzent und die weizenblonde Annika von der Regionalschule, außerdem Sarah, Jenny, Sybille und Britta. Friseurin Gerda und Regina erschienen heute als Vorletzte, gefolgt von Julika: Brittas beste Freundin trug ein dunkles Strickkleid über ihrem imposanten Schwangerenbauch, darunter eine Stretchhose. Das Chorkostüm würde ihr erst nach der Geburt passen.

«Schön, dass du da bist», sagte Britta und umarmte Julika.

«Warum sollte ich auch nicht kommen?», fragte die zurück.

Britta lachte. Sie wusste, welcher Spruch gleich kommen würde.

Sämtliche Chormitglieder hatten inzwischen ihre Tickets für Tampere erhalten und schnatterten aufgeregt durcheinander. Lampenfieber und Vorfreude wechselten einander in Sekundenbruchteilen ab.

«Vorsingen war im Musikunterricht der Albtraum meines Lebens», erinnerte sich Regina.

«Und jetzt trittst du direkt vor internationalem Publikum auf», bemerkte Rainer. «Das nenne ich mal 'ne steile Karriere.»

«Da können wir uns bis auf die Knochen blamieren», stellte die theatererfahrene Sarah fest. «So ein Misserfolg verfolgt einen dann das ganze Leben. Ich habe das mal bei einem Schauspieler mitbekommen – nicht schön, sage ich euch.»

Jetzt fehlte nur noch Dustin, der Chorleiter, der sich aber soeben auf Brittas Handy gemeldet hatte. Er stand im Stau und bat sie, schon mal ohne ihn anzufangen. Es war traditionell Brittas Part, in solchen Fällen einzuspringen. Sie hatte als Jugendliche Akkordeonunterricht gehabt, konnte Noten lesen und war lange genug dabei, um Dustins Anweisungen imitieren zu können.

Sie klatschte in die Hände. «Alle zu mir, bitte! Dustin kommt etwas später. Also, schon mal im Raum umherlaufen, strecken und leise einen Ton brummen.»

Mit dem Einsingen im Chor begann eine Reise, bei der man den Alltag hinter sich ließ. Ärger auf der Arbeit,

Rechnungen und leckende Wasserhähne – all das löste sich für die nächsten Stunden komplett auf. Stattdessen tauchten sie in eine Welt voller Wärme und Schönheit ein. Das Ticket dorthin war eine warme Stimme.

Sie schritten summend kreuz und quer durch den Festsaal und streckten zwischendurch die Arme zu den Kronleuchtern hinauf. Großtante Sybille, die auf dem Hinweg noch Brittas Arm als Stütze gebraucht hatte, huschte wie ein junges Mädchen von einer Seite des Raums zur anderen. Wenn sich Wege kreuzten, schaute man sich in die Augen und sang den Namen des anderen mit einer kurzen Melodie. Bei zwölf Sängern erlebte Britta so einiges an Begrüßungen: das opernhafte «Briii-iiii-taaa-aaa» von Gerda zum Beispiel, das durch ein poppiges, rhythmisches «Britta, Baby» von Jenny abgelöst wurde, bevor Rainer sie mit «Brrrrrrrritta!» freundlich anbrummte. Britta fand, dass sich alle Menschen auf der Straße eigentlich so begrüßen sollten, es würde die Welt erheblich schöner machen.

Nach und nach wurden Körper und Stimme warm. Doch damit standen sie erst am Tor zu jener Welt, in die sie gelangen wollten. Britta erinnerte sich an einen Traum, den sie schon wer weiß wie oft geträumt hatte. Sie stand mit den anderen zusammen vor Schloss Bothmer, und als sie zu singen begann, konnte sie plötzlich fliegen. Alles war ganz leicht, sie musste nichts tun außer die Töne herauslassen, dann ging es hoch in die Luft. Wenn sie jedoch aufhörte zu singen, segelte sie sofort wieder zu Boden, also sang sie einfach immer weiter. So sollte es sich im Chor anfühlen!

Jetzt gruppierte Britta ihre Leute im Halbkreis um sich herum. Sie gab eine Tonfolge vor, die alle nachsangen. Dann ging sie einen halben Ton höher, der Chor wiederholte auch dies, und so schraubten sie sich langsam höher. Britta musste genau darauf achten, dass sie nicht zu schnell zu viel machten, das belastete nur die Stimmbänder und führte zu nichts.

«Leiser bitte!», ermahnte sie die Sängerinnen und die beiden Sänger. Sie sollten ihre Energie hochfahren, was nichts mit Lautstärke zu tun hatte, das verwechselten viele. «Spürt eure Fußsohlen auf den Eichendielen unter euch.» Je mehr man den Körper mit dem Boden verband, desto sicherer wurden die hohen Töne abgestützt.

Nun ließ Britta den Chor «Country Roads» anstimmen, es sollte ganz fein klingen, wie *ein* Körper und *eine* Stimme. Die leisen Töne zusammen hinzubekommen, ohne dass jemand herausstach, erforderte genaues gegenseitiges Zuhören.

Sie eilte in die andere Ecke des Festsaals, weit weg vom Chor. Von hier aus wollte sie den Song von den Sängern wie ein gehauchtes Echo hören, der Text sollte auch über die Distanz gut zu verstehen sein. Dazu musste man jede Silbe extrem deutlich formen, wofür viel mehr Energie nötig war, als wenn man laut sang.

Nachdem das auf den Punkt genau funktionierte, kamen sie wieder kuschlig eng unter dem Kronleuchter zusammen, wie eine Herde Rinder, die sich vor einem Unwetter schützen wollte. Britta stimmte einen alten Kanon an: «Hejo, spann den Wagen an.» Der Text passte bestens zum launischen Herbstwetter draußen. Sie sangen ihn in vier Gruppen à drei, dabei spürte sie das Vibrieren der anderen Körper um sich herum. Medizinische Untersuchungen hatten ergeben, dass nach einer halben Stunde Singen Glückshormone ausgeschüttet werden und es das Immunsystem langfristig stärkte. Britta nannte es das «Glücksbecken», in das sie nun eintauchten, es fühlte sich wie ein Pool mit badewannenwarmem Wasser an.

Jetzt waren alle eingesungen und bereit, mit dem Eigentlichen zu beginnen: den Stücken, die sie in Tampere aufführen würden. Dustin war immer noch nicht da, also fing sie schon mal mit «Don't Worry, Be Happy» an. Was hatten sie um diesen Titel gerungen! Einige hatten Schwierigkeiten mit der richtigen Aussprache der Wörter. Regina hatte versucht, es ihnen beizubringen, aber vergebens. Am Ende klang der vorherrschende Akzent im Chor immer noch nicht englisch, nicht mal hochdeutsch, sondern original mecklenburgisch – wie man hier im Klützer Winkel eben sprach. Und das fand Britta auch gut so!

«Denkt dran, locker in den Knien bleiben, am besten tanzt ihr dabei, anders bekommt ihr diesen Song nicht hin.» Es lief nun quasi wie von selbst.

Eine gute Viertelstunde später kam Dustin in den Festsaal geeilt. Mit ihm hatten sie von Anfang an einen

Glückstreffer gelandet. Der hochgewachsene, hagere Organist, der zur Probe extra aus Hagenow anreiste, war musikalisch hochkompetent und hatte immer gute Laune. Die übertrug sich auf jeden von ihnen. Inzwischen war Dustin Mitte vierzig, seine Haare waren an den Schläfen grau meliert und standen nach allen Seiten ab. Deswegen hatten sie ihm den Spitznamen «Einstein» gegeben.

Heute schien jedoch etwas anders zu sein als sonst. Er sah betrübt aus und lächelte nicht einmal zur Begrüßung.

«Wir sind uns immer noch nicht ganz einig, welche Stücke wir in Tampere singen wollen», erklärte Britta, als sie sich auf ihre Stühle setzten. Jeder hatte seinen festen Platz im Halbkreis.

«Was ist mit Elton John?», rief Ludmilla. «Der ist so ein toller Musiker.»

«Oh nee, Elton John geht gar nicht», maulte Jenny. «Das ist was für alte Leute.»

«Dann sag was Besseres!», rief Ludmilla leicht beleidigt. «Ich habe alle seine CDs, und schau mich an: Es geht mir sehr gut!»

«Mir ist es egal, ich singe alles», erklärte Britta und strahlte in die Runde. «Was meinst du denn, was in Finnland am besten ankommt, Dustin?»

Anstatt einer Antwort sagte der Chorleiter leise: «Ich muss mit euch reden.»

Sybille winkte ab. «Keine Panik, wir kriegen das hin. Wir haben uns doch bisher immer geeinigt, sogar bei den Kostümen.»

Einige kicherten.

Dustin räusperte sich. «Das ist es nicht. Ich muss euch etwas sagen, was mir sehr schwerfällt.»

Alle wurden still. Ob er krank war? Es klang so. Was sollte es sonst sein?

«Ich habe eine neue Stelle in Süddeutschland angeboten bekommen und werde wegziehen», sagte er.

Britta sah ihn ungläubig an. Das durfte nicht wahr sein! Dustin gehörte von Anfang an zu ihnen, er konnte den Chor nicht verlassen!

«Heißt das etwa, Tampere wird unser Abschiedskonzert mit dir?», fragte Gerda vorsichtig nach. Sie war den Tränen nahe.

Dustin biss sich auf die Lippen, bevor er antwortete. «Es ist noch schlimmer. Ich muss schon nächste Woche da runter.»

Totenstille.

«Es ist alles sehr kurzfristig, auch für mich, aber es ist die Chance meines Lebens: Ich bekomme endlich eine volle Stelle. Mit Mitte vierzig wird das Zeit, ich habe zwei Kinder.»

Was aus seiner Sicht natürlich zu verstehen war.

«Kommst du dann überhaupt noch mal?», fragte Britta.

Er schüttelte den Kopf. «Das wird nicht gehen, leider. Der Job ist in der Nähe von Freiburg. Es tut mir so was von leid.»

Als wenn das nicht schon schlimm genug gewesen wäre, meldete sich nun auch noch der breitschultrige Feuerwehrmann Karl zu Wort: «Ich muss auch für ein halbes Jahr unterbrechen. Wir haben von unserer Firma Abendseminare in Lübeck aufgebrummt bekommen.»

«Karl, also wirklich!», protestierte Sybille. «So kurz vor Tampere ist das nicht erlaubt.»

«Was soll ich denn machen? Außerdem fällt Tampere ohne Chorleiter doch sowieso weg», sagte er. Damit sprach er schonungslos aus, was niemand hören wollte. Aber leider hatte er recht: ohne Leitung, mit nur einer Männerstimme – wie sollte das gehen?

Nicht nur ihr Konzert war damit gestorben, sondern der Chor insgesamt. Britta wollte es nicht glauben. Nach über zwanzig Jahren würde es am Mittwochabend kein Singen mehr geben? Und das ausgerechnet im Winter?

An eine Probe war nun nicht mehr zu denken. Sarah öffnete die Orangerie, in der tagsüber die Schlossbesucher verköstigt wurden. Sie setzten sich zusammen an eine lange Tafel, aber kaum jemand hatte Lust zu reden. Alle tranken Schnaps, bis auf die schwangere Julika.

«Lass die Flasche gleich auf dem Tisch stehen», sagte Sybille mit düsterem Gesicht zu Sarah. «Am besten stellst du noch eine zweite dazu. Geht auf Chorkasse.»

Jeder hing seinen düsteren Gedanken nach und fragte sich, wie es jetzt weiterging.

Natürlich war Dustin zu verstehen, er konnte ihretwegen den neuen Job nicht ablehnen. Aber dass sein Abschied so plötzlich kam, ohne die Nachfolge zu regeln, nahmen ihm einige doch übel. Er habe sich zwar umgehört, beteuerte

Dustin, aber in der kurzen Zeit sei da nichts zu machen gewesen.

Britta wollte nicht ungerecht sein. Im Lauf der Jahre hatten sie alle unendlich viel von Dustin gelernt und eine Menge Spaß mit ihm gehabt. Jetzt vor dem Nichts zu stehen, zog ihr den Boden unter den Füßen weg. Der Abend fühlte sich für sie an wie eine Trauerfeier. Der Chor war eben nicht nur ein Chor, sondern viel mehr.

Irgendwann verabschiedeten sie sich von Dustin, dem Tränen in den Augen standen. Britta wünschte ihm von Herzen das Beste. Gleichzeitig wusste sie: Ohne den Chor würde es der trostloseste Winter werden, den sie je in Klütz erlebt hatte. Was das für Sybille bedeutete, daran mochte sie gar nicht denken.

Ihre Großtante sprach auf dem Nachhauseweg kein Wort.

5.

Als Britta nachts im Bett lag, schossen ihr tausend Gedanken durch den Kopf. Unter anderem fiel ihr ein, was sie damals eigentlich nach Klütz verschlagen und wie es mit ihrem geliebten Chor begonnen hatte.

Britta war in Unna bei Dortmund aufgewachsen und hatte in Bonn eine Hotelfachausbildung absolviert. Irgendwann hatte sie Urlaub bei ihrer Großtante Sybille in Klütz gemacht, die sie vorher nur wenige Male gesehen hatte. Sybille ging damals auf die sechzig zu, Britta war gerade vierundzwanzig geworden. Die beiden Frauen verstanden sich auf Anhieb prächtig. Zusammen zischten sie mit dem Cabrio durch den Klützer Winkel, an wunderschöne einsame Strände und malerische Seen. Das Wetter war in jenem Sommer traumhaft, fast war es ein bisschen zu warm. Aber zum Abkühlen gab es vor der Haustür ja das Meer. Schöner konnte auch die Karibik nicht sein!

Im Jahr danach wechselte Britta kurz entschlossen von Bonn ins Hotel Bernstein an der Ostsee. Dort wartete echte Pionierarbeit auf sie: Ihr Chef Manne Schmidt hatte vorher in einem Landwirtschaftsbetrieb hinter Boltenhagen als Bullenzüchter gearbeitet und keine Ahnung von Hotellerie. Seine Mischung aus Bodenständigkeit und Spinnerei war faszinierend. Doch zunächst einmal blieben die Feriengäste nach der Wende aus. Die aus dem Westen kamen noch nicht auf die Idee, in den neuen Bundesländern Urlaub zu machen, und die aus dem Osten wollten erst mal die Orte sehen, die ihnen so lange verwehrt gewesen waren. Manne Schmidt war trotzdem entschlossen, etwas aus dem heruntergekommenen Hotel zu machen.

Anfangs wohnte Britta bei Sybille und verbrachte jede freie Minute am Strand. Bald lernte sie im Hotel den Surfer Olli und den Biologen Harry kennen, mit denen sie schnell eine gute Freundschaft verband. Harry untersuchte und kartographierte die Biotope der Gegend. Da diese Region früher streng abgeschirmtes Grenzgebiet gewesen war, konnte sich die Natur hier frei entfalten. Er entdeckte unzählige Pflanzen und Kleintiere, die anderswo so gut wie ausgestorben waren.

Es wurde ein traumhafter Sommer. Der erste Winter traf sie dann umso härter. Bei den Leuten in der Gegend herrschte in diesen Jahren schlechte Stimmung, was sie gut verstehen konnte. Viele waren arbeitslos geworden, nicht wenige mussten Klütz verlassen. Auch sie hatte in der Nebensaison kaum zu tun. Das nasskalte Wetter machte sie halb verrückt. Bis sie zufällig eine Fernsehreportage über einen Chor in Nordnorwegen sah. Die Leute dort lebten im Polarwinter in vollkommener Finsternis, strahlten beim Singen aber so, als lägen sie unter Palmen im Sonnenschein. Das brachte sie auf die Idee, in Klütz einen Popchor zu gründen, um dem Trübsinn etwas entgegenzusetzen. Olli und Harry lachten sie aus, Chorgesang galt als spießig und altmodisch. Allein Großtante Sybille war sofort begeistert und fackelte nicht lange. Sie organisierte einen Raum in der Klützer Grundschule. Der lieblos zusammengehauene Plattenbungalow war nicht gerade eine Perle architektonischer Schönheit, aber an den Wänden hingen fröhliche Wasserfarbenzeichnungen von lächelnden Tigern und Segelbooten auf blauem Meer. Zusammen mit dem Gesang würde sich das Klassenzimmer mit dem grellen Neonlicht in eine wöchentliche Wellnessoase verwandeln, da war sie sicher.

Bald fand sich eine Handvoll Leute zusammen, die jeden Mittwoch mit dabei waren, darunter auch Olli und Harry. Sybille kannte von früher die Mutter des jungen Organisten Dustin Hoffmann aus Hagenow, der ihr Chorleiter wurde. Er hieß wirklich so wie der amerikanische Filmschauspieler, sah man von dem einen n am Ende ab. Mit seinen fast zwei Meter Körperlänge und den blonden Haaren sah er allerdings vollkommen anders aus als der Mann in Hollywood. Dustin hatte gerade sein Studium beendet und gab alles für seinen ersten Chor. Er schrieb Chorsätze, die passgenau auf ihre Fähigkeiten abgestimmt waren. Heavy-Metal-Fan Olli zuckte zwar bei ABBA-Songs zusammen, ging dafür aber bei «Stairway to Heaven» steil ab, was auch die Seniorinnen aus voller Kehle mitsangen, ohne mit der Wimper zu zucken. Großtante Sybille war von Anfang an die gute Seele des Chores gewesen, und das hatte sich bis heute nicht geändert.

Das Singen am Mittwochabend wurde für alle ein Halt in einer unsicheren Zeit. Über die Musik hinaus half man sich gegenseitig bei der Jobsuche, feierte zusammen und verliebte sich auch manchmal ineinander. Brittas Chef Manne Schmidt musste einsehen, dass man mit ihr über vieles verhandeln konnte, aber nicht über den Mittwochabend. «Ist das was Religiöses, oder was?», fragte er anfangs leicht genervt. Sie antwortete einfach mit «Ja». Er hakte nicht weiter nach und akzeptierte es.

Im Lauf der Jahre waren sie dann von fünfunddreißig Sängerinnen und Sängern auf ein Dutzend geschrumpft. Viele waren weggezogen, hatten Familien gegründet oder waren beruflich zu stark eingebunden. Der Rest hielt unbeirrt am Mittwochabendtermin fest, der für Britta so sicher war wie die Schwerkraft auf der Erde. Später waren noch Wendy, Regina, Annika und Jenny dazugekommen. Als Kastellansfrau Sarah in den Chor eintrat, wechselten sie vom Plattenbau in den Festsaal von Schloss Bothmer.

Britta starrte an die Decke und seufzte laut auf. «Beziehungen kommen und gehen, aber der Klützer Chor bleibt bestehen», hatte Sybille einmal gereimt. Das schien nun nicht mehr zu stimmen. Sollte wirklich alles vorbei sein, nach über zwanzig Jahren?

Sie brauchte noch sehr lange, bis sie in dieser Nacht endlich in den Schlaf fand.

6.

Als Britta am nächsten Tag aufwachte, fühlte sie sich total verkatert, was bestimmt nicht an den beiden Schnäpsen lag, die sie am Vorabend in der Orangerie getrunken hatte. Sie kuschelte sich unter die warme Decke. Genau so wäre sie am liebsten bis zum Frühjahr liegen geblieben. Schade, dass Menschen keinen Winterschlaf halten konnten wie zum Beispiel Igel, das hätte sie gut gefunden.

Ihr Handy meldete sich, und sie hatte Regina am Hörer:

«Der Chor darf nicht sterben», schluchzte sie. «Ihr seid doch meine besten Freunde!»

Es rührte Britta, dass sie das so offen aussprach. Sonst gab sich Regina mit ihren internationalen Golfturnieren und Urlauben an der Côte d'Azur gerne mal als Frau von Welt. Britta hätte nicht gedacht, dass der Chor für sie so wichtig war.

«Bitte mach was», flehte Regina jetzt. «Ich weiß nicht, wie es sonst weitergehen soll.»

Wendy und Polizist Rainer meldeten sich als Nächstes, auch sie waren total deprimiert. Annika, die junge Lehrerin, überlegte schon, ob sie einen Versetzungsantrag stellen sollte. «Ohne den Chor ist Klütz für mich gestorben.»

Es kam ein Anruf nach dem anderen. Alle wandten

sich in ihrer Verzweiflung an Britta, weil sie den Chor damals zusammen mit Sybille gegründet hatte. Die anderen Mitglieder der «Stunde null», Harry und ihr Ex Olli, waren ja längst weggezogen, und Sybille wollte man schonen.

Brittas Freundin Julika erinnerte sie dann noch daran, dass sie, um den Chor irgendwie zu retten, ja nicht nur einen neuen Dirigenten finden mussten: Sie brauchten zusätzlich mindestens eine neue Männerstimme. Aber wo sollte man beides ganz schnell herbekommen?

Nach zwei Stunden am Nottelefon fasste Britta einen Plan: Erstens, sie durften auf keinen Fall aufgeben. Die Anrufe hatten gezeigt, wie wichtig allen der Chor war, und dafür musste man kämpfen. Zweitens, da man nicht alle Probleme auf einmal lösen konnte, würde Britta sich zuerst um einen neuen Dirigenten kümmern. Drittens, weil sie noch gar nichts gegessen hatte, rief sie auf der Stelle Sybille an und lud sich bei ihr zum Frühstück ein.

Zum Glück wohnte ihre Großtante direkt um die Ecke. Als Britta hereinkam, staunte sie nicht schlecht: Sybille trug eine rote Jogginghose und ein altes Sweatshirt, und dies nicht aus Bequemlichkeit, sondern weil sie gerade an ihrem Rudergerät im Wohnzimmer trainiert hatte. In diesem Aufzug hätte sie normalerweise nie Gäste empfangen, nicht mal ihre Großnichte. Heute war es ihr anscheinend egal.

«Moin, mien Deern.»

«Moin, Sybi.» So wurde sie am liebsten genannt.

Britta setzte sich auf die Couch, während Sybille den Tisch deckte und beiden einen handgebrühten Filterkaffee eingoss. Dazu bot sie ihr einen Smoothie an.

«Nee, danke.»

Sybille nickte auffordernd. «Ist aber extrem gesund.»

«Ich weiß.»

Sybille war eine Art Oma, die stets um das Wohl ihrer Enkel bemüht war. Sie glich kleine Nickeligkeiten aus und kümmerte sich rührend um alles und jeden.

«Britta, ich möchte mit dir über etwas reden, worüber wir noch nie gesprochen haben», sagte sie nun und sah ihrer Nichte tief in die Augen.

«Ja?» Was kam nun?

«Es geht um meine Beerdigung.»

Britta riss die Augen auf. «Wieso das denn? Bist du krank?»

«Nein, aber seien wir realistisch. Wenn ich sterbe, hast du keine Ahnung, was du tun sollst, oder?»

«Wir können gerne darüber reden, aber doch nicht jetzt.»

Doch Sybille ließ nicht locker. «Welches Bestattungsinstitut würdest du denn im Fall der Fälle anrufen?»

Britta holte tief Luft. «Wir haben gerade andere Probleme, findest du nicht? Wenn wir nach Tampere wollen, müssen wir schnell einen neuen Chorleiter finden.»

«Das ändert nichts am großen Lauf der Dinge.»

«Schreib genau auf, wie du es haben willst, ich kümmere mich dann darum.» Anders bekam sie das Thema nicht von der Backe.

«Ich möchte dir auch eine Patientenverfügung erteilen. Also, keine lebensverlängernden Maßnahmen ...»

«Auch das geht in Ordnung», unterbrach Britta sie.

«Falls ich länger gepflegt werden muss, hätte ich gerne, dass ihr Fotos von mir als jüngerer Frau übers Krankenbett hängt.»

Das klang typisch nach Sybille. Jetzt wurde Britta doch neugierig: «Weswegen?»

«Die gutaussehenden Pfleger sehen mich sonst nur als alte, schrumpelige Frau. Sie sollen wissen, dass ich auch mal ein junger Mensch war.»

«Ist notiert.»

Sie schwiegen.

«Der Chor war mein Ein und Alles», murmelte Sybille nach einer Weile.

«Vielleicht sollten wir einen Frauenchor gründen», überlegte Britta. «Männer sind so schwer zu finden.»

Sybille schüttelte betrübt den Kopf. «Gemischt ist viel schöner. Und auch für einen Frauenchor müssten wir einen neuen Leiter oder eine Leiterin finden.»

«Da hast du auch wieder recht.»

Sybille nahm einen Schluck Kaffee. «Ich bin zu alt, um das zu regeln. Dazu muss man eine Menge Energie haben und Auto fahren können.»

«Kein Problem, ich bringe dich überallhin.»

«Nein, der Stab geht jetzt an dich weiter, Britta. Du

bist 'ne patente Deern, du musst das wieder in Ordnung bringen.»

«Ich frage mich bloß, wie. Kennst du hier in der Gegend irgendjemanden, der unseren Chor übernehmen könnte?»

«Mir fällt nur ein Rockmusiker ein», sagte Sybille. «Aber ob der mit uns proben würde, weiß ich nicht. Der steht wohl mehr auf harte Sachen.»

«Woher kennst du bitte schön einen Rockmusiker?»

«Tja, alles weißt du eben auch nicht von mir.»

Wurde sie gerade rot?

«Er besitzt ein Tonstudio in der Nähe von Kalkhorst.»

Das lag nur ein paar Kilometer entfernt.

«Hört sich gut an.»

Sybilles Augen zuckten nervös. «Ich weiß nur nicht, ob ich dich da alleine hinschicken kann.»

«Was spricht dagegen?»

«Könnte sein, dass er nicht ganz koscher lebt, was das Gesetz anbelangt.»

«Drogen?», überlegte Britta.

Sybille schüttelte ihren Gräfinnen-Kopf. «Rotlicht», flüsterte sie geheimnisvoll.

«Wie kommst du darauf?»

«Der fährt so ein aufgemotztes amerikanisches Auto und hat gefärbte Haare und wilde Piercings. Seine Haut ist wie aus Leder, das ist typisch für Nachtmenschen, die viel ins Sonnenstudio gehen.»

«Und deswegen kommst du aufs Rotlichtmilieu?» Das war jetzt schon wieder lustig.

«War nur so ein Gefühl.»

«Egal. Hauptsache, er rettet unseren Chor.»

«Finde ich auch.»

«Was hast du überhaupt mit diesem Typen zu tun?», fragte Britta vorsichtig nach.

«Ich hatte mich mal verfahren und bin zufällig bei ihm auf dem Grundstück gelandet.»

«Und was hast du da draußen gesucht?»

Sybille zog die linke Augenbraue hoch. «Verrätst *du* mir alles über dein Liebesleben, mein Kind?»

Britta war perplex. Über das Liebesleben ihrer dreiundachtzigjährigen Großtante hatte sie tatsächlich noch nie nachgedacht. Das tat sie eigentlich grundsätzlich nicht bei alten Menschen, was ein Fehler war, wie sie gerade merkte. Obwohl es sie sehr reizte, bohrte sie nicht weiter nach. Ihre Großtante war immer etwas anders als andere gewesen, und dass sie sich diese Eigenschaft bis ins hohe Alter erhalten hatte, gefiel Britta.

«Ich würde ja gerne mitkommen», sagte Sybille. «Aber Regina holt mich nachher zum Augenarzt nach Wismar ab, und Gesundheit geht vor.»

«Wismar kann ich doch auch übernehmen, wieso fragst du nicht mich?»

Sybi legte zärtlich ihre Hand auf ihre. «Es ist alles gut, das war lange mit Regina abgesprochen. Du fährst am besten gleich zu dem Rocker nach Kalkhorst. Aber sei bitte vorsichtig, ja?»

Britta fragte sich, was sie dort wohl erwartete: ein Landsitz für Prostituierte? Kampfhunde, die sie zerfleischen würden, sobald sie das Grundstück betrat? Egal, immerhin bestand die Möglichkeit, dass sie bereits heute Mittag einen neuen Dirigenten hatten! Am nächsten Mittwochabend könnte dann ganz normal Probe im Festsaal stattfinden.

Im besten Fall wäre die Hiobsbotschaft von gestern Abend nur eine kleine Zwischenepisode gewesen, über die sie in einer Woche bloß noch lachen würden.

7.

Über den sonnigen Himmel rasten im Wechsel weiße und schwarze Haufenwolken. Britta fuhr mit Sybilles Cabrio durch den Klützer Winkel. Sie musste vorsichtig sein, die Straße war nass, die Fahrbahn an vielen Stellen mit Laub bedeckt. Die Dörfer lagen zwischen langgezogenen Hügeln, hinter deren Kuppeln man die Ostsee sehen konnte. Pittoreske Fachwerkhäuser und Wassermühlen suchte man hier vergebens, die meisten Häuser waren einfach verputzt und klein – nichts, was Landromantik suchende Städter in Entzücken versetzt hätte. Den Leuten, die hier lebten, war das egal. Sie waren stolz auf ihren Besitz und freuten sich, in dieser Traumlandschaft leben zu dürfen. Tag für Tag werkelten sie weiter an ihren kleinen Häusern herum. Fast jedes Mal, wenn Britta über Land fuhr, hatte irgendwo jemand etwas angebaut: eine Terrasse, einen Wintergarten oder ein weiteres Zimmer für das nächste Kind.

Das Haus des Rockmusikers lag fernab von jeder Siedlung, Sybille hatte Britta eine vage Wegbeschreibung mitgegeben. Sie bog von der Hauptstraße ab auf einen rumpeligen Feldweg und fuhr schließlich durch ein kleines Laubwäldchen auf einen ehemaligen Bauernhof zu, der aussah wie ein Schrottplatz. Ein Trecker rostete in einer offenen Scheune vor sich hin, im hohen Gras lagen Pflüge und andere landwirtschaftliche Geräte, die offenbar seit Jahrzehnten nicht benutzt worden waren. Das große Wohnhaus mit den neuen Dachziegeln sah im Gegensatz dazu erstaunlich gepflegt aus. Vor dem Eingang parkten ein blankgeputzter amerikanischer Straßenkreuzer mit viel Chrom und ein höhergelegter Pick-up, etwas weiter entfernt standen zwei Harley-Davidson-Maschinen in einem Carport.

Als Britta die Wagentür öffnete, patschte sie als Erstes in eine knöcheltiefe Pfütze. Ihr linker Schuh quietschte bei jedem Schritt, aber sie ging einfach weiter, als sei nichts passiert. Neben dem Hauseingang war ein Schild angebracht, das amtlich aussah. Darauf stand: «Manu Schweiger, Steuerberaterin VdS».

Bevor Britta klingelte, öffnete sich die Tür, und ein Mann mit schulterlangen, schwarz gefärbten Haaren trat heraus. Seine Frisur verschob sich keinen Millimeter, wenn er den Kopf bewegte, so etwas bekam man nur mit Tonnen von Haarspray hin. Britta schätzte ihn auf vierzig, er trug eine enge schwarze Lederhose und ein schwarzes T-Shirt mit der Aufschrift «Harley-Davidson». An jedem seiner Finger steckte ein Silberring mit einem wulstigen Totenkopf, in die Lippe hatte er zwei Piercings gebohrt.

Konnte sie sich wirklich vorstellen, dass dieser Typ vor dem Klützer Chor stand und ABBA-Songs mit ihnen einübte? Auf jeden Fall! Und den anderen würde es genauso gehen! Aussehen hieß gar nichts. Ihr Ex Olli war auch Heavy-Metal-Fan gewesen und hatte voller Hingabe das kitschige «Hello» von Lionel Richie geschmettert. Dass ihr neuer Dirigent anders sein würde als Dustin, war ja klar.

«Hi», grüßte er. «Wir haben schon auf dich gewartet.»

«Echt? Sybille hat angerufen?» Britta war erstaunt, hatte Sybille doch angeblich keine Telefonnummer von diesem Hof gehabt. Deswegen war Britta ja direkt mit dem Auto hierhergefahren.

«Ich hab vergessen, wie die Tante hieß.»

«*Groß*tante», verbesserte sie ihn.

«Wie dem auch sei, ich bin Gonzo. Komm rein.»

Gonzo? Britta erinnerte sich dunkel an die blaue Figur, die in der Muppet Show bei der Eröffnungsmusik die Trompete gespielt hatte. Wobei Gonzo es nie schaffte, dem Instrument einen normalen Ton zu entlocken.

Jetzt drehte Gonzo sich um und rief in den Flur: «Ey, sie ist da!»

Eine etwas jüngere Frau, ebenfalls mit Lederhose und schwarz gefärbten Haaren, kam in den Flur und gab ihr die Hand. «Ich bin die Manu, hi. Wollen wir direkt loslegen? Komm rein.»

Drinnen war alles penibel aufgeräumt. Die Einrichtung bestand durchweg aus teurer Markenware. Auf der Anrichte standen ein Thermomix und eine riesige italienische Kaffeemaschine mit dem Kuhkopf-Aufkleber des aktuellen Heavy-Metal-Festivals in Wacken. Sie selbst war vor Jahren mit Olli auch mal dort gewesen: Die drei Tage mit Regen und Schlamm zählten nicht zu ihren Lieblingserinnerungen.

«Ihr wisst, warum ich hier bin?», fragte sie.

Die Frau beäugte sie skeptisch. «Bevor du weiterredest, möchten wir dich hören. Komm, wir gehen in den Keller.»

Britta wurde flau im Magen: Sie sollte vorsingen? Wieso das denn? *Gonzo* sollte zeigen, was er musikalisch draufhatte, nicht sie!

«Ehrlich gesagt bist du etwas älter, als wir gedacht haben», nörgelte er.

Wie bitte? Bei Britta klingelten sämtliche Alarmsirenen: Was war, wenn Sybille mit ihrem Rotlicht-Verdacht recht gehabt hatte? Dann lief sie gerade direkt in die Falle.

Trotz ihrer Bedenken folgte sie Gonzo nach unten. Manu hielt sich dicht hinter ihr. Und wenn das Paar unten einen Sado-Maso-Folterkeller installiert hatte? In dem sie sie gleich quälen würden? Sybille hatte sie gewarnt. Doch nun war es zu spät, umzukehren, außerdem waren die beiden ihr körperlich überlegen. Ihr stand der Schweiß auf der Stirn.

Nach ein paar Schritten atmete sie erleichtert auf: Im Keller befand sich ein Riesenmischpult, auf dem ein paar grüne Lämpchen leuchteten. Durch eine schalldichte Scheibe konnte sie zum Aufnahmeraum blicken. Überall an den Wänden hingen Poster von Aliens.

«Sing mal was ins Mikro», forderte Manu sie auf.

Britta war noch nie zuvor in einem Tonstudio gewesen. Sie ging in den Aufnahmeraum und setzte sich die Kopfhörer auf. Dann stellte sie sich vor ein Mikrophon, das von der Decke hing.

«Bitte!», drang Gonzos Stimme in ihr Ohr.

Was sollte sie denn jetzt singen? Sie hatte plötzlich eine totale Blockade, ihr fiel nichts ein. Spontan stimmte sie den Kanon an, den sie mit dem Chor beim Warm-up gesungen hatte: «Hejo, spann den Wagen an.» Über die Kopfhörer hörte sich ihre Stimme fremd an.

Das Paar hinter der Scheibe lachte Tränen.

«Soll ich aufhören?», rief Britta verunsichert.

«Nein, nein, weiter, weiter!», japste Gonzo über die Kopfhörer.

Plötzlich kam ein Höllenlärm auf ihre Ohren, wilde, verzerrte Gitarren. Es hörte sich an wie ein Hubschrauberangriff, Britta erschrak zu Tode. Hier stimmte etwas nicht.

«Was hat das mit meinem Anliegen zu tun?», rief sie.

Die Gitarren stoppten schlagartig.

Manu und Gonzo kamen herein, sie setzte die Kopfhörer ab.

«Superidee von dir!», sagte Gonzo. «Wir fangen damit an, dann setzen die Gitarren ein und zerstören die Volksmusikhölle.»

Volksmusikhölle?

«Ihr wisst schon, dass ich vom Klützer Chor bin?», fragte sie zur Sicherheit noch mal nach. «Wir suchen einen neuen Leiter.»

Kurz sahen sich Gonzo und Manu an, dann konnten sie nicht mehr an sich halten. Sie brüllten los und bekamen richtige Krämpfe vom Lachen.

Britta war empört. Ihr Chor war ihr hochheilig, und

die beiden behandelten sie wie eine Irre! Letzter Versuch: «Hätte jemand von euch Lust, uns zu dirigieren?»

Fragezeichen in ihren Gesichtern.

«Du bist nicht die neue Backgroundsängerin für ‹Age of Hell's Gate›?», japste Gonzo mit hochrotem Kopf.

Zeitalter des Höllentors, übersetzte Britta im Stillen. «Nein, das bin ich nicht.» Damit hatten sie das Missverständnis geklärt, endlich! Sie war halb amüsiert, halb enttäuscht. «Keiner von euch will also unseren Chor übernehmen, ist das richtig?»

«Nein», riefen beide gleichzeitig. «Um Gottes willen!»

«Was machst du beruflich?», fragte Gonzo, nachdem sie wieder oben waren. Er hatte immer noch feuchte Augen, sah sie jetzt aber interessiert an.

«Ich leite die Rezeption im Hotel Bernstein, falls du das kennst.»

«Ich war noch nie da, aber der Chef, Manne Schmidt, ist ein Cousin meiner Mutter.»

Im Klützer Winkel war jeder mit jedem verwandt oder bekannt, das stellte Britta immer wieder fest.

In diesem Moment erinnerte sie sich an das Schild am Eingang. «Und du machst in Steuern?», wandte sie sich an Manu.

Wohl kaum, oder?

Manu ahnte schon, was sie dachte. «Steuersachen möchte eben nicht jeder mit einem Spacko in Schlips und Kragen besprechen», erklärte sie ungerührt.

«Klar.»

«Sag mal, dürfen wir den Take mit dem Volkslied behalten?», fragte Gonzo. «Den könnten wir vor unseren neuen Song setzen, das wäre mega.»

«Unter einer Bedingung.» Britta lächelte.

Das würde zwar nicht den Chor retten, ihr aber eine Menge Alltagsärger vom Leib schaffen.

«Und die wäre?»

«Ich bekomme ein Honorar dafür.»

«Wie viel?»

«Kein Geld.»

«Sondern?»

Sie sah Manu an. «Du machst mir meine Lohnsteuer.»

Manu reichte ihr ihre Visitenkarte. «Abgemacht.»

Als sie das Haus verließ, war Britta nicht unzufrieden. Sie hatte das erste Mal in ihrem Leben in einem echten Tonstudio gesungen, und die lästige Steuererklärung hatte sie sich auch vom Hals geschafft. Nur was den Chor anbelangte, war sie keinen Schritt weitergekommen.

Gedankenverloren patschte sie beim Einsteigen wieder in die Pfütze. Sie zog ihre Schuhe aus und warf sie auf den Rücksitz. Gerade als sie wieder auf die Hauptstraße bog, rief Sybille auf dem Handy an.

«Und?», fragte ihre Großtante gespannt.

«Nix», antwortete Britta. «Alles Rotlicht.»

Dann gab sie Gas und fuhr zurück nach Klütz.

8.

Julika und Britta wanderten in Gummistiefeln und Regenjacke von Klütz in Richtung Boltenhagen. Britta musste erst einmal einen klaren Kopf bekommen. Gonzo und Manu waren die erstbeste Gelegenheit gewesen, die sich geboten hatte, einen Nachfolger für Dustin zu finden. Dass es nicht geklappt hatte, war schade, aber sie würden jemand anderes auftreiben. Bloß wo und wie? Ihr musste schnell etwas einfallen.

In den Ostseewind, der über das Herbstland wehte, mischte sich ein deutlich kühlerer Luftzug, der aus dem Winterland im Norden kam, wo bereits Schnee lag. Noch war es nur ein Hauch, aber sie wusste, dass er schon bald zu wilden Stürmen heranwachsen und die letzten Blätter von den Bäumen fegen würde. Julika war zwar tapfer, würde aber nicht mehr lange laufen können, was in ihrem Zustand vollkommen verständlich war.

Heute rochen die abgeernteten Felder nicht nach feuchter Erde, sondern nach dem angenehmen grasigen Parfüm, das Julika aufgetragen hatte.

«Du riechst wie eine Sommerwiese», sagte Britta und atmete tief ein.

Julika lächelte. «Ich trage im Winter gerne Sommerdüfte, die muntern mich auf.»

Sie hielten auf eine bewaldete Insel aus Büschen und

Erlen zu. Ein schmaler, verwachsener Pfad führte dorthin, zu sehen war er unter dem dichten Laubwerk nicht, man musste ihn kennen. Die Leute aus der Gegend nannten ihn den «Franzosenweg», niemand wusste aber mehr, aus welchem Grund. Der Name war aus vergangenen Zeiten von Generation zu Generation überliefert worden. Die eine Seite des Weges lag im Schatten, die andere wurde von der Sonne beschienen. Sie mussten hintereinander gehen. Einige Blätter glühten rot im Licht, manche leuchteten aber auch schon gelb und braun auf. Spinnwebenschleier kitzelten ihre Nasen, von den Büschen perlten Tropfen herab und fielen in langen Schlieren zu Boden, was einen kaum wahrnehmbaren hellen Ton gab. Feuchte Blätter streiften ihre Hosen und Jacken. Im Gebüsch hörte Britta den vertrauten kleinen Bach glucksen, der nach den Regenfällen der letzten Tage Wasser satt führte. Sie folgten dem unsichtbaren Pfad, indem sie zusammen eine Melodie von den Beatles summten. Nach wenigen Metern standen sie auf der anderen Seite der Buschinsel. Hier konnten Julika und sie wieder bis zum Horizont ins weite, hügelige Herbstland blicken. Der Klützer Kirchturm lag direkt vor ihnen.

«Wie war die Trauung mit dem älteren Paar?», erkundigte sich Britta.

«Die beiden waren schwerstens verliebt, total süß.»

«Ein echtes Wunder.»

«Man muss nur dran glauben», sagte Julika.

«Wie wir an unseren Chor?»

«Genau so!»

«Im Märchen würde in diesem Moment am Boltenhagener Strand ein Boot mit einem unbekannten Mann anlegen. Es würde sich herausstellen, dass er Dirigent ist und einen Chor sucht.»

«Oder eine Fee würde in den Festsaal von Schloss Bothmer schweben und uns von der Stuckdecke aus dirigieren.»

«Sind Märchen unsere einzige Hoffnung?», fragte Britta.

«Der Klützer Winkel ist nicht gerade ein Künstlerviertel», gab Julika zu bedenken. «Hier gibt es eine Menge Bauern und Handwerker, aber keine Musiker.»

Britta wollte das so nicht hinnehmen. «Ein paar Exoten gibt es doch überall. Die wegen ihrer Frauen und Kinder hierhergezogen sind, oder warum auch immer. Sie sehnen sich doch alle nach einem Traumjob bei uns.»

«Dein Wort in Gottes Ohr.»

«Komm, wir haben doch gerade erst angefangen zu suchen.»

«Ich habe mich schon bei Organisten in allen Kirchen der Umgebung umgehört – bisher nichts. Aber einige Antworten stehen noch aus.»

«Darauf alleine können wir nicht setzen. Ich denke, wir sollten auch übers Internet suchen», meinte Britta.

«Und dann treffen wir aus allen Bewerbern eine Vorauswahl und veranstalten mit denen ein Casting!», rief Julika begeistert. «*Klütz sucht den Superstar*, nur die Besten bekommen eine Chance.»

Britta schaute betrübt in den Herbsthimmel. «Ich wäre schon froh, wenn sich überhaupt jemand meldet.»

«Nun sei mal nicht so pessimistisch.»

Am nächsten Mittwochabend spazierte Britta mit Sybille zu Schloss Bothmer. Die Festonallee sah inzwischen aus wie eine einst stolze Queen mit zerrupfter Frisur, die übriggebliebenen gelben Blätter hingen regennass von den Zweigen herab.

In der letzten Woche war einiges passiert: Julika hatte sich um die Printmedien gekümmert und Anzeigenblätter für Schwarze Bretter in Supermärkten ausgedruckt, während Britta im Internet unterwegs gewesen war. Überall wurde derselbe Text verbreitet: «Charmanter Schlosschor sucht neue/n Leiter/in. Wir singen Pop & mehr und proben im Musiksaal der von Bothmers.» Parallel hatte Ludmilla im Klützer Winkel herumtelefoniert, was das Zeug hielt, und Annika hatte sich unter Kollegen an den umliegenden Schulen umgehört. Und sie waren erfolgreicher gewesen als erwartet!

Als sie jetzt mit Sybille den Schlossvorplatz betrat, stürmte Ludmilla auf sie zu.

«Hallo, meine Lieben», rief sie. «Ich habe Riesenglück gehabt.» Sie umarmte «Babuschka Sybille», der diese Anrede nicht besonders behagte, weil sie sich für eine «Oma» viel zu jung fühlte. Dann drückte sie Britta. «Ich habe Natalia gefunden, aus meiner Heimat, eine tolle Frau und Musikerin.»

«Lass uns das mit allen zusammen besprechen», sagte Britta. Ihr Herz klopfte laut vor Freude. «Bei mir haben sich auch zwei gemeldet.»

Zusammen gingen sie über den Haupteingang hoch in den Festsaal. Alle waren da und saßen bereits auf ihren Stammplätzen vor dem Konzertflügel. Die drei Frauen setzten sich dazu.

«Bevor wir darüber reden, wer sich gemeldet hat, sollten wir erst einmal festlegen, wie unser Chorleiter sein soll», warf Julika in die Runde.

«Hauptsache, gesund!», gluckste Krankenschwester Ludmilla.

Jenny grinste. «Auf jeden Fall sexy: kräftige Hüften, schlanke Handgelenke …»

«… die trotzdem fest zupacken können», gurrte Ludmilla und zwinkerte Jenny amüsiert zu.

«Das trifft alles auf mich zu», scherzte Rainer. «Wieso sollten wir das doppelt haben?»

Trotz aller Anspannung musste Britta herzlich lachen – an diese Art der Qualifikation hatte sie bei der Suche als Letztes gedacht. Sie selbst war seit der Trennung von Olli Single und sah das entspannt. Sie wollte nichts erzwingen. Wenn etwas passieren sollte, würde es auch passieren. Besser, man lebte glücklich mit sich selbst als in einer Beziehung um jeden Preis, fand sie. In Klütz war sie allein, aber nicht einsam, das war für sie ein entscheidender Unterschied. Und jetzt musste sowieso erst mal der Chor gerettet werden, da hatte sie für einen Mann gar keine Zeit.

«Bleibt doch mal ernst!», mahnte Regina und nestelte nervös an ihrer Perlenkette, die sie zu ihrem cremefarbenen Cashmere-Pullover trug. «So kommen wir nicht weiter.»

«Etwas älter und seriöser könnte er sein, wenn es geht», fand Wendy.

«Nee, lieber jung und dynamisch», hielt Julika dagegen.

«Vor allem sollte er wohl wissen, wie man einen Chor leitet.» Sybille schaute mit jenem strengen Gräfinnen-Blick in die Runde, der keinen Widerspruch duldete.

Nun erhob Britta sich und gab die Kandidaten bekannt, die sich gemeldet hatten. Es war unglaublich, wer alles im Klützer Winkel wohnte. Das ging bis hin zu Stars aus Hollywood! Wer hätte das gedacht?

«Wir haben drei Bewerber», verkündete sie. «Einer davon ist der Knaller. Dass sich so jemand bei uns bewirbt, ist ein Sechser im Lotto.»

Alle schauten sie neugierig an.

«Er heißt John Rautenberg und ist Deutschamerikaner. Und jetzt haltet euch fest: Rautenberg hat in Los Angeles mit den ganz Großen dieser Welt gearbeitet, mit Michael Jackson und Whitney Houston zum Beispiel, um nur ein paar zu nennen. Außerdem hat er am Broadway Musicals inszeniert und Gospelchöre in New York geleitet.»

Alle waren schwer beeindruckt. Von so jemandem hätten sie nicht mal zu träumen gewagt.

«Der ist doch viel zu groß für uns.» Sybille schüttelte den Kopf.

«Ich möchte ihm unbedingt einmal die Hand geben», sagte Jenny mit leuchtenden Augen. «Und dann werde ich sie so lange wie möglich festhalten.»

«Wieso?», fragte Annika.

Jenny war fassungslos, dass Annika nicht von selbst darauf kam. «Hallo? Mit seiner Hand hat er die von Michael Jackson berührt, und diese Energie fließt bestimmt immer noch!»

«Das kannst du vergessen», wandte Friseurin Gerda als ausgewiesene Yellow-Press-Expertin ein. «Michael Jackson hat es mit der Hygiene ja sehr genau genommen und immer Handschuhe getragen.»

Annika fummelte an ihrem Smartphone herum. «Im Internet kann ich aber gar nichts über Rautenberg finden.»

Das konnte Gerda erklären. «Kinder, der würde doch nie etwas unter seinem echten Namen veröffentlichen! Im Netz benutzt er natürlich ein Pseudonym, das machen die alle so.»

Britta lächelte in die Runde. «Also schauen wir ihn uns an, oder etwa nicht?»

«Klar!», riefen alle.

«Wen haben wir noch?», erkundigte sich Rainer.

«Ich habe mit Natalia telefoniert, sie war in Jekaterinburg beim staatlichen Ballett», verkündete Ludmilla und zeigte Fotos einer dunkelhaarigen, langbeinigen Balletttänzerin herum, die auf Spitze stand und ihre schlanken Arme zum Bühnenhimmel reckte.

«Wunderschön», seufzte Julika.

«Aber kann sie auch dirigieren?», fragte Annika.

«In Russland ist die Ausbildung ganz anders», erklärte Ludmilla. «Sie lernen dort alles: Klavier spielen, tanzen, singen, dirigieren, nicht zu vergleichen mit hier.»

Auch das klang vielversprechend.

«Okay», meinte Gerda. «Und wer ist der Dritte?»

«Stefan aus Hamburg», sagte Britta. «Er hat etliche Chöre geleitet und in vielen Bands gespielt.»

«Hamburg ist doch viel zu weit weg.»

«Habe ich ihm auch gesagt. Aber er hat versprochen, jeden Mittwochabend nach Klütz zu kommen.»

«Das können wir ihm gar nicht bezahlen», widersprach Jenny.

Britta musste ihr recht geben, irgendetwas stimmte da nicht, aber das ließ sich so nicht klären. «Lasst uns erst nur bis Tampere gucken. Wenn wir da aufgetreten sind, können wir die Karten immer noch neu mischen.»

«Okay.»

«Gibt es auch Fotos von den Bewerbern?», wollte Jenny wissen.

«Willst du die mit oder ohne Klamotten?», entgegnete Britta, ohne mit der Wimper zu zucken.

«Nackt und Ganzkörper bitte.»

Sarah fand das gar nicht witzig. «Ist das jetzt ein Casting oder ein Blind Date?»

Jenny verzog leicht das Gesicht. «Man darf ja wohl mal nachfragen. Im Gegensatz zu dir bin ich nun mal Single und immer auf der Suche.»

Sarah verdrehte die Augen.

«Wie organisieren wir das Ganze denn nun?», fragte Britta in die Runde.

Darüber wurden sie sich schnell einig. Die drei Kandidaten wurden zur nächsten Chorprobe in den Festsaal eingeladen, jeder bekam eine halbe Stunde, und am Ende würde der Chor abstimmen. Alle waren jetzt schon sehr aufgeregt: Dass sie in einer Jury saßen und über andere entscheiden durften, kam in ihrem Leben sonst nicht so häufig vor.

9.

Bereits eine Stunde vor dem Casting hatten sich die Chormitglieder im Festsaal zum Einsingen versammelt: Britta, Sybille, Jenny, Regina, Ludmilla, Wendy, Sarah, Julika, Annika und der letzte verbliebene Mann, Rainer. Er hatte zugesagt, tapfer alleine durchzuhalten, bis er Verstärkung bekam, dafür war Britta ihm äußerst dankbar und sagte es ihm gleich mehrmals. Inzwischen hatte er von Sarah eine dunkle Hose und ein kragenloses schwarzes Hemd mit weißer Borte bekommen.

Britta erkannte ihre Mitsängerinnen kaum wieder, nach einer normalen Probe sah das nicht aus. Sie trugen alle ihre Chorkleidung, nur die hochschwangere Julika musste natürlich wieder passen, aber auch sie kam in Schwarz. Die Frauen hatten Lippenstift aufgetragen und waren auch ansonsten so aufwendig zurechtgemacht wie noch nie in der zwanzigjährigen Geschichte des Chores. Vor einem internationalen Künstler wie John Rautenberg wollten sie so attraktiv und weltgewandt wie möglich rüberkommen.

Britta klatschte in die Hände und stellte sich vor den Flügel. «Kommt bitte alle zu mir!»

Sie übernahm wieder das Einsingen, was eine Katastrophe wurde. Alle waren total unkonzentriert, die Stimmen klangen wie schepperndes Blech. «Don't Worry Be Happy» wäre glatt als Trauerlied durchgegangen. Mal abgesehen davon, dass sie viel zu laut sangen und die Schlusstöne auch nach drei Wiederholungen nicht auf einem Punkt zusammenkamen – irgendjemand klapperte immer hinterher oder vorweg. Es war zum Davonlaufen.

Britta musste einsehen, dass alle nur John Rautenberg entgegenfieberten, er war der absolute Favorit und kam als Erster dran. Falls er verbindlich zusagte, konnten sie die anderen Kandidaten unbesehen nach Hause schicken.

«Vergesst nicht: *Ihr* müsst ihn von *uns* überzeugen», erinnerte Britta die anderen. «Nicht umgekehrt.»

Es nutzte nichts, sie waren einfach zu aufgeregt. Irgendwann kam Britta mit dem Einsingen nicht mehr weiter und gab auf. Rautenberg sollte das Warm-up selbst übernehmen, bei ihm würden sie vor Energie und Ehrgeiz glühen.

«Michael Jackson, Wahnsinn!», hauchte die sonst eher vernünftige Annika ohne jeden Zusammenhang in den Raum.

Julika blieb skeptisch. «Aber was sucht dieser Typ ausgerechnet im Klützer Winkel?»

«Ist doch herrlich, dass die Welt so eng zusammenwächst», freute sich Gerda.

Regina konnte das nicht glauben. «Aber von L.A. nach Klütz? Umgekehrt wird eher ein Schuh draus.»

«Auch der Erbauer von Schloss Bothmer hat in London gelebt», erinnerte sie Sarah.

Britta blickte hinüber zu Rainer, der am Fenster zur

Festonallee stand. Von dort aus konnte er den Vorplatz gut überblicken.

«Er kommt!», rief er jetzt.

Britta eilte nach unten, um den Mann in Empfang zu nehmen. Normalerweise wäre sie nicht aufgeregt gewesen, als Leiterin der Rezeption im Hotel war es ihr Job, Gäste mit einem strahlenden Lächeln willkommen zu heißen. Aber in diesem Fall ging es um mehr. Rautenberg sollte von Anfang an ein gutes Gefühl haben.

Aus einem Taxi mit Rostocker Kennzeichen stieg ein Mann um die sechzig. Als Erstes fielen Britta seine unglaublich schiefen Schneidezähne und die ungekämmten grauen Haare auf. Seine Gesichtshaut wirkte fahl, die Augen glasig.

«John Rautenberg?», fragte Britta und streckte ihm lächelnd die Hand entgegen.

«Auch», bestätigte er. «Ich habe so viele Namen.»

«Britta Fürstenberg, willkommen auf Schloss Bothmer.»

Er roch stark nach Alkohol. Was nicht zwangsläufig bedeutete, dass er kein fähiger Künstler war, das wusste Britta. Viele Genies hatten ihre Schwächen und trotzdem Bedeutendes geschaffen. Vielleicht roch sie in Wirklichkeit auch nur ein exotisches Rasierwasser, das man im Klützer Winkel nicht kannte.

Jetzt trat der bullige Taxifahrer auf sie zu. «Macht hundert Euro.»

«Hundert Euro?», wiederholte Britta ungläubig. Sollte *sie* das etwa zahlen?

«Sonderpreis von Rostock», erklärte der Fahrer grinsend.

Das war eigentlich viel mehr, als das Chorbudget hergab, aber sie wollte nicht kleinlich wirken. Für einen Hollywoodstar waren das Peanuts, um die sie nicht zu streiten gedachte. Sie drückte dem Taxifahrer hundertzehn Euro in die Hand, und er fuhr mit quietschenden Reifen davon.

Während sie mit Rautenberg in den Festsaal hochging, merkte sie, dass er ziemlich wankte. Als Empfangschefin war es ihre Aufgabe, darauf zu achten, dass ihm nichts passierte. Mehrmals musste sie ihm unter die Arme fassen, damit er im Treppenhaus nicht das Gleichgewicht verlor.

Als Rautenberg den Saal betrat, veränderte sich die Atmosphäre im Raum greifbar. Sämtliche Chormitglieder strahlten ihn verzückt an, es war Liebe auf den ersten Blick. So sieht echtes Charisma aus!, dachte Britta beeindruckt. Sie stellte ihm alle Chormitglieder einzeln vor. Anschließend ging Rautenberg die Reihe noch mal alleine durch und blieb vor Jenny stehen.

«Nehmen wir gleich noch einen Drink, Darling?», fragte er augenzwinkernd.

Jenny war so perplex, dass sie mit «Ja, gerne» antwortete.

Britta hatte ihm, wie allen anderen Bewerbern auch, ihre aktuellen Stücke mit Tonaufnahmen und Noten zugemailt, aber das interessierte Rautenberg offensichtlich nicht, denn er hatte keine der Unterlagen mitgebracht.

«Das Wichtigste ist die Kommunikation», nuschelte er. «Ohne die klappt es nicht.»

«Klar», sagte Britta. Eine kleine Ecke von seinem Hollywood-Bonus war für sie inzwischen angeknabbert.

«Ich gehe erst mal mit der Dame hier einen trinken», verkündete Rautenberg mit Blick auf Jenny.

Hatte der sie noch alle? Jenny sah Britta fragend an.

«Das müssen Sie leider verschieben», erklärte ihm Britta. «Nach Ihnen kommen noch andere Kandidaten.»

«Meine Dates sind ja wohl Privatsache», entgegnete er. «Komm, Jenny-Baby.»

«Vorher will ich dich einmal dirigieren sehen», forderte Jenny ihn auf. «Dann trinken wir was.»

Ein fingiertes Lockangebot, Superidee!

«So nicht!», beschwerte sich Rautenberg oder wie auch immer er in Wirklichkeit hieß. Alle schauten ihn fragend an.

Nun stand Sybille auf und stiefelte energisch auf ihn zu. «Schönen Tag dann noch», schnarrte sie mit schneidender Stimme.

Die Gräfin duldete keinen Widerspruch, das merkte sogar Rautenberg in seinem Zustand.

«Komm, Jenny», rief er noch einmal. «Wir gehen!»

«Vergiss es!»

Er gab immer noch nicht auf und setzte sich einfach neben sie. Da schritt Rainer ohne zu zögern auf ihn zu und zeigte ihm seinen Polizeiausweis. «Wenn Sie jetzt bitte den Saal verlassen würden.»

Rautenberg starrte ihn erschrocken an. «Willst du mich jetzt verhaften, oder was?»

«Warum sollte ich? Sie gehen ja ohnehin freiwillig.» Rainer legte ihm scheinbar kumpelhaft die Hand auf die Schulter und drückte sie dann fest wie einen Schraubstock zusammen.

Rautenberg quiekte laut auf, dann vertrollte er sich. «Idioten!», lallte er beim Hinausgehen.

«Sollen wir Ihnen ein Taxi rufen?», rief Julika ihm besorgt hinterher. Britta war beeindruckt: Sogar bei so einem Vollidioten blieb ihre Freundin fürsorglich.

Als der Mann außer Sicht war, setzten sie sich frustriert unter den Kronleuchter.

«So viel zum Thema Michael Jackson», seufzte Gerda mit traurigem Gesicht. Sie war tief enttäuscht, hatte sie sich doch wie wahnsinnig auf die Welt des internationalen Showbiz gefreut. Was für eine Chance wäre das gewesen – und das ausgerechnet im abgelegenen Nordwestmecklenburg!

«Idiot!», schimpfte Annika.

«Was hat der sich bloß dabei gedacht?», fragte Wendy.

«Ich fand ihn total sexy», gurrte Jenny.

«Im Ernst?», fragte Sarah entsetzt. Sie war wirklich lieb und nett, aber Ironie war nicht ihre Stärke.

Jenny lachte. «Was denkst du bloß von mir, Sarah?»

Es blieb niederschmetternd. Nach der verpassten Chance auf Hollywood mussten sie nun wieder kleine Brötchen backen. Britta bat den Chor zum Flügel. Lustlos sangen sie ein paar Lieder, um warm zu bleiben. Aber was sie sich auch vornahmen, die Stimmung blieb getrübt.

Kurze Zeit später stapfte die nächste Kandidatin in den Festsaal: Sie war ungefähr Ende vierzig, grell geschminkt, hatte eine rundliche Figur und trug zwei Zöpfe, die um ihren Kopf zu einem Kranz gebunden waren, dazu Rock und schwarze Lederstiefel. Mit der Balletttänzerin auf dem Bewerbungsfoto hatte Natalia nur noch wenig gemein, das lag anscheinend lange Zeit zurück.

«Meine Lieben», rief sie überschwänglich mit russischem Akzent. «Wie schön, euch zu sehen!»

Britta war erleichtert. Das war eine Frau voller Emotionen, Wärme und Herzlichkeit, nicht so ein Spinner wie dieser Rautenberg! Mit Natalia konnte es was werden, der Draht zu ihr war gleich da.

Ludmilla wechselte ein paar Worte auf Russisch mit ihr. «Natalia freut sich sehr auf die Arbeit mit uns», übersetzte sie. «Und sie liebt das Schloss.»

Die Bewerberin zog eine silberne Stimmgabel aus einer Schatulle, was auf Britta schon mal sehr professionell wirkte. «Los, los!», rief sie laut.

Über das, was dann passierte, redeten sie im Chor noch Wochen später.

«Gerade hinstellen!», befahl Natalia.

Alle drückten das Kreuz durch.

«Das! Ist! Nicht! Gerade!», brüllte sie. «So kann Energie nicht fließen!»

Sie marschierte durch die Reihen, korrigierte die Haltungen mit der Stimmgabel, sogar die von Physiotherapeutin Jenny, und die hatte nun wirklich eine vorbildliche Körperspannung. Nicht einmal bei Sybille ließ sie Gnade walten. Nur die hochschwangere Julika durfte sich zwischendurch auf einen Stuhl setzen, aber nicht zu lange, bitte sehr.

«Und eins und zwei und drei und vier ...»

Während sie «Country Roads» sangen, schrie sie den Text zackig heraus, als sei es ein Befehl: «Mountain mamma! Take me home! Country roads!»

Als Armeekommandantin wäre sie eine Traumbesetzung gewesen. «Musik ist Disziplin!», brüllte sie.

«Pass bloß auf, sie ist die böse Schneekönigin», flüsterte Jenny Britta zu.

«Genau dasselbe habe ich auch gedacht», antwortete Britta leise. Sie wunderte sich, dass auch die jüngere Jenny den russischen Märchenfilm kannte, der in ihrer Kindheit jedes Jahr zu Weihnachten im Fernsehen lief.

«Reden verbotten!»

Natalia erklärte etwas auf Russisch, was Ludmilla übersetzte, indem sie ihren Tonfall eins zu eins imitierte: «Ihr müsst jeden Tag eine Stunde hart üben! Selbstbeherrschung! Stimmschulung!»

«Wir sind ein Laienchor», maulte Rainer. «Das soll vor allem Spaß bringen.»

«Nein, Disziplin!», fuhr Natalia ihn an.

Ludmilla sagte ein paar Worte auf Russisch zu ihr, diesmal vehementer, daraufhin kam es zu einem Streit, der schließlich eskalierte: Ohne Abschiedsgruß verließ Natalia den Festsaal.

Alle starrten Ludmilla verdattert an.

«Was hast du ihr gesagt?», fragte Britta.

«Dass wir ein Laienchor sind und nicht die Rote Armee.»

Gelächter.

«Vielleicht hätte uns etwas mehr Disziplin wirklich ganz gutgetan», überlegte Rainer laut.

«Aber nicht mit der bösen Schneekönigin», erwiderte Britta.

«Sie ging gerade noch», fand Sarah. «Besser als dieser Rautenberg.»

«Aber nur wenn du auf Auspeitschen stehst», meinte Wendy.

Schließlich kam Stefan, und bei ihm hatte Britta wirklich ein gutes Gefühl. Endlich, es konnte ja auch nicht nur Idioten auf dieser Welt geben! Er war braun gebrannt und sah auch ansonsten sehr einnehmend aus: energisches Kinn, breite Schultern, knallblaue Augen, seine welligen Haare trug er mittellang. Unter dem Arm hielt er eine dünne, schwarze Mappe.

Als Erstes ging er herum und gab allen die Hand, wobei er jedem Einzelnen fest in die Augen blickte, allerdings nicht so schmierig wie dieser John Rautenberg. Er machte keinen Unterschied zwischen Jung und Alt. Britta war erleichtert. Endlich mal ein Kandidat, für den Höflichkeit kein Fremdwort war! Einer wie der würde in der Lage sein, den Chor zusammenzuhalten.

«Stellt ihr euch mal bitte in einer Reihe auf», forderte er die Truppe höflich auf. Er begann mit ein paar Lockerungsübungen, nach denen sich alle gut fühlten. Das Einsingen selbst war fast identisch mit dem von Dustin, auch das sprach für ihn. Stefan war ein echter Profi: freundlich, aber verbindlich, genau das, was sie brauchten. Schließlich öffnete er seine schwarze Mappe, und was ebenfalls für ihn sprach: Er hatte sich all ihre Noten ausgedruckt und einzeln in Klarsichthüllen gesteckt. Der nahm ihren Chor ernst!

«Was wollt ihr als Erstes singen?», fragte er nun und lächelte freundlich in die Runde.

«Don't Worry Be Happy», kam es gleichzeitig von mehreren.

«Sehr gut!»

Er hob die Arme, und alle holten Luft. Dann fuhr sein Arm geschmeidig nach unten, und sie sangen alle Strophen durch. Bei einem Dirigenten wie ihm fühlte sich Britta sicher aufgehoben, und auch die anderen strahlten nach dem Schlussakkord glücklich in die Runde. Mit Stefan bekamen sie endlich das wunderbare Chorgefühl wieder, das sie so sehr vermisst hatten. Für Britta stand fest: Mit ihm würden sie nach Tampere reisen!

Nachdem das Lied beendet war, packte Stefan seine Noten in die Mappe zurück und zog sein Jackett an. «Ich kann es nicht», erklärte er leise.

Alle starrten ihn an.

Britta eilte zu ihm. «Waren wir zu schlecht?», fragte sie bestürzt.

«Nein, es ist nur … ich war lange krank, und es ist zu früh, das habe ich gerade gemerkt. Tut mir leid.»

Dann rannte er hinaus. Annika eilte hinterher, um nachzuschauen, ob er vielleicht doch noch mal wiederkam. Doch Stefan raste mit seinem Wagen vom Schlossvorplatz, als sei der Teufel hinter ihm her.

Frustriert saßen sie wieder unter dem Kronleuchter, der sinnloserweise ein festliches Licht verbreitete.

«Wir sollten das Schloss in ein Heim für Spinner umwandeln», stellte Regina fest.

Wenigstens hatte sie ihren Galgenhumor noch nicht verloren.

«Und wenn wir doch Leutnant Natalia nehmen?», fragte Gerda.

«Das meinst du nicht ernst», protestierte Jenny.

«Besser als aufhören.»

«Wohnen im ganzen Landkreis denn nur Irre?», fragte sich Britta laut.

Alle starrten sie niedergeschlagen an. War es das nun gewesen?

10.

Auch in dieser Nacht grübelte Britta so viel, dass sie kaum schlafen konnte. Es war ihr schleierhaft, wie sie ohne den Chor durch den Winter kommen sollte. Natürlich würde sie ihre Freunde weiter treffen, sie lebten ja alle in Klütz und waren nicht aus der Welt. Aber ohne das Singen war es etwas anderes.

Am nächsten Morgen fühlte sie sich wie gerädert. Direkt nach dem Frühstück stieg sie in den Peugeot, um nach Wismar zu fahren. Nach dem verkorksten Casting würde es ihr guttun, mal aus Klütz rauszukommen und sich etwas Schönes zu gönnen. Gleich hinter dem großen Wismarer Marktplatz, direkt am Mühlenbach, hatte ein neuer Beauty-Salon eröffnet, dessen Räumlichkeiten sich in einem alten Backsteinhaus befanden.

Die junge Frau an der Rezeption lächelte sie freundlich an: «Moin, was können wir für dich tun?»

«Ich brauche dringend eine Ganzkörpermassage», stöhnte Britta.

«Dazu Gesichtsreinigung inklusive Peeling und Maske?»

«Das ganze Programm», bestätigte sie.

Eine blonde Ramona, ebenfalls blutjung, bat sie nach nebenan in einen Umkleideraum mit pastellfarbenen Wänden. Britta zog sich aus, duschte kurz und legte sich dann auf eine Liege, mit dem Gesicht nach unten. Ramona hatte Entspannungsmusik angestellt und begann nun, ein wohlriechendes ätherisches Öl auf ihren Rücken träufeln zu lassen. Am Anfang massierte sie ganz sanft, es fühlte sich fast wie streicheln an. Nach einer Weile wurde sie etwas vehementer, dann wieder ruhig. Ihre Hände bewirkten echte Wunder, sämtliche Knoten am Rücken und am Nacken lösten sich, auch die, von denen Britta nicht einmal etwas geahnt hatte. So versank sie mit geschlossenen Augen in eine Welt, die sie fast vergessen hatte: Der Sommer war wieder da, sie lag träge am Strand und schwamm zwischendurch in den Ostseewellen. Unwillkürlich musste sie an die warmen Hochsommerabende auf ihrer Terrasse denken, mit Julika, Jenny und Ludmilla. Die Blumen blühten, auch um Mitternacht kam man mit Stoffhose und T-Shirt aus. Mit den Knoten in ihrem Rücken schienen sich auch alle Sorgen aufzulösen, dieses Gefühl sollte bitte nie aufhören!

Als Ramona fertig war, bedeckte sie Brittas Körper mit dicken, vorgewärmten Handtüchern. Sofort dämmerte Britta weg und träumte wieder vom Sommer. Irgendwann wurde sie geweckt, und anfangs gelang es ihr kaum zu sprechen, weil sie sich immer noch so gut fühlte.

Als sie eine halbe Stunde später den riesigen Wismarer Marktplatz betrat, fühlte Britta sich wie ein neuer Mensch. Zudem strahlte die Sonne auf die prächtigen alten Giebel der umliegenden Häuser. Trotz der kühlen Herbsttemperaturen setzte sie sich vor dem Rathaus nach draußen, ihr war von der Massage noch total warm. Sie bestellte einen Latte macchiato und genoss die Pause.

Aus dem Augenwinkel bemerkte sie, wie sich ein jüngerer Mann mit einem kurzgeschnittenen Vollbart an den Tisch neben ihr setzte. Er trug ein ärmelloses T-Shirt, was ihr angesichts der Temperaturen etwas übertrieben erschien. Vermutlich wollte er nur seinen beeindruckenden Bizeps zeigen. Er hätte gut Türsteher oder Bodyguard sein können. Sein Handy klingelte, und es war nicht zu vermeiden, dass sie mithörte. Schade, vorher war es so schön ruhig gewesen.

«Hi Mark, ich habe heute Abend eine Elternversammlung einberufen und stoße dann später zu euch ...»

Britta grinste, mit einer Vokabel wie «Elternversammlung» hätte sie aus seinem Mund nicht gerechnet.

«... Du kannst dann schon mal das Einsingen machen, ich übernehme gegen neun ...»

Jetzt wurde sie hellhörig: Hatte sie richtig verstanden? Einsingen?

«... wir machen die Stücke vom letzten Mal weiter, den Elton John, Coldplay und ‹I Can See Clearly Now›.»

War der vermeintliche Türsteher in Wirklichkeit ein Chorleiter, oder war das nur ein Wunschtraum von ihr? Er legte sein Handy beiseite und bestellte sich einen Kaffee. Durfte sie ihn ansprechen? Eigentlich war es extrem aufdringlich, sich in Gespräche einzumischen, die man am Nebentisch mithörte. Andererseits war es ein Angebot des Schicksals, das sie unbedingt wahrnehmen sollte. Womöglich waren die Probleme des Klützer Chores in diesem Moment gelöst! War es nicht so: Wenn man mal lockerließ, ergaben sich die Dinge oft von selbst. Aller guten Dinge waren drei: Erst Gonzo und die Steuerberaterin vom Tonstudio, dann das Casting, um schließlich den Chorleiter zu treffen, der sie in Zukunft dirigierte?

«Entschuldigung, ich habe Ihr Gespräch eben mitgehört ...»

Der Bärtige schaute sie abweisend an. «So? Das geht Sie aber eigentlich nichts an.»

Britta setzte das tapferste Lächeln auf, das sie draufhatte. «Ich gebe Ihnen recht, aber ich befinde mich in einer echten Notsituation.»

«Herzstillstand ist eine Notsituation, sonst gar nichts.»

«Genau deswegen wende ich mich ja an Sie – es könnte dazu kommen!»

Er sah sie überrascht an.

«Ich singe in einem Chor in Klütz, und uns ist der Chorleiter abhandengekommen. Das ist ja wohl eine echte Katastrophe, oder?»

Daraufhin wurde seine Miene freundlicher. «Ich bin Musiklehrer im Geschwister-Scholl-Gymnasium in Wismar.»

Volltreffer!

«Wir sind zwölf Sänger in Klütz, gleich hier um die Ecke. Wie wär's?»

«Das Problem ist, ich leite schon zwei Chöre», erklärte er bedauernd. «Das ist mehr als genug.»

«Ach, wie schade.»

«Vielleicht klappt es ja andersherum», überlegte der Musiklehrer. «Kommt doch zu uns nach Wismar und singt bei uns mit! Wir sind zwanzig Sängerinnen und Sänger und können immer Verstärkung gebrauchen.»

Aufgeben und woanders andocken? Auf den ersten Blick eine sinnvolle Idee. Aber das Wichtigste würde dabei verlorengehen: dass sie alle in Klütz lebten.

«Das ist ein nettes Angebot, wirklich. Aber nee, ich glaube, unser Chor muss bei uns am Ort bleiben.»

Der Mann nickte. «Ein Chor bedeutet viel mehr, als nur zusammen zu singen, richtig?»

«So ist es.»

«Hast du mal bei der Musikhochschule in Lübeck nachgefragt?»

Britta verzog amüsiert das Gesicht. «Das wäre wohl etwas zu hoch gegriffen, wir sind keine Profis.»

«Ach was, für Musikstudenten ist Chorleitung ein ganz normaler Nebenjob.»

«Studenten?» Daran hatte sie noch gar nicht gedacht. Aber wieso eigentlich nicht? Lübeck lag nicht weit weg, bloß hatte sie nie über die Trave hinausgedacht, die die Landesteile voneinander trennte, sie wusste selbst nicht, warum.

«Vielleicht hat sogar ein Professor Lust, wer weiß?», spekulierte der Mann. «Häng doch einfach mal einen Zettel ans Schwarze Brett, den lesen alle. Der offizielle Weg über die Hochschule ist viel zu umständlich.»

«Superidee, vielen Dank!»

«Gerne, wir Musiker müssen uns beistehen, wo wir können.» Er zwinkerte ihr zu. Dann gab er ihr zum Abschied die Hand und verließ das Café.

Britta setzte ihre Kopfhörer auf und begann, alte Aufnahmen vom Klützer Chor anzuhören, die ihr Julika auf WhatsApp geschickt hatte: «Sunny» und «Don't Worry Be Happy». Es klang gar nicht schlecht. Plötzlich schienen die Passanten auf dem Wismarer Marktplatz alle nach der Musik des Chores zu swingen und zu tanzen. Jetzt setzte Ludmillas grandioses Solo ein. Mit ihrem wunderbaren russischen Akzent mischte sich immer eine Messerspitze Melancholie unter den fröhlichen Song.

Als Britta später zurück nach Klütz fuhr, wunderte sie sich: Nichts hatte geklappt, nichts war in Aussicht – und trotzdem war sie sehr viel zuversichtlicher!

11.

Der erste ernstzunehmende Herbststurm rauschte durch den Klützer Winkel. Er rüttelte und schüttelte das Fleckchen Erde heftig durch, goss Unmengen Regen über die Felder und wurde immer wieder von sonnigen Abschnitten abgelöst, die das bunte Laub zum Leuchten brachten. Britta rauschte mit dem Peugeot über hügelige Nebenstraßen Richtung Trave und bekam das Gefühl, dass sich die Büsche und Bäume gleich von ihren Wurzeln lösen würden. Alles wirbelte durcheinander, die ganze Landschaft mit ihren Farben Blau, Gelb und Braun. Viele Wege waren so eng, dass zwei sich entgegenkommende Autos nicht aneinander vorbeikamen. Der Wind zerrte am dünnen Verdeck, durch ein Loch über der Beifahrerseite pfiff es hörbar hinein, darum musste sie sich vor dem Winter dringend kümmern.

Vor der Fähre hielt Britta an, um noch einen Spaziergang über die Dünen zum Ostseestrand zu machen. Das Meer schimmerte dunkelblau und roch so, wie es nur im Herbst duftete: noch würziger und aufregender als im Sommer. Obwohl es eigentlich zu kalt dafür war, zog sie sich ihre eleganten Slipper und die Strümpfe aus, krempelte die Stoffhose bis kurz unters Knie und ging ein paar Schritte im Wasser hin und her. Sie war mittlerweile skeptisch, was die Aktion an der Musikhochschule in Lübeck bringen würde. Profimusiker träumten von Paris, Mailand, New York, aber nicht von Klütz in Nordwestmecklenburg! Doch ihre beste Freundin Julika hatte ihr zugeraten. Sie durften keine Gelegenheit auslassen.

Als sie eine halbe Stunde später die Travefähre erreichte, musste sie noch an der Schranke warten. Ein großer Pott mit blauem Rumpf und weißen Aufbauten schob sich direkt an ihr vorbei: Es war die Fähre nach Finnland. Das Schiff fuhr dorthin, wo der Klützer Chor wahrscheinlich nie landen würde. So darfst du nicht denken, ermahnte sie sich.

Nach Lübeck hineinzufahren, war ein erhebendes Gefühl. Es war für sie die Hauptstadt der Hanse, Wismar in Groß sozusagen. In der Altstadt gab es noch mehr prachtvolle alte Giebel, und Kaufleute und Reeder pflegten hier bis heute ihre Traditionen, zum Beispiel die sogenannten Lotsenstammtische, die seit mehreren hundert Jahren existierten.

Die Musikhochschule lag direkt an der Trave. Das große weiße Gebäude erinnerte an ein elegantes Traumschiff aus vergangenen Zeiten, das hier festgemacht hatte. Über eine schmale Fußgängerbrücke ging Britta direkt darauf zu und bog in eine schmale Gasse ein, bis sie an der Eingangspforte stand. Als sie die Tür öffnete, trat sie in eine ganz eigene Welt. Sie hatte im Internet gelesen, dass die Lübecker Musikhochschule aus sechsundzwanzig jahrhundertealten Bürger- und Kontorhäusern bestand, die man im Lauf der letzten Jahrzehnte miteinander verbunden hatte. Der Eingangsbereich war die Diele eines alten Handelskontors, wovon das grobe Fußbodenpflaster zeugte. In diesen Flur war man früher mit Pferdefuhrwerken gefahren! Die Decken mit den groben Balken stammten aus dem 19. Jahrhundert.

Ein Pförtner saß in einem hölzernen Kabuff mit hohen Fenstern, es sah aus wie ein kleines Haus im Haus. Hinter der Eingangsdiele blickte Britta auf einen prächtigen Innenhof mit einem Baum voller reifer Birnen. Von überall her hörte sie Violinen, Klaviere, Cellos und Blasinstrumente spielen. Studenten aus aller Welt gingen mit ihren Instrumentenkoffern die Gänge entlang.

Gegenüber vom Pförtnerkabuff hing das Schwarze Brett. Sie nahm ihren Zettel aus dem Rucksack und klebte ihn mit Tesafilm an. Er zeigte ein prächtiges Foto von Schloss Bothmer im Sonnenschein. Daneben stand der leicht abgewandelte Text: «Charmanter Schlosschor in der Nähe von Lübeck sucht Leiter/in. Wir singen Pop & mehr und proben im Festsaal der von Bothmers.»

Zugegeben, der «Schlosschor» war dick aufgetragen für einen kleinen Dorfchor, aber Hauptsache, es biss erst mal jemand an.

«So was gehört hier nicht hin, Véronique», murmelte eine Männerstimme hinter ihr. «Das wissen Sie doch.»

Sie drehte sich um.

Vor ihr stand ein schlanker Mittdreißiger mit lockigen dunklen Haaren und braunen Augen, die ihr überrascht entgegenfunkelten. Ihr fielen sofort seine langen Wimpern auf. Er trug ein graues Jackett über dem weißen Hemd, dazu Blue Jeans. Der hätte mir gefallen, als ich noch in seinem Alter war, dachte sie spontan.

«Oh, sorry», stammelte er. «Ich habe Sie mit jemandem verwechselt.»

«Kein Problem.»

Er überflog den Zettel. «Singen Sie in diesem Chor?»

«Ja», bekannte sie stolz, «seit zwanzig Jahren.»

Im nächsten Moment bereute sie ihre Antwort schon wieder, denn die Jahresangabe musste sie ziemlich alt wirken lassen. Vor zwanzig Jahren war er wahrscheinlich gerade mal fünfzehn gewesen.

«Das ist eine lange Zeit und sagt eine Menge über Ihren Chor aus.» Er ließ ihren Blick nicht los. «Allerdings gibt es eine offizielle Vermittlung für Musikerjobs im Sekretariat. Diese Wand ist nur für Mitteilungen des Prüfungsamts bestimmt.»

«Oh, das wusste ich nicht.»

«Was ist denn das genau für ein Chor?»

«Ach, nur ein Laienchor auf dem Land.»

«Was heißt ‹nur›?»

«Wir sind halt keine Profis.»

Er lächelte. «Sagt das etwas über die Leidenschaft aus?»

Sie lächelte zurück. «Nein, wir sind begeisterte Sänger, der Chor bedeutet uns alles! – Du bist nicht zufällig Dirigent?»

Das Du war ihr einfach so rausgerutscht.

«Leider nicht. Wollen wir kurz einen Kaffee trinken? Ich würde gerne mehr über euch erfahren.»

Immerhin hatte er mit einem informellen «euch» reagiert.

«Ja, gerne.»

Er führte sie hinaus zum Innenhof, wo er sich vor dem Birnbaum lang ausstrecken musste, um zwei der reifen Früchte zu pflücken. «Das mit den Birnen im Hof hat hier eine lange Tradition», erklärte er.

«Musiker überreichen seit Jahrhunderten fremden Frauen eine Frucht?», erkundigte sie sich.

«So ist es», antwortete er belustigt und reichte ihr eine Birne. Sie war genau so süß, wie sie sein sollte, wunderbar.

Als sie aufgegessen hatten, hielt er ihr galant ein Papiertaschentuch hin. Anschließend gingen sie in die Mensa, die direkt hinter dem Birnbaum lag. Anscheinend war sie früher das Kontor eines Lübecker Patrizierhauses gewesen. Vor Brittas geistigem Auge erschienen Buchhalter in Ärmelschonern, die mit Tintenfedern lange Ladelisten in großformatige Bücher eintrugen. Die Schiffe ihrer Herren lagen damals direkt vor der Tür in der Trave, nun schnatterten hier Studierende aus aller Welt miteinander.

Er besorgte ihnen zwei Cappuccino.

«Was machst du hier?», fragte Britta.

«Ich bin Klavierlehrer.» Er gab ihr die Hand. «Jasper, also Jasper Blüthgen.»

Der Händedruck fühlte sich gut an. «Britta Fürstenberg, also Britta.»

«Und ihr singt wirklich in einem echten Schloss?»

Sie nickte. «Schloss Bothmer in Klütz.»

«Wo genau liegt das?»

«Einmal über die Trave und dann noch ein paar Kilometer weiter. Es ist wirklich sehenswert.»

«Das schaue ich mir auf jeden Fall an. Ich mache gerade viele Radtouren, um die Gegend kennenzulernen. Vor allem im Herbst finde ich das toll.»

«Wenn der Herbst nicht den Winter ankündigen würde, wäre er auch meine liebste Jahreszeit.»

«Also, ich freue mich sehr auf den Winter.» Er strahlte sie an.

«Das hört man selten.»

«Der Sommer ist für mich selbst schon Musik, da bin ich am liebsten draußen und höre einfach nur zu. Was nicht gut ist, denn ein Musiker muss viel üben, und das geht nur drinnen am Flügel. Im Winter macht mir das nichts aus. Die Musik begleitet mich dann wie ein ewiger Sommer. – Spielst du auch ein Instrument?», fragte er.

«Gitarre und Akkordeon, aber nur für den Hausgebrauch.»

«Und du singst», fügte er hinzu.

«Mit mehr Begeisterung als Talent.»

«Zwanzig Jahre Chorsingen sind eine Menge.»

«Wir sind gerade in echter Not. Kennst du zufällig jemanden, der uns helfen könnte?»

Wenn Jasper gewusst hätte, dass sie nur elf Sängerinnen plus eine Männerstimme waren, hätte er vermutlich gleich abgewunken. Und elf waren sie ja auch nur, wenn alle da waren. Schließlich war man auch mal krank, beruflich verhindert oder im Urlaub.

«Ja, ich kenne jemanden, der gut passen würde. Jedenfalls ist das mein Gefühl.»

Ihr wurde vor Aufregung noch wärmer, als ihr nach dem Cappuccino sowieso schon war. Sie beugte sich neugierig zu ihm hin. «Wer ist das?»

«Du.»

«Was?» Sie wich erschrocken zurück.

Er lächelte «Im Ernst, du würdest eine hervorragende Chorleiterin abgeben.»

«Ich? Wie kommst du darauf? Du kennst mich doch gar nicht.»

«So etwas spüre ich.»

«Woher?»

«Instinkt.»

Britta war perplex. «Vielleicht bin ich eine gute Blenderin?»

«Kannst du Noten lesen?»

«Ja. Und ich bin hin und wieder eingesprungen, wenn unser Chorleiter zu spät kam.»

«Dann kannst du also dirigieren.»

«Na ja, ich weiß, wie die Grundbewegungen gehen. Das habe ich als Chorsängerin von der anderen Seite aus oft genug gesehen. Ob man das dirigieren nennen kann, bezweifele ich.»

Jasper schaute auf die Uhr. «Hättest du eine halbe Stunde Zeit?»

«Ja», antwortete sie, ohne sich lange zu zieren.

«Dann komm.»

Ihr Herz pochte. «Wohin?»

«Vertrau mir einfach.»

Sie kam sich vor wie ein willenloses Schaf, das zur Weide geführt wurde, trottete aber trotzdem mit, ohne zu wissen, wohin. Sie schritten durch die geheimnisvollen Gänge des Gebäudes. Es war ein undurchschaubares Labyrinth. Der Flur wurde manchmal so eng, dass sie hintereinandergehen mussten. Die alten Holztüren zu den historischen Räumen waren doppelt so hoch wie ein Mensch. Jedes Mal, wenn sich eine dieser Türen öffnete, hörte sie eine andere Musik, es war alles dabei, von Jazz bis Barock. Jetzt gingen sie ein paar Stufen in dunkle Katakomben hinab.

«Dies war früher ein geheimer Dienstbotengang», erklärte Jasper.

Auch im Keller gab es überall Übungsräume. Irgendwann führte eine Treppe wieder hoch in einen Flur mit getäfelten Wänden. Plötzlich standen sie vor einem riesigen Wandgemälde in Pastelltönen, es zeigte eine Palme und mehrere kunstvoll geflochtene Siegerkränze.

«Das hat was», sagte sie.

«Finde ich auch. Dieses Gemälde hat ein Weinhändler im 19. Jahrhundert als Huldigung an Napoleon hier anbringen lassen. Es hat ihn damals ein Vermögen gekostet.»

Jasper klopfte an eine Holztür einen Gang weiter und öffnete sie. Er ließ ihr den Vortritt. Als sie eintrat, staunte sie: Der Raum mit dem blankpolierten Parkett sah aus wie eine kleine Ausgabe des Saals im Kavaliershaus von Schloss Bothmer. Auch hier gab es kunstvollen Stuck an der Decke, durch die achtsprossigen alten Fenster schaute man direkt auf die Trave. Ein junger Mann mit Zopf saß vor dem Fenster am Flügel. Neben ihm standen vier Studenten mit Taktstock in der Hand und rollbaren Ganzkörperspiegeln vor sich.

Jasper begrüßte die Gruppe und sagte zu dem Mann am Flügel: «Ich habe hier eine Gasthörerin aus einem meiner Kurse, Britta Fürstenberg. Kann sie heute mitmachen?»

«Okay.»

«Das ist Steve McLean», stellte er den Dozenten vor. «Er ist Tutor fürs Dirigieren. Habt ihr noch einen Stab für Britta?»

McLean ging zur Fensterbank und reichte ihr einen Dirigierstab. Sie hatte immer gedacht, dass es einfach nur ein längliches, dünnes Stück Holz war. Nun entdeckte sie, dass sich am einen Ende ein kleiner Griff aus Kork befand, damit er sicher in der Hand lag. Britta kam sich ziemlich blöd vor, sie war kein Profi und wollte es auch nicht werden. Außerdem war sie mindestens doppelt so alt wie die Studierenden hier.

«Haben Sie das Stück drauf?», fragte McLean.

«Welches Stück?», wollte Britta fragen, doch Jasper antwortete für sie: «Klar!» Dann verabschiedete er sich von ihr. «Ich hole dich nachher wieder ab.»

Britta sah ihm verwirrt hinterher. Das würde jetzt sehr peinlich werden. Außerdem mochte sie es nicht besonders, sich selbst im Spiegel zu sehen.

McLean ging zu seinem Smartphone und stellte die Musik in den Lautsprechern an. Es erklang ein Orchesterstück, das Britta noch nie gehört hatte, vielleicht Mozart, aber gewettet hätte sie nicht darauf, schließlich war sie keine Klassik-Expertin. Alle fingen an, vor ihren Spiegeln zu dirigieren. Britta wusste, dass der erste Schlag im Takt mit einer Bewegung nach unten angezeigt wurde, dann ging es nach links, nach rechts und nach oben. Sie brauchte ein bisschen, dann fand sie sich ein.

«Die Arme höher, am besten auf Schulterhöhe, sonst sehen Sie die Musiker nicht», schnarrte Tutor McLean mit englischem Akzent.

Britta gab alles. Trotzdem hatten die anderen noch ein paar Schlenker extra drauf, die sie nicht kannte.

«Sie haben das Stück vorher nie gehört», befand McLean am Ende der Probe und grinste.

Sollte sie lügen? «Stimmt.»

«Dafür war es wirklich sehr okay.»

Schon dieses bescheidene Lob freute sie sehr, anscheinend hatte sie sich nicht allzu dumm angestellt.

Da klopfte es an der Tür, und Jasper steckte seinen Kopf herein. «Alles klar?», fragte er grinsend.

Sie verabschiedete sich von McLean und den Studenten, nicht ohne sich mehrmals zu bedanken.

«Na, wie war's?», fragte Jasper, als sie den schmalen Dienstbotengang zurück zur Mensa schlenderten.

«Solange die Musik aus der Konserve kommt, kann ja nichts passieren.»

«Ich würde dir raten, auch zu Hause vorm Spiegel zu üben. Filme dich am besten mit dem Smartphone.»

Sie blickte ihn zweifelnd an. «Hmm.»

«Falls es gut wird, kannst du es sofort ins Netz stellen.» Er lächelte.

«Bis dahin werden wohl noch Jahre vergehen.»

«Das weiß man nie.»

Sie tauschten ihre Handynummern aus.

«Eine Chorleiterin hast du jetzt gefunden», sagte er. «Herzlichen Glückwunsch!»

Zum Abschied gaben sie sich die Hand. Sie hätte ihn genauso gut vor Dankbarkeit umarmen können.

Auf der Rückfahrt öffnete sie das Verdeck des Cabrios, obwohl es dafür eigentlich viel zu kalt war. Der Wind fegte ihr nur so um die Ohren und wirbelte ihre Haare durcheinander. Sie drehte die Heizung auf volle Kraft und brauste beschwingt über die hügeligen Straßen des Klützer Winkels. Dieser Jasper Blüthgen war ziemlich beeindruckend. Und sie hatte in einer echten Musikhochschule dirigiert, unglaublich!

Konnte das reichen, um den Chor zu übernehmen?

12.

Am nächsten Morgen schaute Britta bei ihrer Großtante Sybille vorbei. Sie setzten sich mit einer Tasse Tee in den Wintergarten hinterm Haus. Die Sonne schien herein, die Luft war feucht, was an den unzähligen Grünpflanzen lag, die Sybille hier aufgestellt hatte. Ihr Dschungel machte jeden Winter zum Sommer, wobei die Fußbodenheizung ihr Bestes tat.

«Und? Wie war's?», fragte Sybille neugierig.

Britta erzählte von dem Dirigierkurs in der Musikhochschule und dem Klavierlehrer, der ihr geraten hatte, den Chor selbst zu übernehmen.

«Was meinst du dazu?», fragte sie. «Aber bitte ehrlich.»

«Ich traue dir das auf jeden Fall zu», sagte Sybille mit leuchtenden Augen. «Wieso solltest du nicht ein paar Dorfpomeranzen wie uns zum Singen bringen?»

«Das sagst du so einfach.»

«Du kannst Noten lesen und hast zig Jahre Chorerfahrung, was willst du mehr?»

«Es ist etwas total anderes, ob man in der zweiten Reihe mitsingt oder vorne steht.»

«Du kennst jede einzelne Stimme im Chor genau, das ist ein Riesenvorteil.»

«Das kann aber auch ein Problem sein. Ich frage mich, ob die anderen genug Respekt vor mir hätten.»

«Aber natürlich!» Sybille wurde richtig laut. «Was denkst du? Du hast doch schon das Einsingen geleitet und Stücke dirigiert, wenn Dustin zu spät kam.»

«Ja.»

«Und das hat bestens geklappt, oder? Ich weiß wirklich nicht, was du hast.»

Sybilles Empörung machte ihr Mut.

«Gut, dann probieren wir es heute aus: Ich bewerbe mich ganz offiziell als Chorleiterin, ihr entscheidet. Aber sag den anderen bitte noch nichts.»

«Versprochen.»

Eine Ausnahme gab es: Britta rief kurz bei ihrer besten Freundin Julika an und erzählte ihr, was passiert war. Die war total begeistert von Brittas Idee, den Chor selbst zu leiten.

«Das wäre die beste Lösung überhaupt!», rief sie.

Dann sollte es wohl so sein.

Oder doch nicht?

Von Sybille aus radelte Britta Richtung Markt, um etwas Obst zu kaufen. Sie liebte die Herbstäpfel, die Wendy um diese Jahreszeit anbot. Die Sonne schien beständig von einem wolkenlosen, tiefdunkelblauen Himmel herab, trotzdem waren die Temperaturen frisch. Britta trug ihren hellblauen Lieblingspullover und darüber eine braune Lederjacke. Auf dem Weg kam sie bei Franks Reisebüro vorbei, der sie prompt zu sich winkte.

«Hallo, Britta, ich habe gehört, ihr wollt Finnland stornieren?», rief er aus der offenen Tür, ohne sich von seinem Schreibtisch zu erheben.

«Wer behauptet das?»

«Alle!»

Britta schüttelte den Kopf. «Vergiss es, wir fahren wie geplant.»

«Sicher?»

«Ja.»

So sicher, wie sie tat, war sie natürlich nicht. Erst einmal musste sie herausfinden, ob die anderen sie als Dirigentin überhaupt akzeptieren würden. Aber sie wollte jetzt Haltung bewahren.

Sie kam an Reginas Galerie und dem Literaturhaus im alten Speicher vorbei und erreichte schließlich den Markt. Wendy stand in ihrer grünen Schürze am Obst-und-Gemüse-Stand. Sie lächelte die Kunden beim Bedienen immer freundlich an, aber heute versteinerte sich ihre Miene sofort, wenn sie außer Sichtweite waren. Es ging ihr wie den anderen Chormitgliedern nicht gut.

«Hast du vier Äpfel für mich?», fragte Britta.

Und während Wendy die besten heraussuchte, verkündete Britta die gute Nachricht: «Heute Abend ist Chor, wenn du Lust hast. Wie sieht's aus?»

«Was? Haben wir etwa einen neuen Leiter?» Wendy fielen vor Freude fast die Früchte aus der Hand.

«Ich habe eine Frau gefunden, die sich bewerben will.»

Was der Wahrheit entsprach.

«Wo hast du sie her?»

«Musikhochschule Lübeck.»

Was ebenfalls ein Teil der Wahrheit war.

«Du bist ein Genie!» Wendy kam hinter ihrem Stand hervor und umarmte sie.

Britta fühlte sich wie eine Trickbetrügerin. «Erst einmal müssen wir sie testen», versuchte sie die allzu hohen Erwartungen zu bremsen. «Das gilt für beide Seiten – es muss passen.»

«Heißt das etwa, wir machen wieder so ein bescheuertes Casting?»

«Nee, das wird ganz anders. – Kommst du also heute Abend?»

«Ist das eine Frage? Natürlich!»

Sie reichte ihr die Äpfel, Britta zückte ihr Portemonnaie.

«Lass man», sagte Wendy. «Zur Feier des Tages lade ich dich ein.»

Wenn sie ehrlich war, war Britta immer noch unsicher, ob sie sich vorstellen konnte, bei einem internationalen Chorfestival als Dirigentin auf der Bühne zu stehen. Mit einem mulmigen Gefühl schlenderte sie hinüber zu Gerdas Friseursalon. Zum Glück war die gerade allein im Laden. Britta trat ein und ließ sich auf einen leeren Friseurstuhl fallen.

«Heute Abend ist Chor, was sagst du dazu?»

«Ist das wahr?» Gerda schaute sie ungläubig an.

«Ja.»

«Na endlich!»

«Wir haben vielleicht eine Frau als Dirigentin.»

«Super, es geht also weiter?»

«Könnte sein.»

Gerda betrachtete kritisch Brittas Kopf. «Deine Spitzen sind fällig», stellte sie fest und zückte die Schere. Kurzerhand sprühte sie Brittas Haare mit Wasser ein, während die ihr beim Spitzenschneiden in groben Zügen erzählte, was sie auch Wendy gesagt hatte, ohne ihr Geheimnis preiszugeben.

Genau genommen war am Ende kaum etwas von ihren Haaren abgekommen. Trotzdem fühlte Britta sich frischer, als sie wieder auf den Markt trat. Den Rest des Chores würde sie über WhatsApp informieren – was Wendy vermutlich längst erledigt hatte. Sie schaute auf ihr Smartphone, und tatsächlich: Die Nachrichten überschlugen sich bereits. Lächelnd las sie die begeisterten Kommentare ihrer Mitsänger:

«Tampere, wir kommen!»

«Und von Finnland geht es nach New York!»

«Und von da aus?»

«Zur Venus!»

Alle waren total euphorisch.

Dann klingelte Brittas Handy. Jaspers Nummer wurde angezeigt – was für eine Überraschung! So schnell hatte sie nicht mit ihm gerechnet.

«Hallo, Jasper», rief sie fröhlich.

«Hallo, Britta.»

«Wie geht es dir?»

«Wenn ich dich so lächeln sehe, sehr gut.»

«Ich habe keine Kamera an, wie kannst du mich sehen?»

«Weil ich neben dir stehe.»

Sie drehte sich zur Seite. Dort stand Jasper und lachte sie an! Er trug eine helle Hose und eine dunkelbraune Lederjacke, unter der ein schwarzer Hemdkragen hervorlugte. Neben sich schob er ein filigranes Rennrad.

Ohne groß zu überlegen, umarmte sie ihn zur Begrüßung. «Was machst du hier?»

«Du hast mich neugierig gemacht. Also habe ich mich aufs Rad gesetzt und bin in dieses geheimnisvolle Klütz gefahren.»

«Und? Was sagst du?»

«Ich bin gerade erst angekommen. Außer der Tankstelle am Ortseingang und dich auf dem Marktplatz habe ich noch nicht viel gesehen.»

«Komm, dann zeige ich dir mein Schloss.»

«Das ist mal 'ne Ansage!»

Neben Jasper durch Klütz zu radeln, fühlte sich gut an. Ihre kleine Stadt mit den wunderbaren Rotklinkerbauten zeigte sich von ihrer schönsten Seite, sie schien in der Herbstsonne zu glühen. An manchen Stellen durchfuhren sie dichte Haufen von Herbstlaub, die ihnen der Wind in den Weg pustete.

Vom Eingang der St.-Marien-Kirche winkte Julika ihnen zu. Kurze Zeit später kam ihnen die blond gefärbte Jenny auf dem Rad entgegen. Neugierig blickte sie zu Jasper und lächelte ihn unverblümt an. Offensichtlich war sie äußerst angetan von ihm. Bevor Jenny sie und Jasper in ein

Gespräch verwickeln konnte, trat Britta in die Pedale, und Jasper zog mit.

«Kennst du hier eigentlich alle?», fragte er erstaunt.

«So ist das in Klütz.»

«Beeindruckend.»

«Und du wohnst in Lübeck?»

«Ja, aber erst seit einem halben Jahr.»

«Und vorher?»

«Zwei Jahre Toronto.»

«Da bin ich auch schon mal gewesen.» Mit meinem Ex Olli, erinnerte sie sich. Aber das sagte sie natürlich nicht laut. Sie nahm mit Jasper den Weg über die Festonallee. «Lass uns absteigen, dann können wir den Weg länger auskosten.»

«Okay.»

Sie sprangen vom Rad und gingen zu Fuß weiter. Auch wenn die Bäume links und rechts schon ziemlich kahl aussahen, hatte die Allee nichts von ihrer Noblesse eingebüßt.

«Unglaublich.» Jasper gefiel es sichtlich, auf dem Weg über den langgezogenen Hügel zu gehen und den Prachtbau mit seinen großzügigen Nebengebäuden nach und nach auftauchen zu sehen.

«Ein echtes Schloss», staunte er, als er das Anwesen in seiner vollen Breite auf der Insel liegen sah.

«Wie versprochen.»

«Dagegen ist die Musikhochschule ein schäbiger Schuppen. – Und hier singt ihr? Ernsthaft?»

Britta reckte den Hals wie ihre Großtante, die Gräfin. «Wir hielten es für angemessen.»

Er zog die linke Augenbraue hoch. «Seid ihr in Wirklichkeit Adelige, die hier inkognito proben?»

«Ja, im Schloss bleiben wir gerne unter unsersgleichen.» Sie zwinkerte ihm zu.

«Und? Dirigierst du jetzt den Chor?», fragte er, während sie auf das Anwesen zugingen.

«Ich überlege noch», antwortete sie ausweichend.

«Gestern habe ich noch einmal mit unserem Tutor gesprochen. Er war ganz angetan von dir.»

«Zur Chorleitung gehört aber viel mehr, als mit den Händen gekonnt in der Luft herumzufuchteln, das weißt du besser als ich.»

«Du kannst es aber wirklich.»

«Komm doch mit in mein Schloss», forderte sie ihn auf, um vom Thema abzulenken.

«Ich bin in einem ähnlichen Anwesen wie diesem aufgewachsen.»

«Im Ernst?»

«Unser Bergmannshaus in Gelsenkirchen-Buer war nur etwas kleiner. Für mich fühlte es sich trotzdem wie ein Schloss an, und das im Herzen des Ruhrpotts.»

Britta grinste, sie kannte Gelsenkirchen-Buer gut, eine Freundin ihrer Mutter hatte dort gewohnt. «Die Adeligen dort haben Brieftauben gezüchtet und sind samstags zu Schalke gegangen?»

«Klingt, als wenn du schon mal dort warst.»

«Ich stamme aus Unna.»

«Der Ruhrpott ist doch immer noch der schönste Ort auf der Welt, oder?»

«Schöner als Schloss Bothmer?»

Zusammen blickten sie auf das prachtvolle Ensemble vor ihnen und mussten gleichzeitig lachen.

Jasper das Schloss von innen zu zeigen, war riskant, denn Britta hatte vorhin Sarah im Erdgeschoss vorbeihuschen sehen. Jasper sollte auf keinen Fall mitbekommen, dass sie nachher mit dem Chor im Festsaal proben würde. Denn dann würde er erfahren, dass der «Schlosschor» nichts als ein kleines Dorfensemble mit zum Teil minderbegabten Sängern war, die sich hier nur trafen, um singend ein paar schöne Stunden miteinander zu verbringen. Ihre Stimmen waren für einen sensiblen Musikprofessor wie ihn bestimmt zum Ohrenzuhalten.

«Der Besitzer dieses Schlosses hat in England gelebt und sein Bauwerk nie gesehen. Für ihn war es eine bloße Geldanlage», sagte sie.

«So etwas gab es also damals schon.»

«Seine Londoner Wohnadresse kennt heute jeder: Downing Street Number Ten.»

Das Parkett knarzte, als sie nebeneinander durch die leeren Räume schritten.

«Allerdings ist das Schloss nicht möbliert, weil sämtliche Bewohner nach ihrem Auszug immer alles mitgenommen haben. Zuletzt war es ein Altenheim.»

Er lächelte. «Schade, dass die Betten hier nicht mehr

stehen, das hätte was gehabt. Auch die Zeit, als es ein Altenheim war, ist ja Teil der Geschichte dieses Hauses, oder?»

«Meinst du, es würden dann genauso viele Touristen kommen, um sich das anzuschauen?»

«Es wäre auf jeden Fall ein interessanter Gegenpol zur noblen Fassade.»

In diesem Moment kam Sarah mit ein paar Putzfrauen um die Ecke. «Die vertäfelten Wände nur mit Spezialöl einreiben!», erklärte sie ihnen gerade, «niemals mit Spülmittel! Das ist lasierte Eiche, also ganz vorsichtig!»

Schnell lotste Britta Jasper in den Festsaal, wo sie immer probten. Allmählich wurde sie nervös. Wenn Sarah sie hier traf, flog sie vor Jasper auf.

In einer Ecke stand der schwarze Konzertflügel, dessen Deckel blöderweise nicht verschlossen war. Natürlich konnte Jasper es nicht lassen, ihn zu öffnen und mal eben im Stehen ein romantisches Stück anzuspielen. Es klang wunderschön und erinnerte sie an einen Wasserfall, aber leider konnte sie die Musik nicht richtig genießen. Sein Spiel würde Sarah anlocken, das ahnte sie, zumal auf dem Flügel ein Schild stand: «Bitte nicht berühren!»

Britta bedankte sich für die kleine Einlage und zog ihn schnell weiter. Aber schon im nächsten Raum versperrte Sarah ihnen den Weg.

«Warst du das eben?», rief Sarah ihr zu.

«Nein, ich bin schuld», bekannte Jasper. «Ich weiß, es ist verboten.»

«Das ist Jasper – Sarah», stellte Britta die beiden vor.

Sie gaben sich die Hand.

«Du spielst echt toll.» Sarah strahlte. «Es klang wunderschön.»

«Danke.»

«Ist das wahr?», wandte Sarah sich nun an Britta. «Nachher ist Chorprobe?»

In diesem Moment war genau das eingetreten, was Britta unbedingt vermeiden wollte.

«Hmm», bestätigte sie kurz.

«Ihr habt nachher Probe?», rief Jasper. «Das ist ja super! Da kann ich euch begleiten – falls ich darf.»

«Gerne!», stimmte Sarah zu.

Britta war alles andere als begeistert. Die erste Chorstunde ihres Lebens sollte sie unter den Augen eines Profimusikers abhalten? Sie würde sich bis auf die Knochen blamieren, und Jasper würde danach bestimmt nicht noch mal Kaffee mit ihr trinken wollen. Aber leider war es jetzt zu spät für irgendwelche Ausreden.

13.

Als sie Schloss Bothmer wieder verließen, war es draußen dunkel, und es nieselte.

«Magst du bei mir zu Hause einen Tee trinken, um die Zeit bis zur Probe zu überbrücken?», fragte sie. «Du kannst dir aber auch gerne noch die Stadt anschauen, wenn dir das lieber ist.»

Was für ein unsinniger Vorschlag, dachte sie im nächsten Moment. Wieso sollte Jasper im dunklen Klütz bis neunzehn Uhr im Nieselregen herumgeistern?

«Ich komme gerne mit zu dir», sagte er.

«Allerdings ist es nicht für Besuch aufgeräumt», warnte sie ihn.

Er grinste. «Das ist mir auch lieber.»

«Wieso?»

«Ist viel entspannter.»

Sie mussten auf der dunklen Festonallee kräftig in die Pedale treten, denn von Süden näherte sich eine Regenfront mit pechschwarzen Wolken. Die Klützer Häuser rasten nur so an ihnen vorbei.

An der Haustür ließ sie ihm den Vortritt. Jasper betrachtete fasziniert das Urwaldgemälde mit den Schlingpflanzen und dem Tiger, der über den Klützer Marktplatz pirschte. Während er guckte, entfernte sie unauffällig eine Jacke und einen Joghurtbecher von der Couch.

«Klütz liegt also mitten im Dschungel», stellte er fest.

«Ja, man muss nur ein bisschen wegen der Tiger aufpassen. Ansonsten ist es sehr entspannt.»

Er lachte.

«Möchtest du etwas essen?», fragte sie.

«Gerne. Aber nichts Großes.»

«Was wäre das zum Beispiel?»

«Hast du eine Butterstulle?»

«Butterstulle?» Sie grinste. «Das Wort habe ich schon ewig nicht mehr gehört.»

Es passte perfekt in Brittas Mittwochritual: zweimal von einem Butterbrot abbeißen und dazu einen Becher Kräutertee trinken. Sie gingen in die Küche, wo sie Butter auf den Tisch stellte und ein kräftiges Bauernbrot aufschnitt, das sie bei Bäcker Johannsen gekauft hatte. Dazu gab es Kräuter-Meersalz vom Klützer Markt.

«Dünne oder dicke Scheibe?»

«Dick, bitte.»

Nachdem sie schweigend gegessen hatten, verzog sie sich kurz ins Schlafzimmer, um ihre Chorkleidung anzuziehen. In dem kurzen Moment des Alleinseins spürte sie, wie sich ihr Magen vor Aufregung zusammenzog. So nett sie es fand, Jasper an ihrer Seite zu haben, machte es ihr auch Angst: Ihm würde keiner ihrer Fehler entgehen. Außerdem wusste sie noch gar nicht, ob die anderen Chormitglieder sie überhaupt als Dirigentin akzeptieren würden. Vielleicht lehnten sie sie ab, und wie peinlich wäre das vor Jasper! Aber jetzt gab es ohnehin kein Zurück.

«Das Chorkostüm steht dir sehr gut», sagte Jasper, als sie zurück in die Küche kam.

«Danke.» Vielleicht sollte sie einfach ehrlich zu ihm sein? «Hör mal, wegen heute Abend ...»

«Ja?»

«Die anderen wissen noch nicht, dass ich als Chorleiterin einspringe. Es ist ja wirklich nur aus der Not heraus, weil wir niemand anderen gefunden haben.»

«Nun, ich denke, sie haben großes Glück mit dir.»

Woher nahm er das?

«Mir wäre es lieber gewesen, wir hätten jemand von außen gefunden. Du zum Beispiel könntest das tausendmal besser als ich.»

Er überlegte. «Nein, ich begleite dich am Flügel, *das* kann ich besser.»

Einerseits wäre es ein Traum, von Jasper begleitet zu werden. Andererseits ...

«Na gut», sagte sie.

«Zeig mal her, was singt ihr denn so?»

Britta holte die Chormappe aus dem Schreibsekretär. Dann setzte sie sich neben Jasper auf die Couch und zeigte ihm die Stücke, die sie in Finnland singen wollten – falls sie jemals dorthin kamen. Jasper kannte sich zum Glück nicht nur in der klassischen Musik aus, mit Jazz und Pop konnte er auch eine Menge anfangen. Ihre Stücke waren ihm alle bekannt, wenngleich er sie noch nie gespielt hatte. Aber das würde kein Problem für ihn werden. Das Wichtigste war: Er mochte das, was sie sangen!

Anschließend rief Britta Sybille auf ihrem Handy an, sie würde sie zusammen mit Jasper abholen. Ihrer Großtante würde das gefallen, in Anwesenheit jüngerer Männer blühte sie immer mächtig auf. Doch wie Britta jetzt erfuhr, war sie bereits mit Jenny ins Schloss gegangen.

Britta zog die Regenjacke über, ein letzter prüfender Blick in den Spiegel, noch einmal etwas Lippenstift nachlegen, und los ging's – mit Jasper. Ihr Herz pochte wie wahnsinnig.

Draußen regnete es heftig, deswegen nahm sie ausnahmsweise für den kurzen Weg zum Schloss den Peugeot. Der Regen prasselte auf das Verdeck.

«Hört sich an wie in einem Zelt», fand Jasper.

Wie sollte er später bei diesem Wetter bloß mit seinem Rennrad zurück nach Lübeck kommen? Das waren vierzig Kilometer, bei Regen, im Dunkeln! Sie parkte direkt vor dem beleuchteten Schloss, reichte Jasper einen Regenschirm vom Hintersitz und schnappte sich ihre Chormappe.

«Du darfst nicht zu viel erwarten», warnte sie ihn noch einmal.

«Unsinn.»

«Also los.»

Sie rannten zusammen zum Haupteingang des Schlosses, wo Jasper hastig die Eingangstür aufriss. Kurze Zeit später betraten sie den großen Festsaal, in dem der Kronleuchter strahlte. Um den Konzertflügel herum waren Stühle aufgebaut. Sybille war schon da, in ihrer Chorkleidung. Wie von Britta erwartet, starrte sie den gutaussehenden Mann an ihrer Seite mit leuchtendem Blick an.

«Hallo, Britta, mien Deern», sagte sie.

«Hallo, Sybi. Das ist Jasper Blüthgen – Sybille Fürstenberg, meine Großtante, genannt ‹die Gräfin›.»

«Frau Gräfin», begrüßte Jasper sie lächelnd, nahm ihre Hand und deutete einen Handkuss an.

Sybi schmolz förmlich dahin. «Mein Herr», hauchte sie.

«Gräfin der Herzen», fügte Britta hinzu.

«Das steht weit über Hochadel», befand Jasper. «Ich bin beeindruckt.»

«Sehr charmant», sagte Sybille.

Jetzt kam Sarah herein, auch sie im Chorkostüm. «Hallo, Britta.» Sie umarmte sie kurz, dann begrüßte sie Jasper mit funkelnden Augen. Sie kannte ihn ja schon vom Nachmittag.

Kurze Zeit später trudelten die anderen ein, die ebenfalls nicht den Blick von dem gutaussehenden Mann am Flügel lassen konnten: Wendy, Annika, Gerda, Krankenschwester Ludmilla, die mondäne Regina und Julika.

«Du hast nicht gesagt, dass er so gut aussieht», raunte ihre Freundin ihr zu. Dann kniff Julika ihr sanft in die Wange. «Viel Glück, Britta. Das wird!»

Auch Jenny war äußerst angetan von dem unbekannten Pianisten. «Wir haben uns doch heute schon auf dem Fahrrad gesehen», säuselte sie und blickte ihm tief in die Augen. Britta hatte keine Zeit, weiter darüber nachzudenken.

«Wie sieht es nun aus?», rief Britta. «Stehen die Stücke für Tampere?»

Laut Dustin sollten sie drei Popsongs und ein Volkslied aus dem eigenen Land vortragen. Was heftig im Chor diskutiert wurde, denn die Geschmäcker waren verschieden. «Country Roads» von John Denver war der am schnellsten akzeptierte Kompromiss, auch bei den Jüngeren. «Don't Worry», «Wir sind der Chor» nach der Melodie von ABBAs «Thank You for the Music» und «Abendstille» waren noch in der Diskussion.

«Wo bleibt denn jetzt unsere neue Chorleiterin?», fragte Regina.

Die eingeweihten Julika und Sybille warfen Britta einen verstohlenen Blick zu.

«Kommt noch», antwortete Britta und versuchte, sich ihre Nervosität nicht anmerken zu lassen. «Wir können uns ja schon mal einsingen.» Sie wandte sich an Jasper, der sie aufmerksam vom Flügel aus beobachtete. «Kann ich bitte ein A haben?»

Jasper lieferte es prompt. Alle nahmen den Ton in ihre Körper auf, liefen damit im Festsaal umher und begrüßten sich. Britta mischte sich unter sie, sie fühlte sich immer noch als eine von ihnen und wollte nicht außerhalb stehen. Dann übten sie Tonleitern, wobei sie die Töne kurz – lang – kurz – lang singen ließ, sodass sie richtig swingend klangen. Als Belohnung fügte Jasper auf dem Flügel den jeweils letzten Tönen wunderschöne Akkorde hinzu, was das Glücksgefühl der Sänger verstärkte: Das Ende jeder Sequenz fühlte sich ein bisschen so an, wie von einem Freund in einem gut gewärmten Haus empfangen zu werden. Britta und Jasper spielten sich die Bälle zu wie in einem Duo, Jasper machte sogar aus einer simplen Tonleiter großartige Musik.

Sie setzten ihre Reise weg vom Alltag fort, mit gesungenen Begrüßungen und Kanons, wobei die Sänger eng unter dem Kronleuchter zusammenstanden. Britta übte langsames, gemeinsames Atmen, ganz ohne Töne: «Ein – und aus, ein – und aus. Holt die Luft tief aus dem Bauch, euer Körper ist ein Blasebalg, die Töne legen wir später dazu.»

Dann summten sie wieder kurze Melodien, bis alle warm waren, was man übrigens an den Ohren erkannte, die durchgehend rot glühten. An dieser Stelle unterbrach Britta die Reise.

«Und jetzt kommt mein Outing wegen der Chorleitung», verkündete sie leise. Alle starrten sie erwartungsvoll an. «Ich habe die ganze Gegend abgesucht und leider niemanden gefunden. Aber bevor wir den Chor aufgeben – was haltet ihr davon, wenn ich das erst einmal übernehme?»

Erstaunte Blicke, bis auf Julika und Sybille, die breit lächelten.

Sie wurde unsicher. «Ich weiß, so gut wie Dustin bin ich nicht, aber ich werde mich bemühen. Das ist heute meine Probestunde. Anschließend gehe ich raus, und ihr stimmt ab. Wenn ihr mit nein stimmt, ist das völlig okay.»

«Quatsch mit Soße!», rief Sybille. «Darüber brauchen wir nicht abzustimmen.»

«Nein», fand auch Sarah. «Das ist eine super Lösung!»
Auch die anderen riefen sofort «Nein!».

«‹Nein› ist ein hässliches Wort», fand Sybille.

Also riefen alle noch lauter: «Ja, Britta! Ja, Britta!», und klatschten lachend dazu. Jasper spielte einen bombastischen Tusch auf dem Flügel und zwinkerte ihr aufmunternd zu. Das tat sehr, sehr gut. Nur: Wussten ihre Mitsängerinnen und Mitsänger, was sie da taten? Würde sie das wirklich hinbekommen? Jetzt hieß es, Augen zu und durch, anders ging es nicht!

«Dann mal los», rief sie. «Bis Tampere ist nicht mehr viel Zeit.»

«Und wann kriegen wir mehr Männerstimmen?», erkundigte sich Rainer. «Ich habe selber natürlich auch schon rumgefragt – nichts.»

«Um deine Verstärkung kümmere ich mich als Nächstes, das steht ganz oben bei mir auf dem Zettel», versprach Britta.

Als erstes Stück stimmte sie «Hello, Goodbye» von den Beatles an. Das konnten sie sicher, zudem war es für Britta einfach zu dirigieren. Und tatsächlich: Es lief wie am Schnürchen, während Jasper sie leise mit phantasievollen Verzierungen begleitete. Trotzdem war es immer noch ungewohnt für sie, ganz offiziell vor dem Chor zu stehen und ihren Leuten Anweisungen zu geben. Sie pickte ein paar heikle Stellen heraus und wiederholte sie, bis es klappte. Nach wie vor wurden die Schlusstöne unterschiedlich lange ausgehalten, eine typische Macke vieler Laienchöre.

Das «t» oder «d» am Ende eines Wortes musste auf einem Punkt kommen.

Dann nahm sie sich «Don't Worry Be Happy» vor. Die bodenständigen Klützer verschleppten regelmäßig den vertrackten Rhythmus. Also übte sie die kippeligen Takte in Zeitlupe. Als diese saßen, zog sie langsam das Tempo an und bat Jasper, mit einzusteigen. Der brachte den gesamten Chor souverän auf die richtige Seite: Zusammen mit dem Flügel hörte sich der Gesang großartig an! Jasper war ein äußerst sensibler Pianist, die Töne perlten nur so aus dem Instrument, niemals war er zu laut oder spielte sich zu sehr in den Vordergrund. Zwischendurch baute er kleine Übergänge und Verzierungen ein, die eine echte Freude waren. Nebenbei sang er sogar noch Rainers Männerstimme mit, um ihn zu unterstützen. Jaspers vollen, warmen Tenor hätten sie gut gebrauchen können, dachte Britta seufzend, vielleicht sollte sie ihn darauf ansprechen? Schnell verwarf sie den Gedanken wieder. Das war wohl etwas viel verlangt von einem Profimusiker.

Gerade wollte sie die Probe beenden, als Jasper am Flügel noch einmal Gas gab, quasi als Zugabe: «Let the Sunshine in» aus dem Hippie-Musical «Hair». Rainer fing an zu klatschen, die anderen stiegen mit ein. Dann zogen sie alle zusammen durch den Festsaal und sangen die Melodie auf den Namen «Tampere», wie damals beim Einsingen vor einigen Wochen, bevor Dustin sich verabschiedet hatte. Draußen wirbelte der Herbstwind das Laub in die Luft, und die Sonne anzusingen, war bei der

Dunkelheit eigentlich eher aussichtslos. Trotzdem fühlte es sich gerade ein bisschen an wie Hochsommer, alle Köpfe glühten. Am Ende blickte Britta nur in strahlende Augen.

Als sie mit Jasper und Julika nach der Probe hinaus auf den Vorplatz ging, war das Schloss von außen wie immer festlich beleuchtet. Zum Glück hatte es aufgehört zu regnen. Am liebsten hätte sie jetzt einfach losgetanzt, so glücklich und erleichtert war sie über die Chorprobe. Das hätte sie nie erwartet!

Julika umarmte sie herzlich. «Gut gemacht, Britta», flüsterte sie ihr ins Ohr. «Du hast uns gerettet.»

«Das werden wir sehen.»

«Nein, das steht außer Frage.» Dann verabschiedete sie sich.

Britta stieg mit Jasper ins Cabrio. «Du kannst unmöglich mit dem Rad nach Lübeck zurückfahren», sagte sie und sah ihn ernst an.

«Ich nehme mir einfach ein Taxi. Es ist spät geworden, und im Dunkeln ...»

«Das Taxi steht vor dir», erklärte Britta lächelnd.

Also fuhren sie erst mal zurück zu ihr. Dort angekommen, öffnete Britta das Verdeck des Wagens, und gemeinsam legten sie das Rennrad längs über den Rücksitz. Jetzt ließ sich zwar das Dach nicht mehr schließen, weil das Vorderrad hoch hinausragte, aber so würde es gehen. Sie drehte die Heizung auf volle Kraft, aber bei diesen Temperaturen blieb das Offenfahren trotzdem sehr ambitioniert. Der kalte Herbstwind pfiff ihnen nur so um die Ohren.

«Ich habe dir nicht zu viel versprochen, oder? Wir sind ein kleiner, ehrlicher Dorfchor», sagte Britta.

«Der eine tolle Leiterin hat», ergänzte Jasper.

«Ach, mit deiner Begleitung am Flügel lief es wie von selbst.»

«Ehrlich gesagt habe ich richtig Lust bekommen, euch weiter zu begleiten.»

«So hast du wenigstens mal Schloss Bothmer kennengelernt», meinte sie ausweichend.

Plötzlich fing es wie wild an zu regnen, direkt auf ihre Köpfe und die Sitze.

«Das ist bestimmt nur ein Schauer», meinte Jasper hoffnungsvoll und pustete sich die Tropfen aus dem Gesicht.

«Ganz sicher.»

Die Scheinwerfer erfassten eine Scheune mit offenem Tor vor ihnen. Britta gab Gas und fuhr kurz entschlossen hinein. Dann stellte sie Motor und Licht aus. Es roch nach Heu und gegorener Milch, der Regen trommelte auf das Blechdach über ihnen. In der Nähe bellte ein Hund. Hoffentlich würde es keinen Ärger mit dem Bauern geben. Es beruhigte sie etwas, dass Jasper ganz normal weiterredete, als säßen sie am Tisch eines Cafés.

«Der Dirigierkurs geht noch weiter», erklärte er. «Ab nächstem Mal übernimmt mein Freund Claudio. Von ihm kannst du dir bestimmt noch ein paar gute Tipps abholen, er kennt sich hervorragend aus.»

«Das ist sehr liebenswürdig von dir, aber wohl ein paar Nummern zu groß für Britta aus Klein Klütz. Außerdem höre ich überwiegend Pop und wenig Klassik.»

Er winkte ab. «Die Britta aus Klütz, die *ich* kenne, muss sich bestimmt nicht verstecken.»

«Okay, ich überleg es mir», versprach sie.

«Was kannst du verlieren?»

Sie schaute ihn von der Seite an. «Meinst du das wirklich ernst?»

«Ich melde dich noch heute Nacht auf der Website von Claudio an.»

Zum Glück hörte der Regen bald auf. Sie fuhr rückwärts aus der Scheune heraus und gab auf der Straße richtig Gas. Allmählich wurde es ihr im offenen Wagen ernsthaft kalt. Sie war froh, als sie Lübeck erreichten. Dort lotste Jasper sie in die Altstadt mit den Giebelhäusern aus der Hansezeit. Auf den nächtlichen Straßen war kein Mensch zu sehen, das Kopfsteinpflaster zwischen den Häusern glänzte vom Regen wie der Rücken einer Schildkröte. Sie setzte ihn in einer Seitenstraße vor einem wunderschönen Giebelhaus ab. Unten gab es einen Schmuckladen, gegenüber befand sich die Hanseatische Weinhandlung.

«Hier wohne ich», erklärte er.

Britta half Jasper, das Fahrrad herauszuhieven, er half ihr anschließend beim Verdeck, das beim Schließen etwas klemmte. Dann standen sie sich gegenüber und sahen sich einen Moment lang an.

«Willst du noch einen Tee zum Aufwärmen bei mir trinken?», fragte er.

Britta schaute auf die Uhr. «Danke, das ist nett, aber ich fahre lieber. Mit geschlossenem Verdeck kann ich ja jetzt die Heizung anstellen.»

«Dann schlaf gut», sagte er.

«Du auch.»

Sie umarmten sich das zweite Mal an diesem Tag.

Auto fahren sollte nach einer solchen Umarmung eigentlich nicht mehr erlaubt sein, fand sie. Auf der Rückfahrt war sie mit ihren Gedanken ganz woanders. Träumen war ja erlaubt.

14.

Am nächsten Morgen kochte sich Britta in der Küche einen Kaffee und bestrich einen knusprigen Toast mit selbstgemachter Johannisbeermarmelade. Beides nahm sie mit nach oben, zündete im Schlafzimmer eine dicke Kirchenkerze an, die auf dem Boden stand, und legte sich zurück in ihr Bett. Eine Weile las sie in ihrem aktuellen Roman weiter, aber ihre Gedanken schweiften schnell ab zum Chor. Ihre einzige «Qualifikation» als Dirigentin bestand darin, dass sie zwanzig Jahre unter Dustin Sopran gesungen hatte. So gesehen konnte sie jeden Tipp aus dem Musikhochschulkurs gebrauchen. Wobei der Dirigenten-Professor mit Sicherheit einige Nummern zu hoch angesiedelt war, das verkannte Jasper. Für ihn war die Uni-Welt Normalität, er konnte sich gar nicht vorstellen, dass jemand wie sie da nicht einfach so hineinspazierte und loslegte.

Aber wie sie es auch drehte und wendete, nun war sie als Chorleiterin gesetzt, eine andere Chance hatten sie nicht. Also würde sie alles an Weiterbildung mitnehmen, was sich ihr bot, und daher natürlich auch zur Musikhochschule gehen. Doch vor allem brauchten sie jetzt Männerstimmen – und zwar schnell! Falls Rainer der einzige Mann blieb, würde er wohl früher oder später aussteigen, und dann stünden sie wieder vor dem Aus. Außerdem konnte er ja auch mal krank werden, und wer sollte ihn dann ersetzen? Drei Männer mussten es mindestens sein. Die Zeit drängte, Tampere stand in sechs Wochen an. Oder eben nicht.

Bevor Britta erneut Anzeigen und Castings anleierte, hielt sie sich erst einmal an die Ehemaligen. Zumindest für den Chorwettbewerb in Finnland würden die vielleicht einspringen. Sie ging in den Keller, holte alte Adressbücher, Briefe und Terminkalender hervor und breitete sie auf dem Wohnzimmerboden aus. Beim Durchsehen tauchte sie ab in die neunziger Jahre, fast vergessene Namen tauchten wieder auf: Ricky, Steffi, Petra, Andrea, Carsten … Sie hielt verblichene Fotos von Menschen mit schaurigen Gel-Igel-Frisuren in der Hand, die damals schwer angesagt waren. Die Frauen trugen entweder bauchfrei oder karierte Flanellhemden, bunter Lidschatten war modern, um den Hals trugen viele eine Tattoo-Kette. Farblich existierten in der damaligen Mode keine sanften Abstufungen, sondern ausschließlich Neonfarben, die so grell leuchteten, dass einem die Augen weh taten.

Sybille, die gute Seele, war von Anfang an dabei gewesen. Harry turtelte mit Wendy herum, aber sie wurden nie ein Paar. Kurz nachdem Wendy ihren jetzigen Mann Thomas kennengelernt hatte, war Harry aus Klütz weggezogen. Und das Hotel Bernstein wurde von außen neu gestrichen, was die Angestellten übernahmen.

Sie wechselte vom Boden zu ihrem Laptop, der auf Ollis Schreibsekretär mit den vielen Schubladen stand. Über Google und Facebook spürte sie ein paar Ehemalige auf, und da gab es einige Überraschungen. Nicht dass sie alle in ihrer Jugend Models gewesen wären, aber zwanzig Jahre mehr machten kaum jemanden entscheidend schöner, das musste sie zugeben. Männer veränderten sich drastisch, wenn sie eine Glatze bekamen, wofür sie natürlich nichts konnten.

Sie stieß aber auch auf Ausnahmen wie Landschaftsgärtnerin Petra, die damals ziemlich unscheinbar gewesen war und ihr auf dem Bildschirm nun hochattraktiv entgegenstrahlte. Hinter den Gesichtern von heute sah Britta immer noch die jungen Menschen von damals, das brachte Spaß.

Peter, der Tischler, wohnte inzwischen in Neuseeland, und auch wenn er wegen der Entfernung für den Chor keine Hilfe sein konnte, schrieb sie ihn an. Er hatte dort einen Bootsverleih an einem abgelegenen See aufgemacht und war Vater von sechs Kindern! Conny lebte in der Schweiz und arbeitete als Chemielaborantin, Eckart war Arzt geworden und praktizierte auf der Schwäbischen Alb. Wenn Frauen bei einer Heirat die Namen ihrer Männer angenommen hatten, blieben sie leider unauffindbar.

Einigen hatte sie gemailt, andere hatte sie angerufen. Aber so schön dieser Vergangenheitsrausch auch war, für den Chor sprang leider nichts dabei heraus, am Ende bekam sie nur Absagen. Es war zum Davonlaufen: Kaum war für die Chorleitung eine Lösung gefunden, knallte sie gegen die nächste Wand. Frustriert rief sie ihre Freundin Julika an und erzählte ihr vom ganzen Misserfolg der vergangenen Stunden.

«Was ist denn mit Olli?», erkundigte sich Julika.

Britta stockte der Atem. «Mein Ex?»

«Er ist ein phantastischer Sänger, oder?»

«Schon.»

Sie hatte Olli mehr oder weniger bewusst ausgenommen, denn seit zwei Jahren hatten sie keinen Kontakt mehr. Zwar hatte sie ihn gesucht, seinen Namen im Internet aber nicht gefunden, wahrscheinlich war er längst über alle Berge und wollte auch gar nicht gefunden werden.

«Was spricht gegen ihn?»

Sie zögerte. «Ich weiß nicht mal, wo er wohnt und ob er verheiratet ist. Und ob er sich von seiner Ex dirigieren lassen will.»

«Und Harry?»

Was Olli im Tenor war, könnte Harry für den Bass sein: ein Riesenjoker für den Chor! Der Biologe wohnte und arbeitete in Bad Segeberg, das hatte sie bereits herausbekommen. Julika hatte recht, Bad Segeberg lag nur eine Autostunde entfernt, das konnte hinhauen.

Einen Tag später ging sie es an. Harry arbeitete gleich neben dem Freilichttheater am Kalkberg, in dem «Winnetou» aufgeführt wurde. Das «Noctalis-Zentrum», das er leitete, beschäftigte sich mit Fledermäusen und zeigte Besuchern Terrarien mit lebenden Tieren. Was nicht Brittas Liebstes war, sie hatte eine regelrechte Phobie vor Fledermäusen. Das lag bestimmt an den vielen Horrorfilmen, in denen die Tiere eine eklige Rolle spielten.

Bevor sie Harry aufsuchte, schaute sie sich die Terrarien an. In einem halbdunklen Raum vor ihr flatterten über hundert Fledermäuse wild durcheinander. Mit einer Taschenlampe, die an der Wand hing, leuchtete Britta die Raumdecke ab, an der unzählige Tiere im Pulk hingen. Auch wenn eine Scheibe zwischen ihr und den Fledermäusen war, musste sie sich schwer zusammenreißen.

Einen Raum weiter studierte sie die Schautafeln. Ihr war nicht klar gewesen, dass Fledermäuse als Säugetiere den Menschen viel näher standen als Vögel oder Reptilien. Oder dass im Chinesischen das Wort für «Glück» und für «Fledermaus» identisch war.

Als sie die Ausstellung verließ, musste sie sich erst einmal ans Tageslicht gewöhnen. Im Kassenbereich entdeckte sie Harry auch schon: Nach fünf Jahren sah sie ihn das erste Mal wieder! Er war immer noch groß wie ein Baum – warum sollte er auch geschrumpft sein? Inzwischen sah er allerdings richtig seriös und erwachsen aus. Seinen Vollbart von damals hatte er gestutzt, eine hervorragende Idee. In seinen blonden Haaren lugten hier und da einzelne graue Strähnen hervor. Das war nicht mehr der jugendliche Harry mit seinem unverschämten Grinsen, was sie ein bisschen schade fand. Aber so war nun mal der Lauf der Dinge.

Harry hatte sie noch nicht entdeckt. Sein Gesicht wirkte angespannt, verständlicherweise: Sie hatte sich nämlich als Journalistin angemeldet, die eine Reportage über das Fledermauszentrum schreiben wollte, genauer gesagt über dessen Zusammenarbeit mit der Pharmaindustrie, der es angeblich Tiere als Versuchsobjekte lieferte. Was natürlich kompletter Unsinn war. Naturliebhaber Harry rettete die Tiere mit Sicherheit aus jedem Höhlenspalt, er war ein echter Idealist und würde so etwas nie tun.

«Wo bleibt denn jetzt die blöde Tussi vom *Spiegel*?», fragte er die Frau an der Kasse.

«Hier!», rief Britta. Sie ging lächelnd auf ihn zu.

Für seinen Gesichtsausdruck in diesem Moment hatte sich die ganze Neckerei gelohnt! Er wechselte innerhalb von zwei, drei Sekunden von «Ich grille die nichtsnutzige Journalistin, die so etwas behauptet» bis zu «Britta, du bist es!».

«Du?», sagte er tatsächlich. Seine Bassstimme klang immer noch beeindruckend sonor. Sie umarmten sich, und er musste herzlich lachen. «Was für eine Idee!»

«Ich wollte nur deinen Blutdruck etwas hochtreiben.»

«Das ist dir gelungen. Dabei stimmt alles, was du behauptet hast.»

Britta stutzte. «Ihr macht Tierversuche für die Pharmaindustrie?»

«Von irgendwas müssen wir ja leben.»

Fünf Jahre waren eine lange Zeit, da konnte sich auch ein Naturfreak wie Harry radikal ändern.

«Nicht im Ernst», staunte sie.

«Natürlich nicht! Wir haben hier ein Pflegezentrum für verunglückte Tiere. Ich wollte es dir nur heimzahlen.»

«Na, danke.» Sie war erleichtert.

«Wie fandest du die Ausstellung und die Terrarien?»

«Superinteressant.»

Mit Sicherheit konnte er sich im täglichen Umgang mit den Tieren gar nicht vorstellen, dass jemand sie *nicht* liebte.

Er führte Britta in sein winziges Büro im ersten Stock. Hier hing alles voller Poster mit Fledermäusen, in den Regalen lagen Spritzen, die steril verpackt waren. Für eine Fledermaus-Phobikerin wie sie war das eine Art Konfrontationstherapie. Aber um sie ging es ja jetzt nicht.

«Wie sieht es aus bei dir? Mann und Kinder?», erkundigte sich Harry.

«Weder noch, nix. Und selber?»

Er schüttelte betrübt den Kopf. «Mit Frauen habe ich einfach kein Glück.»

Offensichtlich redete er nicht gerne darüber, deswegen kam Britta lieber gleich zur Sache. «Du, Harry, ich habe ein wichtiges Anliegen.»

«Klingt dramatisch.»

«Es geht um unseren alten Chor.» Britta holte tief Luft und schaute auf ein Poster, auf dem eine Fledermaus direkt auf die Kamera zuflog. «Wir wollen zu einem Wettbewerb nach Finnland fahren, aber nun hat ganz plötzlich jemand aufgehört, und uns fehlen Männerstimmen.»

Er lächelte. «Es hat sich nichts geändert, was? Kerle waren schon damals schwer aufzutreiben.»

«Könntest du uns aushelfen?»

Damit war es raus.

Harry blickte sie verblüfft an. «Ich?»

«Eine neue Leiterin haben wir schon.»

«Ist sie gut?»

«Keine Ahnung, *ich* werde das machen.»

«Oha. Dann ist sie bestimmt hervorragend.»

Das war ein großes Lob und machte ihr mehr Mut, als er ahnen konnte. «Kannst du in Finnland den Bass unterstützen?»

«Tut mir leid, Britta, ich habe keine Zeit. Ich bin nachts viel unterwegs, um Fledermäuse in irgendwelchen Dörfern zu erfassen.»

Britta ließ nicht locker. «Aber die halten doch jetzt Winterschlaf, oder?»

«Schon ...»

«Du müsstest quasi nur zu zwei Vorbereitungswochenenden kommen.»

Bad Segeberg lag nicht unerreichbar weit von Klütz entfernt, die einstündige Fahrt war zwar ein Opfer, aber bei zwei Terminen ein machbares.

«Was vielleicht nicht ganz unwichtig ist: Wir haben einige gutaussehende Frauen im Chor.» Das war zwar etwas plump, aber sie musste alles einsetzen. Würde Jenny vielleicht etwas von Harry wollen? Er war wohl etwas zu alt für sie. Ludmilla käme schon eher in Frage, die hatte einen Hang zum Skurrilen, zu ihr könnten auch die Fledermäuse passen. Oder Annika, die Lehrerin?

«Aussehen ist nicht alles», grummelte er.

Mensch, Harry, bitte nicht so humorlos!

«Aber wenn ein faszinierender Charakter dazukommt, stört dich echte Schönheit auch nicht, oder?»

«Sind die denn überhaupt Singles?», erkundigte er sich. Er hatte also angebissen!

«Aber ja, und nicht nur das: Sie sind alle auf der Suche.»

«So.» Er klatschte laut in die Hände. «Also gut, ich sage spontan ja, ich bin dabei! Wenn der Chor noch ein bisschen so ist wie früher, wird es gut.»

Sie umarmte ihn erleichtert und konnte nur hoffen, dass sich seine Erwartungen erfüllen würden.

«Sag mal, da ist noch was: Hast du zufällig was von Olli gehört? Ich habe ihn in Zarrentin nicht mehr gefunden.»

«Kein Wunder, er heißt jetzt von Hardenberg.»

Darauf wäre sie nicht gekommen, wie auch?

«Oh, wurde er auf dem Wacken-Festival zum Ritter geschlagen?»

«Fast. Olli hat geheiratet und den Namen seiner Frau angenommen. Wir haben ungefähr vor einem Jahr das letzte Mal telefoniert.»

Olli war also verheiratet, das fühlte sich erst einmal fremd an. Sie musste schlucken. «Und was macht er?»

«Er hat sein Antiquitätengeschäft in Zarrentin weiter ausgebaut.»

Sie überlegte einen Moment. Sollte sie Olli wirklich wegen des Chors fragen? Wie würde seine Frau wohl reagieren? Nein, das war eine blöde Idee. Andererseits, wenn sie nicht allein zu ihm fuhr, wäre es vielleicht etwas anderes …

«Bist du noch so spontan wie früher?», fragte sie. «Oder ist dein Kopf schon eingerostet?»

«Woran denkst du?»

«Dass wir zusammen zu Olli fahren.»

«Wann hättest du denn mal Zeit?», erkundigte sich Harry.

«Jetzt.»

Er sah sie verblüfft an. Und zeigte dann sein jugendliches Grinsen, das ihr so vertraut war.

15.

Während sie in Brittas Peugeot durch das windumtoste mecklenburgische Land rauschten, quatschten Harry und sie über alte Zeiten. Im Autoradio liefen nacheinander Nirvana und die Spice Girls, was in dieser Kombination in den Neunzigern ein absolutes No-Go gewesen wäre. Britta war erleichtert, dass sie nicht alleine zu Olli fahren musste.

«Sollen wir ihn nicht vorher anrufen?», fragte sie. «Vielleicht ist er gar nicht da.»

«Ich mache das.» Harry zückte sein Smartphone und wählte Ollis Nummer, die er auf einem Zettel notiert hatte.

«Ja, Schmidtke hier», brummte er kurze Zeit später mit verstellter Stimme in den Hörer. «Ich interessiere mich für ausklappbare Tafeltische, gerne auch hochpreisig, haben Sie so etwas da?»

Kurze Pause.

«Sehr gut, ich komme in einer Stunde mit meiner Frau vorbei.»

Britta und er klatschten lachend ab, Olli würde sich wundern! Dann gingen sie erst mal alle Ehemaligen durch, die Britta im Internet aufgetrieben hatte. Doch in einer Stunde Fahrtzeit schafften sie nicht mal einen Bruchteil von dem, was es nach all den Jahren zu erzählen gab.

Zwischendurch schickte Julika noch eine SMS mit drei Fragezeichen. Sie wollte wissen, wie die Lage war.

Als sie an einer Ampel halten musste, schrieb Britta schnell zurück: «Drück mir die Daumen!»

Julika antwortete mit eine Reihe von Emojis, die klatschende Hände und Sektflaschen zeigten.

Zarrentin war ein wunderschönes kleines Dorf am Ufer des Schaalsees, der zu einem Biosphären-Reservat gehörte und von Wäldern und Wiesen umgeben war. Das Navi führte sie bis zu einem Hinweisschild am Ortsrand: «Antiquitätenhandel Oliver von Hardenberg». Britta spürte ein leichtes Ziehen in der Magengegend, eine Mischung aus Freude, Olli wiederzusehen, und Nervosität. Eigentlich seltsam, dass im Lauf der letzten beiden Jahre nicht ein einziges Treffen zwischen ihnen zustande gekommen war. Sie waren ja nicht im Streit auseinandergegangen. Trotzdem war in der Zwischenzeit einiges passiert. Immerhin hatte er geheiratet, was sie gerade erst erfahren hatte. Okay, man schickte zur Trauung keine Karte an seine Ex – das war klar. Trotzdem fühlte sich das ein bisschen komisch an.

Als sie die Auffahrt zu Ollis Grundstück hochfuhren, staunte sie. Selten hatte sie einen derartig akkurat gepflegten Garten gesehen. Die Büsche und Bäume waren auf Kante geschnitten, der Rasen war exakt auf eine Länge getrimmt. Nicht ein einziges Herbstblatt lag darauf. War das wirklich ihr Ex Olli? Den man damals überwiegend in vollgerammelten Werkstattbuden, in alten Scheunen und Garagen antraf? In der Mitte des Geländes stand ein prächtiges, altes Landhaus, frisch verputzt, mit eleganten schwarzen Fensterrahmen, die bis zum Boden reichten. Alles wirkte teuer und edel. Entweder hatte seine Frau viel Geld mit in die Ehe gebracht, oder Olli hatte sich bis zum Anschlag verschuldet. Nebenan, in einer riesigen restaurierten Scheune, befand sich sein Geschäft. Auf dem makellosen weißen Kies des Parkplatzes stand ein mattschwarzer Citroën-Oldtimer mit ausladenden Kotflügeln, daneben ein nagelneuer schneeweißer Range Rover mit Hamburger Kennzeichen.

«Ausgerechnet Olli ist ein reicher Onkel geworden», staunte Harry.

Das war Original-Olli-Sprache, er hatte damals alle Wohlhabenden, die sich Häuser im Klützer Winkel kauften, «reiche Onkels» oder «reiche Tanten» genannt.

Für Britta fühlte sich das alles seltsam an, aber zumindest schien es Harry ähnlich zu gehen. Plötzlich bekam sie ein ungutes Gefühl. War es wirklich richtig, hier einfach so aufzuschlagen? Nach seinem Garten zu urteilen, musste Olli sich ziemlich verändert haben, das konnte gleich sehr peinlich werden. Aber jetzt waren sie schon hier, und umdrehen wollte sie auch nicht mehr. Also verließen sie das Auto und betraten durch die Glastür die Scheune.

Der Verkaufsraum war vollgestellt mit erlesenen alten Möbeln. Jede Antiquität wurde als wertvolles Schmuckstück präsentiert, Bauerntruhen standen auf edlen Perserteppichen, und auf Edelholztischen mit Spitzen-Platzdeckchen lagen rostige Türschlösser. Überall standen frische Blumen in eleganten Art-déco-Vasen.

Olli hatte gerade Kundschaft, ein mittelaltes Paar, vermutlich die Range-Rover-Fahrer aus Hamburg. Er stand in der anderen Ecke des Raumes, sie konnten ihn hören, aber nicht sehen. Vorsichtig schlichen sie sich hinter ein paar Bauernschränken näher heran und belauschten sein Verkaufsgespräch. Es war komisch, nach zwei Jahren das erste Mal seine Stimme zu hören, sie klang noch immer so vertraut.

«Dieses Tischchen ist aus Kirschbaumholz gearbeitet», erklärte Olli. «Ich habe es aus einem alten Gutshof gerettet, es stand in einem Raum, der all die Jahrzehnte geheizt, aber nicht genutzt wurde. Nur so ist die makellose Qualität zu erklären. So etwas findet man extrem selten.»

Die Kunden fragten erstaunlicherweise nicht einmal nach, was das denn für ein Raum gewesen sei.

«Entschuldigung, aber so etwas passt nicht in die Hafencity», schnarrte der Mann. «Wir wohnen da direkt neben der Elbphilharmonie, falls Ihnen das was sagt.»

Was für ein Angeber, dachte Britta.

«Ja klar, dort habe ich ein Konzertabo», erwiderte Olli. «Ist ja nicht weit von hier.»

Harry sah Britta an und tippte sich mit dem Zeigefinger an die Stirn, auch sie musste lächeln: Heavy-Metal-Fan Olli sollte ein Abo in der Elbphilharmonie haben? Als schamlos lügender Verkäufer machte er sich wirklich hervorragend.

«Schön ist es ja», meinte nun die Frau.

«Es gibt ein Schwarzweißfoto, da stellt Kaiser Wilhelm II. sein Cognacglas auf genau diesem Tischchen ab. Ich habe es an der Kasse liegen, falls es Sie interessiert.»

«Kaiser Wilhelm?», fragte der Mann. «Kein Witz?»

«Was soll es denn kosten?», erkundigte sich die Frau.

«Ich schau mal kurz in meine Liste, Moment ... Also, da liegen wir roundabout bei achthundert.»

«Roundabout», wie lässig das klang. Nicht schlecht, Olli! Das erinnerte sie an seinen Umgang mit den Gästen im Hotel Bernstein. Schon damals konnte er gut mit allen.

«Natürlich würden wir Ihnen dieses exquisite Stück persönlich in die Hafencity liefern, so etwas verschicken wir nicht. Es sei denn, Sie nehmen es jetzt selbst mit, dann würde ich Ihnen hundert Euro erlassen.»

Harry stöhnte auf. «Dieses nutzlose Tischchen stand mit Sicherheit jahrelang vergessen auf irgendeinem Dachboden», flüsterte er Britta zu.

«Also gut», sagte der Mann nun.

Er hatte es tatsächlich geschafft.

Als Olli mit dem Tischchen in Richtung Kasse ging, sah Britta ihn das erste Mal. Er war genauso schlank und sportlich wie damals. Seine Kleidung wirkte allerdings anders: Er trug einen altmodischen Nadelstreifenanzug, das Jackett als Doppelreiher, dazu Schlips und ein dunkelblaues Hemd, über das er eine Schürze aus dünnem Leder gebunden hatte. Auf seiner Nase saß eine Brille mit hellem Holzrahmen.

Nachdem Olli die Kunden verabschiedet hatte, ging er den Gang entlang in den Verkaufsraum zurück. Als er fast auf ihrer Höhe war, sprangen Harry und Britta hinter dem Kleiderschrank hervor. Olli zuckte zusammen und starrte sie an wie Außerirdische. Erst eine Sekunde später erkannte er sie.

«Britta!», rief er. «Harry!»

«Olli!»

Er nahm sie in den Arm. Ein seltsames Gefühl, fremd und vertraut zugleich. Dann umarmte er auch Harry.

«Wie geht es dir, Olli?», fragte Britta.

«Bestens, siehste ja.»

«Die Reichen kaufen jeden Scheiß, was?», stellte Harry fest.

«Ja», bestätigte Olli trocken.

Britta musste die ganze Zeit auf seine dicke Holzbrille starren. Sie hatte ihm damals nichts verboten, aber so ein Gestell hätte sie ihm wirklich untersagt.

«Und? Wie ist es? Bekommen wir einen Kaffee bei dir?», fragte sie.

«Klar.»

Olli zeigte ihnen an der Kasse das leicht verblichene Bild von Kaiser Wilhelm II., der sein Cognacglas auf jenem kleinen Tischchen abstellte.

«Wo hast du das her?», fragte Britta.

«Mit Photoshop zusammengebastelt und auf altem Originalpapier ausgedruckt.»

«Und wenn das rauskommt?»

Olli grinste. «Da ich den Kunden nur eine Fotokopie mitgebe, kann mir das nie jemand nachweisen.»

«Mit anderen Worten bist du ein Betrüger, der Reichen das Geld aus der Tasche zieht», sagte Harry und grinste schief.

«Bin ich deswegen ein schlechter Mensch?», grinste Olli zurück.

Sie verließen die Scheune, und Olli zeigte ihnen den alten Citroën mit den riesigen geschwungenen Kotflügeln.

«Das ist mein Traction Avant von 1950», erklärte er stolz. «Den sind in Frankreich damals sowohl Gangster als auch Polizisten gefahren.»

«Das war bei Verfolgungsjagden wenigstens fair», befand Harry beeindruckt.

Anschließend führte Olli sie in sein Haus, auch hier war alles penibel geputzt und aufgeräumt. Britta erinnerte sich an das Festival in Wacken, auf dem er einer der Wildesten gewesen war. In drei Tagen hatte er nur ein paar Stunden geschlafen. Nach Spuren von diesem wilden Rocker suchte man hier vergebens: Er war auf englische Ledermöbel umgestiegen und machte einen auf britischen Gentleman, warum auch nicht? Britta waren eher Menschen suspekt, die sich nie veränderten und stur an alten Gewohnheiten festhielten. Außerdem musste sie zugeben, dass er auch in diesem Aufzug nichts von seiner Attraktivität eingebüßt hatte.

An den Wänden hingen überall großformatige Fotos von Pferden. Auch das überraschte Britta. War Olli etwa unter die Reiter gegangen? Sie konnte sich nicht erinnern, dass er sich jemals für Pferde interessiert hätte. Aber sie traute sich nicht, nachzufragen.

In einer Ecke seiner Terrasse stand ein großer Whirlpool, dahinter flackerte ein Feuer in einem großen Außenkamin. Von hier hatte man einen unverbauten Blick auf den Schaalsee, dessen Wasser sich im Herbstwind kräuselte.

«Wow», murmelte Britta beeindruckt.

«Wollt ihr was trinken?», fragte Olli.

«Wasser, bitte», sagten Harry und sie gleichzeitig.

«Wo ist denn eigentlich deine Frau?»

«Unterwegs», murmelte Olli und kramte sein Handy aus der Innentasche seines Jacketts. «Das ist Lilly.» Er zeigte Britta ein Foto.

Britta blickte auf eine Frau mit kurzen Haaren, die noch keine dreißig war. Sie hatte stechend grüne Augen und wirkte etwas burschikos. «Ist das Bild schon älter?», erkundigte sie sich.

«Ungefähr ein halbes Jahr. Sie ist zwanzig Jahre jünger als ich.»

Olli und eine so junge Frau – auch das fühlte sich merkwürdig an.

«Und wo habt ihr euch kennengelernt?»

«Hier im Geschäft, sie war eine Kundin von mir.»

«Gratuliere.»

«Lilly ist eine begabte Tierfotografin. Die Fotos von den Pferden im Haus hat alle sie gemacht», schwärmte er.

«Toll.»

Es war inzwischen so dunkel, dass man kaum noch etwas erkennen konnte. Sie setzten sich an den Terrassentisch und schauten zu, wie das allerletzte Licht über dem See verschwand.

«Und du hast den Namen deiner Frau angenommen?», erkundigte sich Harry. Britta interessierte das natürlich auch, aber sie hätte sich nicht zu fragen gewagt.

«Mit einem ‹von› im Namen verkaufen sich Antiquitäten sogar noch besser», erklärte Olli.

«Machst du noch Musik?»

«Leider nicht.»

Es klang bedauernd, das machte Britta Mut. «Ich hätte da was für dich, um das zu ändern.» Sie grinste vielsagend.

«Und was?» Ollis Augen flackerten für einen Moment auf.

«Einen Wettbewerb in Finnland mit unserem alten Klützer Chor.»

«Ach ja?» Begeistert klang anders.

«Uns fehlt noch ein außergewöhnlich guter Tenor wie du.»

Olli starrte sie an. «Das ist nicht dein Ernst.»

«Doch», bestätigte Harry. «Mich hat Britta auch schon

rumgekriegt. Ich würde es klasse finden, wenn du dabei wärst.»

«Es wären auch nur zwei Wochenenden», fügte Britta hinzu.

«Plus die Reise nach Finnland.»

Harry schlug ihm auf die Schulter. «Sag Ja, Olli, dann stehen wir wieder nebeneinander, wie früher. Britta dirigiert uns, stell dir vor!»

«Echt?», fragte Olli perplex.

«Ja.»

«Okay, ich überlege es mir.»

Damit war es wie abgemacht, so gut kannte sie ihn. Britta stieß einen Freudenschrei aus. «Hast du Alkohol im Haus? Das müssen wir feiern.»

Jetzt musste auch Olli lachen. «Du kennst mich doch.» Er holte eine Flasche Whisky und Gläser aus der Küche, und sie setzten sich ins Wohnzimmer an den Couchtisch. Da Britta noch fahren musste, nahm sie nur einen Fingerbreit. Harry hingegen langte ordentlich zu, und auch Olli hielt sich nicht zurück.

Der Whisky schmeckte fürchterlich, obwohl er uralt und bestimmt sündhaft teuer gewesen war. Aber das war alles unwichtig.

Spontan stimmten sie «Hello, Goodbye» von den Beatles an, eins der ersten Stücke, die Dustin Hoffmann mit ihnen eingeübt hatte, damals noch im schäbigen Plattenbau der Grundschule. Alle drei kannten ihre jeweiligen Stimmen und schmetterten sie aus voller Kehle heraus.

Britta hätte vor Freude in die Luft springen können. Mit Olli und Harry konnten sie nach Tampere durchstarten. Sie schickte Julika eine SMS: «Wahnsinn, wir haben es geschafft!»

16.

Großtante Sybille saß neben ihr im Peugeot, sie waren auf dem Weg zum traditionellen Herbstessen in Wismar, zu dem sie sich seit vielen Jahren trafen, und kicherten die ganze Fahrt herum. Britta fand, dass Sybilles Hut mit den üppigen Holzfrüchten auf der Krempe übertrieben aussah, aber warum nicht mal auf den Putz hauen? Die Rettung des Chors war Grund genug, um kräftig zu feiern!

Eine knappe halbe Stunde später erreichten sie den alten Marktplatz in Wismar, der in der Dunkelheit nur spärlich beleuchtet wurde. Britta parkte direkt vor dem «Alten Schweden». Das rot-schwarz geklinkerte Haus, in dem sich das Restaurant befand, stammte aus dem 14. Jahrhundert, es war mit viel Geschmack und Geschick restauriert worden, ohne dass die historische Substanz übertüncht worden war. Die hohen Räume waren unverputzt, es gab sichtbare Deckenbalken, in einer Ecke der Stube flackerte ein offenes Herdfeuer. Einmal im Jahr aßen Britta und ihre Großtante hier Mecklenburger Ente, eine Spezialität des Hauses.

Sie nahmen an dem reservierten Tisch neben dem offenen Feuer Platz. Sybille bestellte eine Karaffe Lübecker Rotspon, einen Rotwein aus der Gegend. Er wurde seit Jahrhunderten in alten Eichenfässern von Bordeaux in die Hansestadt verschifft und hier gelagert.

«Wenn ich mal gestorben bin, möchte ich, dass sich alle in meiner Wohnung versammeln und sich mit Rotspon betrinken», erklärte Sybille.

«Gerne, Sybi, auf dein Wohl.» Britta lachte.

«Ich gebe dir die Adresse von meinem Weinhändler in Lübeck. Bei dem kannst du auch telefonisch bestellen.»

«Das besprechen wir vielleicht besser, wenn es so weit ist.»

«Unsinn, was redest du da? Vom Friedhof aus werde ich selber nichts mehr ordern können.»

Britta zog die rechte Augenbraue hoch. «Sonst ist alles gut?»

«Ja, aber nur weil du den Chor gerettet hast! Auf dich!» Sybille hob ihr Glas.

Sie stießen an.

«Ich habe zwischendurch immer wieder gedacht, ich schaffe es nicht», bekannte Britta.

«Aber du hast dich durchgebissen. Und dafür sind wir dir alle unendlich dankbar.»

«Ich habe es ja auch für mich getan. Ohne den Chor hätte ich den Winter nicht überlebt.»

«Dass du Olli und Harry wieder ins Boot bekommen hast, ist unglaublich.»

Olli hatte zwar, vorsichtig, wie er war, nur probeweise zugesagt. Aber das würde klargehen.

«Hoffentlich bin ich gut genug, um den Chor auf Betriebstemperatur zu bringen.»

Sybille hatte ihr erstes Glas bereits geleert und schenkte sich großzügig nach. «Wenn das jemand hinbekommt, dann du! Du kennst unsere Stärken und Schwächen besser als jeder andere.»

«Die Frage ist, was ich daraus mache.»

Sybille grinste. «John Rautenberg hätte das natürlich viel besser hinbekommen. Oder diese Politkommissarin ...»

«Wer weiß, vielleicht wären die wirklich besser als ich gewesen.»

Dann redeten sie über Gott und die Welt. Ein wenig Sorge bereitete Britta, dass Sybille nichts mehr von bevorstehenden Reisen erzählte. Sonst waren die Touren, die sie drei- bis viermal im Jahr in Franks Reisebüro gebucht hatte, ihr Lebenselixier gewesen. «Ich mache diesen Winter mal Pause», erklärte sie. Britta nahm das beunruhigt zur Kenntnis. Dass man das Leben mit dreiundachtzig vielleicht etwas langsamer anging, wäre normalerweise keine Sensation, aber bei ihrer lebenslustigen Großtante klang es ungewohnt.

Am Ende des Abends ging das Herdfeuer langsam aus. Alle Herbstessen der letzten Jahre waren ein Fest gewesen, aber dieses hier kam ihnen ganz besonders schön vor. Britta hätte die ganze Welt umarmen können, so erleichtert war sie.

Vor der Tür des Alten Schweden blieben sie noch einen Moment stehen und ließen den Blick über den dunklen Marktplatz mit den alten Giebeln schweifen. Um diese Zeit war er menschenleer und gehörte ausschließlich sich selbst.

Britta hatte nur ein Glas getrunken, weil sie fahren musste. Langsam gondelte sie mit dem Peugeot aus Wismar heraus. Es ging ihnen prächtig. Großtante Sybille fing an, «Die Gedanken sind frei» zu singen, Britta stieg mit der zweiten Stimme ein. Sie staunte wieder einmal, wie glockenklar Sybilles Gesangsstimme in ihrem Alter noch war, nicht die Spur eines Zitterns war zu vernehmen. Zu schön, dass der ganze Stress vorbei war. Nun ging es nur noch nach vorne!

17.

Bevor Britta am nächsten Montag zum Dirigierkurs in die Musikhochschule Lübeck fuhr, machte sie noch einen Schlenker an die Ostsee, um sich einen Moment an den Strand zu setzen. Es war windig und trotz Sonne sehr kühl, die Wellen mit ihren weißen Schaumkronen rauschten ohne Pause auf sie zu. Ihr altvertrautes Hotel Bernstein lag direkt hinter ihr. Momentan war es noch vollständig eingerüstet und mit Planen verhängt. Sie erinnerte sich an ihren letzten Arbeitstag, als sich die gesamte Belegschaft vor der Winterpause in der Rezeption versammelt hatte. Das alles kam ihr gerade sehr weit weg vor.

Heute im Kurs sollte Britta den langsamen zweiten Satz aus Mozarts Klarinettenkonzert in A-Dur dirigieren. Als Vorbereitung hatte sie sich im Internet mehrere Fassungen besorgt. Auch wenn sie sich sonst eher im Pop zu Hause fühlte, musste sie sagen, dass es eines der schönsten Musikstücke war, die sie je gehört hatte. Es begann mit einer Klarinettenmelodie, die beruhigend und verletzlich zugleich wirkte und einen unbeirrten Optimismus ausstrahlte. Nach dem ersten Hören war sie sehr berührt und brauchte ein bisschen, um wieder zu sich zu kommen.

Die Musikhochschule hatte ihr die Orchesterpartitur des Konzerts gemailt. Im ersten Moment hatten die Noten sie an eine Nähanleitung erinnert – wobei sie die schneller durchblickt hätte. Über zwanzig Notensysteme standen auf jeder Seite untereinander, für jedes Instrument eines. Bei Chorsätzen war sie vier Stimmen gewohnt, über zwanzig waren mehr als fünfmal so viel! Wie sollte sie all die Instrumente im Kopf zusammenbekommen? Zur Übung stellte sie ihr Smartphone mit eingeschalteter Filmfunktion auf den Schreibsekretär und nahm sich beim Dirigieren auf, so wie Jasper es ihr empfohlen hatte. Anschließend sah sie sich die Aufnahmen auf ihrem Fernseher an. Sie kam sich vor wie eine Parodie ihrer selbst, das Auf und Ab ihrer Arme erinnerte sie an einen Jungvogel im Nest, der das Fliegen übte. Aber sie ließ nicht locker und machte so lange weiter, bis sie Muskelkater in den Oberarmen bekam.

Britta nahm die kürzeste Strecke nach Lübeck. Der Wind zerrte am Verdeck des Cabrios, durch das Loch an der Seite pfiff es immer noch hinein. Wenn sie ehrlich war, war sie sich nach wie vor nicht sicher, ob sie das Richtige tat. Sie hatte nie richtig Dirigieren gelernt, sondern machte es einfach so, wie sie es sich bei Dustin und aus einigen Filmen abgeguckt hatte. Das würde bei weitem nicht für die Musikhochschule reichen, in der Dirigenten eine Extra-Elite darstellten. Viel lieber hätte sie einen Anfängerkurs an einer Volkshochschule belegt, aber das war so schnell nicht zu organisieren. Außerdem hatte sie nun mal von Jasper das Angebot bekommen, und wer in ihrer Situation würde das ausschlagen? Nur Julika wusste von dem Kurs, das sollte ansonsten allein Brittas Sache sein.

Um ihre aufsteigende Nervosität zu bekämpfen, führte Britta sich noch einmal jedes Gesicht ihrer Chorfreunde vor Augen: Sybille, Wendy, Julika, Regina, Jenny, Ludmilla, Annika, Gerda und Rainer, nächste Woche kamen noch Olli und Harry dazu. Für jeden Einzelnen von ihnen fühlte sie sich verantwortlich und würde alles geben! Und außerdem: Was konnte ihr schon passieren? Sie würde vor einem Ganzkörperspiegel stehen, die Musik kam vom Band, und letztes Mal hatte sie sich bei dem Tutor anscheinend auch einigermaßen geschickt angestellt. Dieser Professor Abbantino, der den Kurs leitete, war doch nichts anderes als ein Trainer, der sie darauf hinwies, den Rücken zu strecken oder die Arme hochzuhalten.

Bei der Ankunft in Lübeck wurde ihr aber doch ganz anders. Sie ging über die Travebrücke auf das Hauptgebäude der Musikhochschule zu, bog ab in die Große Petersgrube 15 und öffnete die schwere Tür des Hauses. Von Jasper wusste sie, dass der Fußboden im Eingangshof aus Original-Sandsteinplatten bestand, die die Schiffe der Lübecker Reeder als Ballast aus Skandinavien mitnahmen, nachdem sie ihre Ware aus der Heimat dort abgeliefert hatten. Diese Steine waren ein solides Fundament, sie gaben ihr ein gutes Gefühl.

Britta schlich an der leeren Pförtnerloge vorbei, um Raum 60 zu suchen. Ihre Partitur trug sie unter dem Arm. Sie hielt sonst viel auf ihre gute Orientierung, außerdem war sie hier schon mal mit Jasper langgegangen. Doch ihre eigenständige Suche nach dem Raum erwies sich als großer Fehler. Sie hätte es ahnen können: zweiundzwanzig große Bürger- und Kontorhäuser, die miteinander verbunden waren, in manchen Etagen aber auch nicht, und die immer wieder umgebaut worden waren – da musste man sich einfach verlaufen. Irgendwann kehrte sie wieder um, aber das nützte ihr nichts mehr, denn auch in der Gegenrichtung führte jedes Labyrinth zu neuen Labyrinthen. Einmal landete sie vor einer zartblau marmorierten Betonwand, ein anderes Mal schaute sie durch ein Fenster auf die Trave, dann stand sie plötzlich vor dem Wandgemälde, das ein Weinhändler zu Napoleons Zeiten hier hatte anbringen lassen. Blöderweise konnte sie niemanden nach dem Weg fragen, es war Wochenende und viel zu früh, Gänge und Räume waren menschenleer. Als sie das zweite Mal in den Kellerkatakomben landete, wurde sie leicht panisch. Was war, wenn sie noch stundenlang herumirrte und zu spät kam? Oder wenn sie den Weg gar nicht fand und bis Montag hier ausharren musste?

Kurz entschlossen öffnete sie ein Fenster und kletterte hinaus auf die Straße. Dann rannte sie zurück zum Haupteingang.

«Zum Dirigierkurs mit Professor Abbantino?», fragte sie keuchend den Pförtner.

Eine dunkel gelockte Frau in ihrem Alter stellte sich neben sie und lächelte ihr zu. «Da will ich auch gerade hin. Ich bin Sandra Pabst, die Pressesprecherin der Musikhochschule.»

«Britta.» Vor Aufregung vergaß sie, ihren Nachnamen zu nennen.

Sandra Pabst beruhigte sie allein schon durch ihre sympathische Ausstrahlung. Sie führte sie durch das Gängelabyrinth in einen anderen Gebäudeteil. Schließlich standen sie vor den Einspielräumen für die Orchestermusiker, die sich in unmittelbarer Nähe zum großen Konzertsaal befanden. Man hörte verschiedenste Instrumente durcheinandertönen.

«Hier findet der Dirigierkurs von Professor Abbantino statt», erklärte Sandra Pabst.

«Das muss ein Irrtum sein», sagte Britta. «Von einem Orchester war nie die Rede.»

«Doch, der Meisterkurs wird von unserem Studentenorchester begleitet.»

Meisterkurs? Jasper hatte ihr verschwiegen, dass der Kurs nicht im Spiegelzimmer, sondern im großen Konzertsaal stattfand! Sie sollte also nicht zu einer Konserve dirigieren, sondern ein echtes Orchester leiten? Das war nun wirklich einige Nummern zu groß für sie und in etwa so, als würde man sagen: «Wenn du Rad fahren kannst, wirst du auch einen Airbus fliegen können.»

Als sie den Konzertsaal betrat, stellte sie mit Schrecken fest, dass ungefähr fünfzig Zuschauer anwesend waren, Studenten und vermutlich ein paar Dozentenkollegen. Kleinmütig blickte sie hinüber zur Bühne mit dem Orchester: Sie war riesengroß, das ging gar nicht! In dem Moment kam sie sich vor wie eine Hochstaplerin. Was

hatte eine Hotelfachfrau an der Musikhochschule zu suchen? Alles sprach dafür, einfach abzusagen. Es wäre viel
einfacher, wenn Jasper jetzt hier wäre, er könnte sie bei
seinem Kumpel Abbantino entschuldigen. Doch er war
nirgendwo zu sehen.

Die Pressesprecherin hatte ihr wohl angemerkt, wie sie
mit sich haderte. Sie lächelte ihr aufmunternd zu. «Hier
wird auch nur mit Wasser gekocht», sagte sie. Was Britta
sich nicht vorstellen konnte.

So unauffällig wie möglich setzte sie sich neben ein paar
Studierende in den Zuschauerraum. Sie schaute noch einmal in ihre Partitur und stellte fest, dass sie keine einzige
Note mehr erkannte. Kurze Zeit später betrat der Professor den Saal. Abbantino war um die sechzig und sah aus
wie das Klischee eines Musikers: weißer Schal und eine
wallende grau melierte Mähne auf dem Kopf. Ein paar
Haarsträhnen hingen ihm vor der Stirn, was eine typische,
weitverbreitete Klassiker-Macke war. Britta fragte sich, ob
diese Strähnen von Spezialfriseuren so arrangiert wurden,
dass sie beim Dirigieren automatisch an der richtigen
Stelle ins Gesicht fielen. Am besten, sie fragte Gerda, die
wusste bestimmt, wie man das hinbekam. Abbantino trug
einen altmodischen dunkelroten Rollkragenpullover und
eine graue Stoffhose, dazu schwarze Slipper, die sie an
Männern sonst überhaupt nicht mochte. An ihm sahen sie
aber irgendwie elegant aus.

Jetzt war ihre letzte Chance zur Flucht. Gerade als sie
sich schon halb erhoben hatte, stand Abbantino bereits

neben ihr und reichte ihr die Hand, die sie aus reiner Höflichkeit ergriff.

«Buon giorno, und wer sind Sie?», fragte er.

Sie bekam einen trockenen Mund. «Britta Fürstenberg.»

«Bene! Sie beginnen.»

Mit weichen Knien betrat sie die Bühne und stellte sich dem Orchester vor. Dann gab sie der asiatisch aussehenden Soloklarinettistin die Hand. Die wirkte mindestens so aufgeregt wie sie selbst.

«Bitte!», rief der Professor von hinten.

Britta drehte sich um. «Es ist das erste Mal, dass ich ein Orchester dirigiere», stellte sie klar, um vielleicht etwas Gnade zu erfahren. Aber wie sollte die aussehen? Entweder sie machte es – oder eben nicht.

Abbantino lächelte übers ganze Gesicht. «Gratuliere, dann genießen Sie diesen Moment. Sie werden ihn im Leben nie vergessen.»

Sämtliche Musiker schauten sie gespannt an. Britta holte tief Luft. Mit angezogener Handbremse Vollgas geben war Schwachsinn. Wenn, musste sie ganz da sein! Ein Orchester brauchte im Grunde dieselbe klare Ansprache wie das Hotelpersonal bei der Grundreinigung, sagte sie sich. *Wir werden uns in zwei Gruppen aufteilen, eine im linken Flügel und die andere im rechten. Und vergesst nicht, die Gardinenstangen abzuwischen.*

Die Musiker wurden unruhig wie Rennpferde vor dem Start. Jetzt endlich breitete Britta die Arme aus und hob sie auf Kopfhöhe. Die Violinisten und Bratschisten setzten ihre Instrumente ans Kinn und hoben die Bögen zum Spielen, der Mund der Soloklarinettistin näherte sich dem Instrument. Alles wartete auf sie.

Sie zählte vier Schläge vor und ließ dann den Taktstock nach unten fahren. Auf dem ersten Schlag setzte das Orchester mit der zarten Soloklarinette ein, und zwar genau auf den Punkt! Die Geigenbögen fuhren auf und ab, die Köpfe der Musikerinnen und Musiker wogten hin und her. Ihr lief ein Schauer über den Rücken. Es war Magie! Ein gewaltiges Gefühl! Mit einer minimalen Armbewegung hatte sie eine Riesenmaschinerie in Gang gesetzt, deren Klang ihr durch und durch ging. Sie wollte nichts falsch machen und zählte eisern durch, der Professor sollte ihr kein verschlepptes Tempo vorwerfen können.

Viel zu schnell hörte es auf. Ihr Kopf glühte, ihr Gesicht sah bestimmt tomatenrot aus. Für sie war es zum Heulen schön gewesen, egal, was der Maestro gleich zu kritisieren hätte. Sie dankte dem Orchester mit angedeutetem Beifallsklatschen und gab der Soloklarinettistin die Hand, sie hatte gespielt wie eine Göttin! Dann drehte sich Britta um. Jetzt erst nahm sie das Publikum im Saal wieder wahr, ihre Mitstreiterinnen und Mitstreiter sowie ein paar Studierende und Dozenten.

Abbantino kam zu ihr ans Pult. «Grazie, Signora Furstenberg.»

Britta erwartete das Schlimmste.

«Sie haben alles korrekt wiedergegeben», stellte Abbantino fest und lächelte. «Sie haben präzise gezählt und das bis zum Ende durchgehalten. Ihr Tempo war vielleicht etwas schnell, aber das lag bestimmt an der Aufregung.»

«Danke.» Sie fühlte sich wie ein kleines Mädchen und hätte vor Demut fast einen Knicks gemacht.

«Aber dennoch …», sein Gesicht drückte Bedauern aus, «… haben Sie mich leider gelangweilt.»

Ihr Magen wurde zu einem Stein. Das war schlimmer, als sie es jemals befürchtet hatte. Die totale Demütigung. Der Profidirigent wandte sich ans Publikum im Saal. Er liebte offensichtlich den großen Auftritt, der in diesem Fall voll auf ihre Kosten ging.

«Mit dem linken Arm zeigen Sie das Tempo an, und mit dem rechten Arm drücken Sie die Emotionen aus, richtig?»

«Ja.»

«Gefühle irgendeiner Art habe ich bei Ihnen aber kaum erkannt, weder in der Bewegung noch in Ihrem Gesicht.»

Das war bitter, vor allem bei einem Stück, das sie eigentlich zu Tränen rührte! Sie war halt sehr, sehr aufgeregt gewesen und hatte sich auf das Tempo konzentriert. Was wäre, wenn sie den Klützer Chor genauso dirigierte, ohne sichtbare Gefühle? Dann konnte es niemals etwas werden. Hatte sie sich total überschätzt?

Abbantino war noch nicht am Ende seines Kreuzzugs. «Warum sage ich das?»

Britta blieb stumm.

«Weil Sie eine interessante Frau sind, Signora Furstenberg. Mit glücklichen und traurigen Momenten im Leben, mit Vorlieben und Abneigungen, manchmal sind Sie verzweifelt. Was Sie auf keinen Fall sind: ein lebendes Metronom, das Taktschläge wie eine Maschine wiedergibt.»

«Klar.» Britta schluckte.

Abbantino sah sie freundlich an. «Warum soll ich mir Mozarts Klarinettenkonzert überhaupt von Ihnen anhören? Es gibt Hunderte von Einspielungen, da kann ich mir auch eine CD kaufen.»

Das wurde der härteste Verriss ihres Lebens, so schlimm war sie noch nie durch eine Prüfung gerauscht! Dabei hatte sie für ihren Chor in Klütz alles tun wollen. Anscheinend hatte es nicht gereicht.

«Ich sage Ihnen, warum ich Sie hören will!» Abbantino lächelte. «Ich interessiere mich für *Ihre* persönlichen Emotionen, dafür, was *Sie* denken und fühlen. Dafür werfe ich alle anderen CDs mit demselben Stück gerne weg. Außer meiner eigenen vielleicht, aber das nur aus reiner Sentimentalität.» Er zwinkerte ihr zu.

Für solche Witzchen war sie nun gar nicht in der Stimmung. «Was meinen Sie damit konkret?», fragte sie mit belegter Stimme.

«Ihr Gesicht war beim Dirigieren vollkommen unbewegt, wie eine Maske, ich habe darin nichts erkannt. Außer dass Sie es richtig machen wollten. Sie sind keine Musikverwalterin, sondern Sie sollen Gefühle gestalten! Das möchten die Musiker in Ihrem Ausdruck sehen, auch das Publikum schaut Sie an. Dirigieren geht zu großen

Teilen über das Gesicht, nicht nur über die Arme, Hände und Finger. Zeigen Sie der Welt, was Sie empfinden!»

Aus ihrem Mund kam ein leises «Okay».

«Sie besitzen Leidenschaft, das habe ich beim Klarinettenthema am Anfang aufblitzen sehen. Mozart geht Ihnen unter die Haut, stimmt's?»

«Allerdings.»

Er strahlte. «Dann raus damit, und seien Sie ehrlich! Wenn Sie weinen müssen, dann weinen Sie. Wenn Sie lachen wollen, dann lachen Sie. Und ich gebe Ihnen noch einen Tipp: Sie müssen mit dem Taktstock *vorher* anzeigen, was als Nächstes kommt. Wenn Sie mit der Armbewegung genau auf dem Taktschlag landen, wird der Ton schon gespielt. Dann ist es zu spät für Anweisungen. Es geht beim Dirigieren um die Zeit *zwischen* den Taktschlägen.»

Ihr war mittlerweile so heiß, als hätte sie zwei Stunden Spinning im Fitnessstudio hinter sich.

«Für das erste Mal aber trotzdem passabel», urteilte der Professor und holte den nächsten Studenten ans Pult. Der junge Mann sah genauso aufgeregt aus wie sie. Sie setzte sich neben die Pressesprecherin, obwohl ihr das etwas unangenehm war, verschwitzt, wie sie war.

«Respekt», sagte die und drückte ihr die Hand.

«Danke», murmelte Britta, die nicht fand, dass sie irgendwelches Lob verdient hätte. Sie hätte nie hierherkommen sollen! Bis vor kurzem war sie gerne mal nach Lübeck zum Einkaufen gekommen, ab jetzt würde sie für Shoppingtouren mindestens bis Schwerin oder Rostock fahren, damit sie bloß niemanden von dieser Veranstaltung wiedertraf.

Wieso hatte Jasper sie in die Irre geführt? Sie war eine miserable Dirigentin, und es tat ihr leid für ihren wunderbaren Chor. Der hatte wirklich etwas Besseres verdient.

18.

Wieder einmal wälzte sich Britta in ihrem Bett hin und her. Musste sie die Chorleitung nach dem heutigen Erlebnis nun hinschmeißen? Natürlich war ihre Niederlage an der Musikhochschule abzusehen gewesen: Profi war eben Profi, und Amateur war Amateur. Wenigstens wusste sie nun, wo sie stand. Abbantino hätte nur mit dem Kopf geschüttelt, wenn er erfahren hätte, dass sie sich mit ihren geringen Fähigkeiten anmaßte, einen Chor zu leiten. Sie hatte sich da viel zu schnell hineinmanövrieren lassen. Besser, sie hätte Jaspers Schmeicheleien widerstanden. Es hatte sich einfach zu gut angehört.

Aber wie könnte es mit dem Chor weitergehen, wenn sie aufhörte? Dann wäre doch definitiv Schluss. Nein, sie musste es versuchen, egal wie!

«Reiß dich zusammen, Britta», sagte sie sich laut.

Von dem niederschmetternden Dirigierkurs hatte sie nicht einmal ihrer besten Freundin Julika erzählt, das musste sie erst einmal für sich selber verarbeiten. Schon die nächste Probe im Festsaal würde ein Kampf für sie werden. Olli und Harry sangen das erste Mal wieder mit, sie musste sie für den Chor gewinnen. Wie sollte ihr das alles bloß gelingen?

Es war wieder Mittwoch, und sie hatte in der Zwischenzeit etwas Mut geschöpft. Ihr Ziel für den heutigen Abend war, so viel wie möglich von dem umzusetzen, was der Professor ihr gesagt hatte. Wenn nur ein Drittel von dem funktionierte, war es schon ein Fortschritt. Immerhin hatte sie den Rhythmus präzise gezählt, das war ja schon mal ein Anfang. Und die Emotionen der Musik hatte sie gespürt, nur zu wenig gezeigt, was auch an der Aufregung gelegen hatte. Sie konnte es also hinbekommen, auch wenn gerade alles in ihr schrie: Es reicht nicht!

Sybille und sie schritten über die dunkle Festonallee auf das Schloss zu. Schon im Eingang hörten sie wunderschöne Klaviermusik, Jasper saß bereits am Flügel und spielte sich ein. Sie war erleichtert gewesen, als er zugesagt hatte. Er war ihre große Stütze, und die brauchte sie jetzt mehr als je zuvor.

Julika empfing sie in der offenen Tür, wo Sybille und sie kurz stehenblieben. Neugierig schauten sie hinein. Britta staunte: Kastellansfrau Sarah lag mit geschlossenen Augen flach auf dem Holzfußboden, und Jasper präludierte für sie am Flügel. Er trug eine schwarze Hose, sein weißes Hemd hing lässig darüber. Er spielte eine Abfolge von romantischen Melodien, eine schöner als die andere.

«Attraktiver Mann», flüsterte Julika.

«Ja», bestätigte Britta.

«Ist er eigentlich Single?», fragte Sybille.

«Keine Ahnung.»

«Jetzt tu mal nicht so, du hast ihn doch angeschleppt», sagte Julika.

«Aber nicht abgeschleppt.» Mehr als dieser müde Witz fiel ihr dazu nicht ein. Sie hatte im Augenblick wirklich andere Sorgen und war einfach nur heilfroh, dass er sie unterstützte.

Julika legte ihre Hand auf Brittas Unterarm. «Warum begleitet ein hochkarätiger Pianist wie Jasper wohl einen Dorfchor in Klütz?»

Britta zuckte die Achseln. «Keine Ahnung. Geld ist es jedenfalls nicht, er will nicht mal die Benzinkosten bezahlt bekommen.»

Sybille nickte. «Also reden wir über die Liebe.»

«Meinst du ...» Julika deutete auf ihre Mitsängerin, die immer noch mit geschlossenen Augen auf dem Boden lag. «... Sarah?»

«Die ist glücklich verheiratet.»

«Jenny?», fragte Julika.

«Könnte sein.»

«Gerda?»

«Zu alt.»

Julika sah Britta an und grinste. «Du?»

«Sehr witzig», sagte Britta. «Aber wenn ich jünger wäre, würde ich mich vielleicht an ihn ranmachen.»

«Ich auch», seufzte Sybille.

Britta grinste ihre Großtante an.

«Es bleibt mir ein Rätsel, was er an uns findet», flüsterte Julika.

Da hörte Jasper auf zu spielen. Sarah schreckte hoch und richtete sich auf.

«Wunderschön, danke», säuselte sie in einer Tonlage, die Britta noch nie von ihr gehört hatte.

Jasper kam auf sie zu und umarmte sie kurz. «Hallo, Britta.»

«Schön, dass du heute kommen konntest», sagte sie.

«Ich werde doch nicht den Höhepunkt der Woche verpassen. Na, hast du Claudio überlebt?»

Am liebsten hätte sie «nein» gesagt.

«Einigermaßen.»

Jasper winkte ab. «Ich weiß, er ist streng.»

«Ich habe in der kurzen Zeit eine Menge von ihm gelernt, das muss ich schon sagen.» Hoffentlich würde Abbantino Jasper nie erzählen, wie unterirdisch schlecht sie gewesen war. Britta war schleierhaft, warum Jasper sie überhaupt als Musikerin lobte. Sie lächelte ihn tapfer an. «Ich habe aber nur ein Leben, und in dem bin ich nun mal Hotelfachfrau.»

Nach und nach trudelten die anderen ein: Annika in dickem Wollpullover, Regina in extravagantem kariertem Hosenanzug und weißer Bluse, Jenny, die Jasper schmachtend anhimmelte, mit tiefem Ausschnitt. Gerda mit neuen roten Strähnen, Wendy mit knallroten Wangen wie immer und Rainer. Der Bauch von Julika hatte inzwischen Rekordumfang. Als Letzte kam Ludmilla, die ziemlich abgekämpft von der Schicht im Wismarer Krankenhaus wirkte.

«Ich habe morgen Geburtstag und möchte spontan reinfeiern», rief sie gegen ihre Müdigkeit an. «Kommt doch nachher noch mit zu mir!»

Alle klatschten begeistert.

Britta war nicht nach Feiern zumute. Sie würde nur kurz bei Ludmilla vorbeischauen, unter der Voraussetzung, dass die Probe nicht vollkommen danebengegangen war. Als Erstes aber musste sie die gute Nachricht loswerden: «Das Problem mit den Männerstimmen ist gelöst. Heute kommen Harry und Olli, um uns zu unterstützen.»

Beifall.

Trotzdem war Britta immer noch nicht voll da. Vor dem Einsingen fühlten sich ihre Arme an wie Blei. Zusätzlich wurde sie nervös, weil Harry und Olli nicht auftauchten. War da doch etwas schiefgegangen? Schloss Bothmer würden sie ja wohl noch finden, oder? Hatten sie es sich vielleicht anders überlegt? Sie hatte zwar ihre Handynummern, wollte aber auf keinen Fall drängeln.

Als Britta den ersten Ton anstimmte, kam sofort ein warmes Echo von Jasper am Flügel zurück. Das hörte sich wunderbar an, da verstand sie jemand. Und so ging es weiter: Jasper trug sie von Station zu Station und stützte sie. Er spürte stets, wohin sie wollte, und spielte wunderschöne Akkorde, die dem Chor Halt gaben – und ihr auch. Langsam bekam sie wieder Boden unter den Füßen.

Nachdem die Stimmen eingesungen waren, schaute sie erneut auf ihr Handy: Olli und Harry hatten sich noch nicht gemeldet. Sie begann, die Hoffnung aufzugeben.

Als Erstes ließ sie den Chor ganz leise «Country Roads» singen. Diesmal klappte es schon viel besser. Aber wenn Harry und Olli nicht kamen, wäre das, was sie hier übten, überflüssig. Gerade als sich diese Befürchtung in ihr breitmachte, wurde die Tür zum Festsaal aufgerissen, und die beiden Männer stürmten herein. Erlösung! Am liebsten hätte Britta das große Hallelujah von Händel angestimmt. Es gab tosenden Applaus für die beiden. Harry trug grobe Wanderstiefel, Cargohose und ein schwarz-rot kariertes Holzfällerhemd, Olli einen Nadelstreifenanzug, dazu hatte er ein weißes Hemd und einen dunkelblauen Schlips angezogen. Und natürlich hatte er sich wieder seine dicke Holzbrille aufgesetzt, die ihm bestimmt seine Lilly von Hardenberg aufgeschwatzt hatte.

Der Chor war nun vollständig, Britta atmete auf. Sybi, Gerda und Rainer kannten Olli und Harry noch von früher und stürmten auf sie zu, um sie persönlich zu begrüßen. Harry frotzelte sofort mit Uralt-Chorwitzen über Olli: «Tenöre wie er können ja immer auch im Sopran aushelfen.»

Olli lachte, denn Tenöre bekamen solche Sprüche von Bässen andauernd zu hören. Er konterte routiniert: «Warum werden die meisten Pop-Balladen von Tenören gesungen? Weil es einfach geil klingt.»

Überraschenderweise kam Sybille nun nach vorne stolziert und stellte sich neben Britta vor den Chor.

«Es war eine lange Reise, bis unser Chor wieder stand», rief sie den anderen zu. «Ich sage nur Rautenberg und die russische Kommissarin ... Mensch, ich bin so glücklich, dass wir wieder am Start sind! Harry kommt extra aus Bad Segeberg und Olli aus Zarrentin, was ja beides nicht gerade um die Ecke liegt. Und nicht zu vergessen Britta, der verdanken wir, dass es uns überhaupt noch gibt. Danke, danke, danke!»

Beifall und Gejohle, erneut Riesenbeifall.

Britta machte das etwas verlegen, außerdem war sie immer noch sehr aufgeregt.

«Ich will nicht lange schnacken», rief sie. «Wir haben viel zu tun. Harry und Olli, ihr habt die Noten bekommen?»

Die beiden nickten und setzten sich zu Rainer auf die letzten freien Stühle hinter die Frauen.

«Als Erstes will ich ‹Wir sind der Chor› mit euch singen. Ihr müsst vor allem deutlich artikulieren.»

«In Finnland versteht uns doch sowieso keiner», kam es von Olli.

«Und wenn doch?», fragte Britta.

Sie hob die Arme, und zwar höher als vorher, so wie Professor Abbantino es ihr geraten hatte. Dabei strahlte sie ihre Leute an. Bevor sie das Lied anstimmte, spielte Jasper spontan «Let the Sunshine in», wie eine Hymne, und der Chor stieg sofort ein, aber wie! Sie musste gar nichts dafür tun, es passierte alles von selbst. Plötzlich sah sie den Ostseestrand in der Morgendämmerung vor sich: Die ersten Sonnenstrahlen kamen über das Wasser und kündigten einen wundervollen Tag an.

Mit der linken Hand gab sie den Takt vor, mit der rechten Hand drückte sie die Emotionen aus. Sie traute sich plötzlich viel mehr, in die Vollen zu gehen. Einige Takte später wurde spontan geklatscht und gejohlt, getanzt und tiriliert. Jeder schnappte sich jemanden aus der Gruppe und tanzte mit ihm, während weitergesungen wurde. Britta machte mit, denn Harry hatte ihre Hand genommen und wirbelte sie nun herum, dann zog er sie wieder zu sich. Es war ein Riesenspaß!

Was hatte sie sich vor der Probe bloß für Sorgen gemacht! Und nun holten sie ihre Freunde auf halber Strecke ab. Alle waren heilfroh, dass es mit dem Chor weiterging, und nur das zählte im Augenblick.

Nach dem Tanzen hatte Britta große Mühe, ihre Leute wieder herunterzuholen, um einzelne Takte zu üben. Es dauerte einen Moment, und damit war sie natürlich die Spielverderberin. Aber sie hatten nur noch gute sechs Wochen bis zum Auftritt in Tampere. Phrasen und Töne in jeder Stimme mussten genauer geprobt werden – Kleinarbeit, wie sie einfach notwendig war. Anschließend baute sie das Puzzle wieder zusammen und ließ die Sängerinnen und Sänger loslegen.

Alle atmeten nun synchron, als seien sie eine Person. So sollte es sein! Britta versuchte dabei zu beherzigen, was Abbantino ihr gesagt hatte. Aber auf die Emotionen in ihrem Gesicht musste sie nicht achten, denn ihre Begeisterung kam von selbst. Ob hoch oder tief, laut oder leise – ihre Freunde sangen so schön wie noch nie. Der Name «Tampere» leuchtete ihnen entgegen wie eine Verheißung.

19.

Die Party bei Ludmilla war jetzt genau das Richtige. Britta wollte nach der wunderbaren Probe nur noch tanzen, tanzen, tanzen! Sie ging mit Regina und Gerda die paar Schritte vom Schloss zu Fuß, Sybille stieg bei Jasper in den Wagen. Ludmilla wohnte in einem Mehrfamilienhaus hinter dem Bahnhof der Schmalspurbahn, die «de lütt Kaffeebrenner» genannt wurde. Seit über hundert Jahren brachte die Dampflok mit den alten Waggons Feriengäste von Klütz ins nahegelegene Ostseebad Boltenhagen.

Das Bahnhofsgebäude mit dem Fachwerk, das von Anfang des 20. Jahrhunderts stammte, war heute Abend von Nebelschwaden umwabert. Davor parkten bereits Ollis Oldtimer und Jaspers grüner Mercedes. Als sie auf den schlichten zweistöckigen Plattenbau zugingen, hörten sie schon von draußen laute Salsa-Musik. Es wirkte ein bisschen so, als hätte der Sommer hier seine letzte Zuflucht gefunden. Also genau der richtige Ort! Sie stiefelten durch das schmucklose Treppenhaus in den zweiten Stock, die Tür zur Wohnung stand offen.

«Da seid ihr ja!», rief Ludmilla. Ihre Augen glänzten, sie hatte sich bereits warm getanzt, und ihr Gesicht war mit einem dünnen Schweißfilm überzogen. Ihre kleine Wohnung war jetzt schon komplett überfüllt. Aus dem Augenwinkel sah Britta, wie Jasper mit Annika, der Jüngsten von ihnen, tanzte. Auch wenn sie das ein bisschen eifersüchtig machte, wollte sie sich ihre Begeisterung nicht nehmen lassen. Heute war ihr Siegertag, da wollte sie feiern, was das Zeug hielt.

Es waren nicht nur Chorleute da, sondern auch Kollegen und Kolleginnen aus dem Wismarer Krankenhaus sowie eine Menge anderer Freunde und Bekannte von Ludmilla. In der Wohnung war es kuschelig warm, sodass die meisten schon ihre Pullover ausgezogen hatten und im T-Shirt tanzten. Ludmilla hatte sogar eine Lichtanlage und einen DJ aufgetrieben, außerdem einige Flaschen Wodka und Cola. Als Britta zu der improvisierten Bar in der Küche ging, saß dort bereits Sybille mit einem Drink in der Hand.

«Prost, meine Britta», rief sie. Es war anscheinend nicht ihr erstes Getränk an diesem Abend. Auch mit dreiundachtzig ließ sie es sich nicht nehmen, kräftig mitzufeiern – wie schön!

Nebenan grölte eine Gruppe gerade «We Are the Champions», Britta sprang zu ihnen und tanzte spontan mit. Sie war wie entfesselt. Das Auf und Ab der letzten Wochen war vorbei, es war geschafft! Mixgetränke waren zwar sonst nicht ihr Fall, aber heute nahm sie zur Feier des Tages gleich zwei hintereinander.

Gerade wurde Olli vor ihren Augen von Jenny und Annika an die Bar geschleift, während Harry mit seligem Lächeln auf der Tanzfläche blieb und von dort gar nicht mehr wegzubekommen war. Was vor allem an Ludmillas blonder Kollegin lag, ebenfalls Russin, die fast so groß war wie er und nicht von seiner Seite wich. Als Britta das nächste Mal hinsah, knutschten Harry und die Krankenschwester bereits heftig auf dem Balkon miteinander. Britta selbst tanzte über eine Stunde am Stück, Tonnen an Last waren von ihr abgefallen, sie war überglücklich.

Kurz vor Mitternacht zählten dann alle zusammen laut die Sekunden herunter, wie zu Silvester. Um Punkt zwölf riefen sie «Herzlichen Glückwunsch zum Geburtstag, Ludmilla!» und schmetterten das lauteste «Happy Birthday», das jemals auf diesem Planeten gesungen worden war.

Es wäre die Party des Jahres geworden, wenn nicht irgendwann eine schmächtige, kurzhaarige Frau in dunkelgrüner Cargohose hineingestürmt wäre. Britta tanzte gerade mit Olli einen Foxtrott, wie damals in der Tanzschule. Die Kurzhaarige baute sich direkt vor ihnen auf.

«Lilly!» Olli löste sich von Britta. Die Cargohosenfrau war seine Ehefrau.

«Weißt du, was? Du kannst mich mal!», schrie Lilly hysterisch.

Olli riss die Augen auf. «Ist was passiert?»

«Hältst du mich für blöd, oder was?» Sie packte ihren Mann mit beiden Händen an den Schultern und schüttelte ihn.

«Aber was ist denn?»

«Du hättest mir sagen müssen, dass du dich wieder mit deiner Exfreundin triffst.» Sie sprach auf einmal ganz leise.

«Was?»

Jetzt ging Britta auf, dass Lilly *sie* meinte. Sie war kurz davor zu sagen: «Beruhig dich, ich habe nichts mit deinem Mann», aber ihr wurde schnell klar, dass das nichts nützen würde. Wenn Lilly wirklich glaubte, dass ihr Mann sie hinterging, sollten die beiden das besser unter sich klären. Da mischte sie sich nicht ein.

Lilly zog den Stecker der Musikanlage, es wurde schlagartig still. Die Leute starrten sie fassungslos an.

«Und ihr glotzt dabei noch zu, sehr schön!», stieß Lilly aus. «Habt ihr alle keine Partner, oder was?»

«Ganz ruhig», wagte Britta nun doch zu sagen.

Dass ausgerechnet sie sich zu Wort gemeldet hatte, wirkte wie ein Streichholz im Benzinkanister. Lilly tobte regelrecht, und Olli konnte sie nur mit Mühe davon abhalten, auf sie loszugehen. Er nahm Lillys Hände und bugsierte sie mit sanftem Druck aus Ludmillas Wohnung, bevor sie sich selber weiter schaden konnte.

Britta lief zum Balkon und konnte noch sehen, wie Olli mit seinem Citroën über die Schlossstraße aus Klütz herausfuhr. Da wurde ihr schlagartig klar: Olli würde nicht wiederkommen. Niemals würde seine Frau akzeptieren, dass er in einem Chor sang, den seine Exfreundin leitete.

«Was bedeutet das alles?» Jasper war zu ihr getreten.

«Wenn wir Pech haben, nichts Gutes.»

Er legte tröstend den Arm um sie, ohne ihr zu nahe zu kommen. «So etwas passiert, die kriegen sich schon wieder ein.»

«Ich glaube nicht, dass Olli wiederkommt», seufzte sie.

«Wir haben ja noch Rainer und Harry.»

«Das wird dann knapp.»

«Und ich komme nächsten Mittwoch auch wieder, und weiter geht's.»

«Danke, Jasper.»

«Ich muss jetzt leider nach Lübeck zurück, morgen geht's früh weiter für mich.»

Es war traurig, dass der Abend so endete. Sie umarmten sich, dann verschwand er im nächtlichen Nebel.

20.

«Du musst dringend etwas tun», sagte Sybille.

Am nächsten Morgen saß Britta bei ihrer Großtante in der Küche und trank Kräutertee.

«Wieso ich? *Olli* muss seine Frau beruhigen, das ist doch nicht meine Aufgabe!»

«Normalerweise hast du recht. Aber nur wenn seine irre Frau ihn lässt, darf er auch wieder zu uns kommen.»

«Was kann ich denn tun? Soll ich ihr jetzt noch mal sagen, dass ich mich nicht mit Olli heimlich treffe? Dass ich keine Ambitionen habe? Dass er nicht ohne Grund mein Exfreund ist?»

«Sie würde dir nicht glauben», meinte Sybille.

«Was für ein Kinderkram!», stöhnte Britta.

Sybille überlegte einen Moment. «Du weißt doch, dass mein Theatergeschmack unter aller Sau ist», murmelte sie.

«Allerdings. Aber was hat das jetzt mit Olli und Lilly zu tun?»

Brittas Großtante ging am liebsten ins Laien-Volkstheater, und zwar in Stücke, die allesamt gruselig waren: Als Zuschauer wusste man an jeder Stelle, wie es weiterging, die Witze waren vorhersehbar und uralt. Sybille amüsierte sich trotzdem jedes Mal. Dagegen war natürlich nichts zu sagen. Jedenfalls solange Britta nicht mitmusste – das hatten sie zum Glück schon vor Jahren geklärt.

«Man müsste eine billige Schmierenkomödie für Lilly aufführen», sagte Sybille.

«So wie in deinen Theaterstücken? Das Ehepaar streitet, während sich der Geliebte der besten Freundin im Schrank versteckt?» Britta verdrehte die Augen.

«So ähnlich. Du hast Olli doch seit Ewigkeiten nicht gesehen, das heißt, er und seine Frau wissen nichts Persönliches von dir, oder?»

«Stimmt.»

«Wenn du einfach mit einem Mann an deiner Seite bei ihnen auftauchst und ihn als deinen Partner ausgibst, wäre das Problem gelöst, richtig? Dann würde sie Olli auch wieder zum Chor lassen.»

«Bestimmt. Aber wer sollte das sein?»

Dabei lag es auf der Hand.

Am nächsten Vormittag stand Britta vor Rainers unscheinbarem Zwei-Zimmer-Bungalow, der im Ortsteil Niederklütz auf dem Hügel unterhalb der großen Mühle lag. Er beschnitt gerade einen Busch mit einer elektrischen Heckenschere, der Schweiß lief ihm über die Stirn.

«Moin, Britta! Na, wie ist?», grüßte er freundlich.

«Ich versuche gerade Olli zurückzuholen, damit du am Ende nicht doch wieder als Männerstimme alleine dastehst. Denn wenn Olli wegbleibt, wird Harry früher oder später auch die Segel streichen.»

«Da hilft eigentlich nur, Ollis Frau unter Drogen zu setzen.»

«Also, Rainer! Und das von dir als Polizist! Muss ich mir Sorgen um dich machen?»

«Anders wird es wohl nicht gehen.»

«Doch.» Sie grinste ihn breit an.

«Und wie?»

«Werde mein Mann.»

«Häh?»

Britta breitete die Arme weit aus. «Bitte sag ja!»

«Alles okay mit dir, Britta?»

Sie trat einen Schritt auf ihn zu. «Wir beide fahren zu Olli und Lilly, als Mann und Frau. Was hältst du davon?»

Er überlegte kurz, dann kapierte er. «Um sie zu besänftigen?»

Sie nickte.

«Das ist total albern und außerdem riskant.»

«Weißt du was Besseres?»

Er schaute sie an und schüttelte den Kopf.

Am Nachmittag machten Rainer und sie sich auf den Weg nach Zarrentin. Julika war skeptisch gewesen, als Britta von ihrem Plan erzählt hatte. «Mit den Lügen ist es so eine Sache», hatte sie gewarnt. «Sie türmen sich meistens immer höher auf.»

Zum Glück hielt ihre Freundschaft es locker aus, dass sie auch mal verschiedener Meinung waren.

Mit dem Polizisten an ihrer Seite fuhr Britta so langsam wie das letzte Mal in der Fahrprüfung, sie achtete streng auf die Geschwindigkeitsbegrenzungen und blinkte brav, wann immer es gefordert war.

«Sag mal, du hast aber wirklich nichts mit Olli, oder?» Rainer blickte sie fragend von der Seite an.

«Ich habe ihn das erste Mal seit zwei Jahren wiedergesehen. Reicht das als Antwort?»

«Wieso glaubt seine Frau das nicht?»

«Eifersucht wird nicht vom Kopf gesteuert.»

«Die ist doch kein Kind mehr.»

«Na ja, erwachsen sein wird allgemein doch überschätzt. Als wenn man alles im Griff hätte, nur weil man keine achtzehn mehr ist.»

«Aber so auszuflippen ist doch peinlich.»

Britta grinste. «Spar dir deine Empörung für gleich, du wirst sie gebrauchen können.»

Nach einer guten Stunde rollten sie auf die Antiquitätenscheune zu, die innen und außen hell beleuchtet war. Olli stand hinter einem alten Schreibtisch. Er trug wie gewohnt seinen albernen Nadelstreifenanzug und die Holzbrille.

«Hallo, Olli», sagte Britta.

«Hi, Olli», grüßte auch Rainer lässig. Er ließ den Blick über die Antiquitäten kreisen. «Kann ich mich mal umschauen? Das sieht alles äußerst interessant aus.»

«Klar.»

Während Rainer durch den Laden spazierte, blieb Britta bei ihrem Ex stehen. «Hast du mal einen Moment?»

«Ich will ehrlich gesagt nur meine Ruhe haben.» Er wirkte nervös.

«Ist Lilly immer noch sauer?»

«Sauer ist gar kein Ausdruck», brummte er.

«Ich bin auch genervt!»

«Wieso?»

«Rainer kennst du ja noch von früher», erklärte Britta. «Wir sind seit einem Jahr zusammen. Was meinst du, wie er das findet, dass deine Frau so einen Verdacht äußert?»

Olli sah sie überrascht an. «Dass du einen Freund hast, hast du gar nicht gesagt.»

«Muss ja nicht alles in den ersten zehn Minuten auf den Tisch kommen, wenn man sich so lange nicht gesehen hat. Vielleicht klärst du deine Frau mal über Rainer und mich auf?»

«Das ist eigentlich eine ziemlich gute Idee. Vielleicht spricht sie dann wieder mit mir.»

Rainer kam mit einer armlangen Eisenfigur in der Hand zurück, die an einen Langstreckenläufer erinnerte. «Was kostet der?»

«Zweihundert.»

«Das ist ein Mondpreis, Olli. Ich gebe dir hundert, und das ist schon zu viel.»

«Hundertachtzig.»

Rainer grinste. «Nee, hundert ist der Preis mit Chorrabatt.»

«Welcher Chor?», fragte Olli. «Ich bin in keinem Chor.»

Britta fand es höchst riskant, was Rainer da gerade veranstaltete. Worauf lief das hinaus?

«Zu spät! Du bist seit letzten Mittwoch dabei, das gilt», erklärte er.

«Hundertfünfzig ist mein letztes Wort.»

«Okay.» Rainer zählte ihm das Geld in die Hand, schon wirkte Olli wieder freundlicher.

Dann gingen sie zusammen zum Haus. Gerade als Olli den Schlüssel ins Schloss stecken wollte, öffnete Lilly die Tür.

«Was wollt ihr hier?» Sie wirkte alles andere als erfreut über den Besuch.

Olli überging das einfach. «Britta kennst du ja, und das ist Rainer, Brittas Freund.»

«So?»

Britta knirschte leicht mit den Zähnen. Ollis Frau würde eine echte Herausforderung werden.

«Nun kommt doch erst einmal rein», forderte Olli sie auf.

Sie setzten sich auf die Couch hinter der Terrasse, wo ein Whirlpool vor sich hin blubberte.

«Können wir offen reden?», wandte Rainer sich direkt an Lilly.

Die sah ihn genervt an. «Ich muss über nichts mehr reden.»

Rainer holte tief Luft, dann legte er los: «Ich kenne dich nicht, aber ich bin ziemlich sauer, dass du einfach behauptest, dein Mann hätte was mit Britta. Und das vor allen Leuten! In Klütz gibt es deswegen jetzt übles Gerede. *Ich bin nämlich mit Britta zusammen!*»

In seiner Stimme lag ein leicht aggressiver Unterton – er machte das wunderbar, ein echtes Schauspieltalent!

Und tatsächlich, es funktionierte. Lilly wurde hochrot im Gesicht. Sie schaute betreten nach unten. «Entschuldigt bitte», murmelte sie und sah Rainer schuldbewusst an. «Es war nur so ein Gefühl.»

«Was auf nichts beruhte», schnaubte Rainer, scheinbar immer noch verärgert.

«Wie wäre es, wenn wir etwas zusammen trinken?», sagte Olli, um die Situation zu entkrampfen. «Zur Versöhnung?»

«Würde ich gut finden», stimmte Lilly hastig zu. Das waren Töne, die Britta hoffen ließen. Trotzdem, so richtig wohl fühlte sie sich bei der ganzen Aktion immer noch nicht.

«Lass uns doch in den Whirlpool setzen, der müsste jetzt warm sein», schlug Olli vor und lächelte auffordernd in die Runde.

Hatte der sie noch alle? Sie sollte sich vor allen ausziehen? Das war komplett absurd! Lilly und sie hatten einen Waffenstillstand geschlossen, waren deswegen aber nicht sofort beste Freundinnen geworden. Britta war nicht prüde, aber als sie nach Klütz zog, musste sie sich erst einmal an die freizügigen Sitten dort gewöhnen: Die einheimischen Ostseekinder aus dem Klützer Winkel, wie Olli und Wendy und viele andere aus dem Chor, hielten

Nacktsein für eine Art natürliche Bekleidung, auch beim Volleyballspielen am Strand. Das war für sie sehr gewöhnungsbedürftig gewesen.

Der Whirlpool blubberte weiter auf der Terrasse, im Kamin flackerte ein Feuer. Sie war ja sonst bereit, alles für den Chor zu tun, aber das ging ihr entschieden zu weit!

«Tut mir leid, ich habe eine Verletzung am Rücken und darf nicht ins Wasser», sagte sie. Ein Glück, dass ihr diese kleine Notlüge noch eingefallen war!

Olli erhob sich und servierte Kaffee mit Rum. Daraufhin setzten sie sich alle ganz zivilisiert auf die Couch im Wohnzimmer. Britta fiel ein Stein vom Herzen.

Rainer hatte sich jetzt richtig warmgespielt und fing an, von Brittas und seinem letzten Urlaub zu erzählen: «Nordnorwegen im Winter», rief er. «Ein Traum! Britta musste sich ein bisschen dran gewöhnen, aber dann fand sie es super.»

Britta blickte ihn amüsiert an. Dieses Urlaubsziel wäre für sie als Winterhasserin das Letzte gewesen.

«Stehst du etwa auf Arktis-Temperaturen?», erkundigte sich Lilly bei ihr. «So hätte ich dich gar nicht eingeschätzt.»

«Hältst mich eher für den Strandtyp, richtig?» Britta lächelte.

«Hätte ich vermutet.»

«Du hast recht. Aber den Strand habe ich im Klützer Winkel ja jeden Tag, da will ich auch mal was anderes sehen.»

«Wie seid ihr denn da hochgekommen?», wollte Olli wissen.

«VW Bus», sagte Britta.

«Wohnmobil», sagte Rainer im selben Moment.

So etwas passierte eben, wenn man sich vorher nicht genau abgesprochen hatte.

«Also, es war eins von VW, aber größer als normal», erklärte Rainer schnell.

Gerade noch gerettet.

«Raini und ich waren da gerade frisch zusammen und sind aus dem Wohnmobil kaum rausgekommen.» Britta lächelte vielsagend.

«Das heißt, von der Landschaft habt ihr gar nichts mitbekommen?», fragte Lilly.

«Doch, aber mehr von innen, durchs Fenster», meinte Rainer.

Britta nahm Rainers Hand und strahlte ihn an. «Es war mein schönster Urlaub überhaupt.»

«Schade, dass es mit dem totalen Verliebtsein immer so schnell vorbeigeht», sagte Lilly.

«Och.» Rainer strahlte jetzt seinerseits Britta an. An ihm war wirklich ein Schauspieler verlorengegangen.

Der Nachmittag verlief dann noch unerwartet heiter. Am Ende war Lilly beruhigt und gab ihr «Okay»: Ihr Olli durfte wieder mitsingen.

Für den Chor war das ein Riesenerfolg, Tampere war gerettet! Noch zwei Wochenenden Probe, dann ging es los.

21.

Zum zweiten Dirigierkurs in der Musikhochschule fuhr Britta mit dem Rad. Natürlich hätte sie auch das Auto oder den Bus nehmen können, aber sie brauchte frische Luft, um den Kopf frei zu bekommen. Eine Strecke betrug vierzig Kilometer, das dauerte knappe drei Stunden. Sie sah es als Pilgerfahrt, auf der sie das Klarinettenkonzert ein letztes Mal gedanklich durchgehen würde.

Als sie morgens gegen acht aufbrach, dämmerte es. Ihre Partitur lag in dem kleinen Rucksack, den sie sich umgeschnallt hatte. Aber noch wichtiger als die Noten war die Botschaft, die ihr der Chor mitgegeben hatte: Sie konnte andere Menschen mitreißen und Energien freisetzen.

Beim zweiten Mal wollte sie vor Abbantino alles besser machen, dafür hatte sie eine Menge getan. Die einzelnen Abschnitte der Partitur hatte sie mit Orten aus dem Klützer Winkel bezeichnet: Ostseewellen mit weißen Schaumkronen – Festsaal im Schloss – Festonallee bei Regen – Sybille-Eiche auf dem Feld – Hügellandschaft – Steilküste … Die Violinen tanzten auf den Wellenkämmen der Ostsee, während die Klarinette über die Festonallee schritt. Wobei sich zwei Orte durchaus überschneiden konnten.

Die Straßen waren um diese Zeit nahezu menschenleer, bis auf einen breitschultrigen Kerl, der seinen Vorschlaghammer immer wieder auf einen Zaunpfahl niedersausen ließ, um ihn in den Boden zu rammen. So einfach und klar sollte dirigieren auch sein.

Der gesamte Klützer Winkel bestand nun für sie aus Orten des Konzerts. Von der Ostsee hörte sie die Streicher, die Klarinette spielte mal eine Radlänge vor ihr oder schmuggelte sich neben sie in den Wind. Das Wetter wechselte im Minutentakt, mal war es sonnig, mal stürmisch, mal regnerisch. Sie zog an Gutshöfen und einfachen Häusern vorbei, an Wäldern und Wiesen, alles spielte seine eigene Melodie. Auf dem Fahrrad wurde ihr im permanenten Gegenwind nichts geschenkt, ihre Kraft war ebenso gefordert wie ihre Ausdauer, ohne festen Willen ging gar nichts. Schließlich erreichte sie die Grenze in Selmsdorf. Ein dichter Wald trennte die Landesteile Holstein und Mecklenburg, die Straße führte mitten hindurch.

Da sie nicht vollkommen verschwitzt vor Professor Abbantino erscheinen wollte, ging sie nach ihrer Ankunft erst einmal ins Zentralbad Lübeck, das direkt hinter der Musikhochschule lag: eine hellblaue Kachelwelt mit Chlorgeruch und starkem Hall. Dort war gerade Kinderschwimmen, ein paar Senioren zogen gemächlich ihre Bahnen, Teenies spritzten sich gegenseitig nass. Ihren Badeanzug hatte sie im Rucksack. Sie zog sich um und legte sich in ein Becken mit warmem Wasser. Ihre Oberschenkel vibrierten noch vom Radfahren, sie fühlte sich gut.

Eine knappe Stunde später stand sie dann im Hofflur der Musikhochschule, grüßte den netten Pförtner und setzte sich in der Mensa zu ein paar Studentinnen. Sie musste an Jasper denken. Er würde heute nicht kommen, das bedauerte sie, denn er wäre auf ihrer Seite gewesen. Leider hatte er in der Schweiz einen Auftritt. In Gedanken wünschte sie ihm viel Glück.

«Sie haben uns sehr gut dirigiert», sagte plötzlich eine Stimme hinter ihr. Britta drehte sich um. Es war die Soloklarinettistin vom letzten Mal.

«Danke, aber du hast so wunderbar gespielt, da musste ich gar nicht viel machen. Ich bin übrigens Britta.»

«Asuka Tanaka. Ich freue mich, Sie kennenzulernen.»

«Wir können uns ruhig duzen.»

Die Studentin senkte lächelnd den Blick.

«Sind Sie nachher bei Abbantino wieder dabei?», fragte Asuka.

Britta fühlte sich plötzlich richtig alt, das «Du» fiel Asuka anscheinend schwer. «Ja.»

«Ich freue mich.»

«Ich auch.»

Den komplizierten Weg zum großen Saal hatte sie sich vom letzten Mal gemerkt, als sie hier mit Pressesprecherin Sandra Pabst langgegangen war. Da sie gut in der Zeit war, konnte sie sich das Wandgemälde mit den Palmen und die Holzvertäfelungen in den Dienstbotengängen nun etwas länger anschauen.

Im Vorraum angekommen, wurde sie von einem Studenten mit blonden Rastalocken abgefangen, Abbantino hatte ihn geschickt. Er lotste sie in einen kleinen Raum, in dem nur zwei Stühle standen. Dafür war der Stuck an der hohen Decke umso prachtvoller, und durch das Fenster konnte man auf die Trave blicken.

«Signora Furstenberg!», rief Abbantino lächelnd, als er hereinkam. Er küsste ihre Hand. Dann bat er sie, Platz zu nehmen, und setzte sich ebenfalls.

«Ich fliege heute Abend nach Munchen. Ich habe so wenig Zeit. Daher habe ich mich gefragt: Lohnt sich mein Kurs fur Sie und fur mich?»

Sie bekam einen trockenen Mund. War sie so schlecht gewesen? «Herr Blüthgen hat mich zu Ihnen geschickt, sonst wäre ich nicht hier», stammelte sie.

Abbantino nickte. «Ich weiß. Jasper ist ein begabter Pianist, ich vertraue seinem Urteil. Die meisten Studenten sind ja *noch* junger als Sie, was man sich kaum vorstellen kann. Erzählen Sie, was machen Sie sonst so? Jasper sagte, Sie leiten einen Chor auf dem Land?»

Britta beschloss, ihm die Wahrheit zu sagen: «Ich arbeite in einem Hotel direkt am Meer. Den ganzen Tag sehe ich die Ostsee, das Meer begleitet mich wie Musik. Und nebenbei leite ich seit kurzem einen Chor in meiner Stadt, aber nur weil unser Dirigent weggezogen ist und wir niemand anderen gefunden haben. Die Sänger sind alle begeisterte Laiensänger. Obwohl einige objektiv gesehen nicht mal besonders gut singen.»

«Gibt es noch mehr Chöre bei euch?»

«Nein, nur unseren. Er existiert seit zwanzig Jahren, ich habe ihn mitgegründet.»

«Verstehe.»

«Ich sehe ein, dass ich im Profi-Business nichts zu suchen habe. Das bestreite ich auch gar nicht. Es war Jaspers Idee, und ich bin ihm gerne gefolgt. Haben Sie trotzdem vielen Dank, dass ich mit Ihnen arbeiten durfte. Ich habe viel von Ihnen gelernt.»

«Ich möchte nicht arrogant wirken, aber ich muss mit meiner Zeit haushalten. Für Amateure habe ich eigentlich keine Zeit.»

«Schönen Tag dann noch.» Sie bemühte sich um ein Lächeln.

Beim Herausgehen streckte sie Abbantino die Hand hin. Der nahm sie und ließ nicht mehr los.

«Nicht so schnell, Signora! Was wäre das Leben ohne Widerspruche? Ich finde es bewundernswert, was Sie tun. Sie tragen Musik in eine kleine Stadt. Das wird bei den Menschen eine Menge verändern, davon bin ich uberzeugt. Ich bin stolz darauf, dass ich daran mitwirken darf.»

Britta war verwirrt: Was hieß das denn nun?

Kurze Zeit später stand sie entschlossen im riesigen Konzertsaal am Pult: jetzt oder nie! Die Orchestermusiker stimmten bereits ihre Instrumente. Britta dachte erneut an die letzte Chorprobe auf Schloss Bothmer. Es würde hier nicht viel anders laufen. Wenn sie ein paar entschiedene Schritte machte und ihre Begeisterung zeigte, kämen ihr die Musiker auf halbem Wege entgegen.

Britta sah Soloklarinettistin Asuka an und lächelte ihr zu. Sie würde das Stück wie das Radfahren im Klützer

Winkel angehen. Bei den Steigungen hatte sie die Zähne zusammengebissen und nicht lockergelassen. Auf der anderen Seite des Hügels rollte sie dann wie von selbst, im besten Fall mit Rückenwind. Das fühlte sich an wie Fliegen. Und genau so sollte es jetzt auch werden.

«Die Klarinette spielt das Solo. Trotzdem, oder gerade deswegen, müssen Sie als Begleitende einander sehr gut zuhören», erklärte sie den Musikern. «Ich möchte einen leichten, transparenten Klang bekommen.»

Dann hob sie den Dirigierstab. Alle wurden still und sahen sie an. Als ihr Arm das Stück beginnen ließ, ging es für sie auf die Reise durch den Klützer Winkel. Im Hintergrund schimmerte die Ostsee, während die Klarinette an der mächtigen Sybille-Eiche auf dem Feld vorbeistrich. Die Streicher nahmen den Wind auf, die Flöten trällerten wie Singvögel im Frühling.

Wieder hörte das Stück viel zu schnell auf, insgesamt waren es keine sechs Minuten gewesen. Keine einzelne davon würde sie je vergessen!

Abbantino kam klatschend auf sie zu. «Das war ein Riesenunterschied zum letzten Mal – grande, Signora Furstenberg, da hat sich eine Menge getan!»

Natürlich äußerte er auch Kritik, schließlich behandelte er sie wie eine ganz normale Studentin. Und auch diesmal lernte sie wieder viel dazu. Zum Beispiel, dass jede Nebenmelodie eine große Bedeutung hatte.

Als der Kurs vorbei war, bedankte sie sich erneut bei Abbantino und verabschiedete sich.

In der rustikalen Eingangshalle sagte sie dem Pförtner schwungvoll «Tschüs» und tanzte förmlich hinaus: Unglaublich, Britta Fürstenberg aus Klütz hatte eben ein Riesenorchester dirigiert!

Als sie auf die Straße trat, sah sie jemanden, den sie gut kannte: Rainer. Er war ganz ungewohnt gekleidet, in dunkler Stoffhose, mit weißem Hemd, dunklem Schlips und schwarzem Jackett.

«Du?», rief sie erstaunt. «Woher wusstest du, dass ich hier bin?»

Er winkte ab. «Normale polizeiliche Ermittlungsarbeit.»

Sie lachte. «Peilsender? Du hast mich abgehört?»

«Es gab eine Zeugin, die ausgesagt hat.»

«Ah, Sybille hat geplaudert?»

«Ja.»

«Eigentlich wollte ich das hier nicht an die große Glocke hängen.»

«Die Musikhochschule ist eine hochkarätige Adresse. Es ist Wahnsinn, was du alles für den Chor tust.»

«Wat mutt, dat mutt. Es gibt ja auf dem Gebiet nichts anderes in der Gegend.»

«Komm, lass uns was essen gehen. Ich lade dich ein.» Rainer lächelte. «Unsere kurze Ehe hat mir übrigens sehr gefallen.»

Da schwang etwas mit, was anders war als sonst.

Rainer führte sie ins «Wullenwever», ein sündhaft teures Lübecker Restaurant mit hervorragender mediterraner

Küche. Er hatte den besten Tisch am Fenster reserviert und konnte ihr jedes Essen und seine Zubereitung en détail erklären. Kochen war seine große Leidenschaft, kein Fest im Chor fand ohne seine wunderbaren Buffets statt, für die er sich stundenlang in die Küche stellte.

Natürlich plauderten sie fast die ganze Zeit über den Chor und den bevorstehenden Wettbewerb in Finnland. Wenn sie etwas sagte, kommentierte er das immer mit Kopfnicken und einem demonstrativen «Okay». Das war ihr etwas zu dicke. Dann legte er los und erzählte von seinen Lebensträumen: Er hatte vor, sich in wenigen Jahren frühpensionieren zu lassen und nach Kanada auszuwandern. Dort wollte er einen Bootsverleih am Lake Minnewanka aufmachen, er wusste auch schon genau, wo. Wobei sie automatisch daran dachte, dass sie in diesem Fall schon wieder eine neue Männerstimme für den Klützer Chor finden musste ... Schließlich erklärte er ihr ausführlich das Klein-Klein seines Klützer Polizeipostens und die Schwierigkeiten mit der Zentrale in Schwerin. Was sie ehrlicherweise ziemlich langweilte. Insgesamt hörte sie heraus, dass er sich mit seinem momentanen Job in Klütz eigentlich sehr wohl fühlte. Er würde wohl nie nach Kanada gehen.

Rainer war wirklich ein netter Kerl, aber der Tag zu zweit wurde ihr dann doch etwas lang. Die Rechnung hatte hundert Euro betragen. Sie bestand darauf, sich zu beteiligen, aber er wollte unbedingt alles bezahlen.

Nachdem sie das Restaurant verlassen hatten, warf er

ihr Fahrrad in den Kofferraum seines Passat-Kombis und fuhr sie zurück nach Klütz. Beim Abschied vor ihrer Tür umarmte sie ihn kurz, er küsste sie auf die Wange.

Hoffentlich entstand da nicht gerade das nächste Problem.

22.

Es war wechselnd bewölkt, und immer wieder kam die Sonne raus, was Britta als gutes Omen nahm. Das Probewochenende war nun endlich da, und zwar in voller Besetzung! Britta stellte sich auf den großen Platz vor dem Schloss, um ihre Leute persönlich zu empfangen: Jasper, Sybille, Julika, Jenny, Wendy, Gerda, Ludmilla, Regina, Annika sowie Rainer, Olli und Harry. Jasper würde am Flügel sitzen und ihr das letzte Quäntchen Sicherheit geben, das ihr aus mangelnder Erfahrung noch fehlte.

Julika kam als Erste, mit dem Fahrrad, was Britta in ihrem Zustand wahnsinnig fand, aber sie fühlte sich nach eigenen Worten wohl dabei.

Danach fuhr Harrys Geländewagen vor, an dessen Türen jeweils eine überlebensgroße Fledermaus aufgemalt war.

«Schön, dass du da bist», begrüßte sie ihn. Er klopfte ihr grinsend auf die Schulter.

Dann kam Rainer mit seinem Kombi, das Catering hinten im Kofferraum. Dafür hatte er zwei Tage und Nächte in der Küche gestanden und sich vermutlich mehr Gedanken gemacht als der Koch der deutschen Olympiamannschaft. Am wichtigsten war ihm, dass die Speisen leicht waren und trotzdem satt machten. Essen war für ihn eine hochkomplexe Wissenschaft und sollte am Ende auch noch schmecken. Sämtliche Gewürze mussten genauestens aufeinander abgestimmt werden. Dabei war die entscheidende Frage, was die Chormitglieder im Herbst und speziell an diesem Wochenende für ihre Körper brauchten. Er hatte sich für anregende, belebende Gewürze entschieden, wie er Britta am Telefon angekündigt hatte, vor allem Liebstöckel, Oregano und Salbei. Britta befürchtete zwar, das Essen könne einigen zu scharf werden, aber sie ließ ihn machen. Jetzt halfen sie und Harry Rainer dabei, die Alubehälter ins Kavaliershaus zu tragen.

Als Nächstes rollte Jasper in seinem alten Mercedes auf den Platz. Er trug wieder seine geliebte braune Lederjacke und einen dünnen, dunkelroten Schal, der perfekt zu seinem dunklen Haar passte. Zur Begrüßung umarmte er Britta herzlich. Sie sog den Duft seines Amber-Parfüms tief ein. Leider würde er auch heute Abend wieder zurück nach Lübeck fahren müssen und konnte nicht in Klütz übernachten. Dafür hatten sich Olli und Harry bei ihr zum Schlafen angemeldet. Es versprach ein langer Abend zu werden.

Olli fuhr in seinem schwarzen Citroën-Oldtimer vor. Und neben ihm saß – seine Frau Lilly. Hilfe, was wollte die denn hier? Bestimmt war sie einfach nur neugierig und wollte sich vergewissern, dass sie ihren Olli auch ja für ein paar Stunden allein lassen konnte. Doch es kam anders.

«Hallo, Britta.» Sie rannte auf sie zu. «Ich habe mir überlegt, dass ich euch unterstützen will. Was sagst du dazu?», rief sie freudestrahlend.

Olli nahm Britta kurz beiseite. «Sie lässt mich nur mitsingen, wenn sie dabei sein darf.»

Britta bekam zitterige Knie. Das war eine Katastrophe! Denn zum einen bedeutete es, dass eine neue Stimme komplett anlernen musste, das würde Zeit kosten, die sie eigentlich für den Feinschliff für Tampere brauchte. Zum anderen, dass sie die Lover-Farce mit Rainer weiter durchziehen musste. Ansonsten hätte sie Olli in ihr Geheimnis eingeweiht und ihm gebeichtet, warum sie ihm etwas vorgemacht hatten. Bestimmt hätte er Verständnis gehabt. Aber nun mussten sie weiter das glückliche Paar spielen. Wie peinlich! Zumal die anderen im Chor nichts ahnten. Zum Glück schaltete Rainer sofort, als Olli und Lilly das Kavaliershaus betraten.

«Britta und ich freuen uns, dich wiederzusehen», verkündete er.

Wie dankbar sie ihm war! Sie ging in Gedanken die bevorstehende Nacht durch: Vermutlich würde auch Lilly in ihrem Haus schlafen, da musste sie sich eine Ausrede ausdenken, warum Rainer nicht dabei sein konnte. Hoffentlich ging das gut! Aber da trudelten schon die anderen Chormitglieder ein, und weil sie jeden einzeln begrüßen wollte, hatte sie keine Zeit, sich weiter damit zu beschäftigen.

Die Probe fand im Kavaliershaus statt, da der Festsaal tagsüber für Besucher geöffnet war. Hier musste Jasper allerdings den Konzertflügel gegen ein Elektroklavier tauschen, das Annika aus dem Musikraum ihrer Schule geliehen hatte. Er nahm es erstaunlich locker.

Nun rückte Finnland unaufhörlich näher, und alle waren ziemlich aufgeregt. Britta wollte die Songs für den Wettbewerb noch einmal auf den Punkt bringen. Wichtig war, dass die Sänger gut aufeinander hörten, gemeinsam atmeten und genau im selben Moment leiser oder lauter wurden. Das war weniger eine Frage der Musikalität als der gegenseitigen Aufmerksamkeit.

Sie bat den Chor, sich im Kreis aufzustellen, und begann mit ein paar Spielen, an denen selbstverständlich auch sie und Jasper teilnahmen. Die Übungen sahen einfach aus, waren aber nicht ohne, man musste sich höllisch konzentrieren. Zum Beispiel beim Klatschspiel: Einmal klatschen bedeutete, dass die Person links im Kreis weiterklatschte, zweimal, dass die rechts übernahm. Und das in einem immer schneller werdenden Tempo. Jasper stand direkt neben ihr, er hatte riesigen Spaß. Sie staunte immer wieder, dass ein ausgewiesener Musikprofi solch eine kindliche Begeisterung bei den Übungen eines Laien-Chors verspüren konnte. Aber er schien sich einfach mit ihnen zu freuen. Und sie freute sich ebenfalls.

Als Nächstes leitete sie das Einsingritual an. Alle waren wie aufgeladen. Die Reise aus dem Alltag heraus führte deswegen auch viel schneller als sonst in die andere Welt. Für das erste Lied «Wir sind der Chor» stellten sie sich eng zusammen und sangen zu der Melodie von «Thank You for the Music» von ABBA folgenden Text, den sie mit der ersten Strophe ganz leise begannen:

Probenbeginn, es ist acht und fast niemand da.
Wir sollen jetzt atmen, uns dehnen und suchen das Aha.
Zwei Drittel ist nie hier, drei Viertel zu tief,
es tönen die Lieder, mal schön und mal schief.
Uns macht keiner was vor, es ist allen klar:
Wir sind der Chor!
Wir singen …

Und jetzt kam der Refrain aus voller Kehle:

… Das sind unsre Lieder, wir singen weiter,
gnadenlos, besessen, heiter.
Machen viel Theater,
weil uns fast alles gelingt,
was Chaos bringt.

Gerda und Wendy legten ein wunderbares Solo hin, Tenor Olli stieg ein, und Harry und Rainer lieferten zuverlässig den Bass dazu. Nur ein Jaulen störte permanent: Lilly traf keinen einzigen Ton, dafür sang sie aber sehr laut.

«Singen macht mir richtig Spaß», stellte Lilly in einer kurzen Pause fest. «Mein Vater hat mir schon als kleines Kind prophezeit: ‹Aus dir wird mal eine tolle Sängerin!›»

Britta konnte es nicht fassen: Niemand sang auch nur annähernd so falsch wie sie. Schnell war ihr klar, dass in Bezug auf Tampere nun Diplomatie auf allerhöchstem Niveau gefordert war. Lilly durfte unter gar keinen Umständen mit auf die Bühne!

Gegen sechs gab es Abendessen am langen Tisch im Festsaal. Rainer hatte sich mit dem Buffet wieder mal selbst
übertroffen. «Essen hält Leib und Seele zusammen», war
für ihn nicht nur ein Spruch. Trotzdem war Britta die
ganze Zeit angespannt. Sie saß brav neben ihm, um mit
ihm das glückliche Paar zu geben. Gott sei Dank spielte
Rainer gekonnt mit. Sie wussten beide: Wenn ihre Lügen-
geschichte aufflog, zog Lilly ihren Olli sofort wieder ab,
und alle Fortschritte der heutigen Probe waren umsonst
gewesen. Aber danach sah es momentan nicht aus. Und
doch fühlte Britta sich nicht wohl bei der Sache. Wenn sie
geahnt hätte, dass Lilly hier auftauchen würde, hätte sie
nie damit angefangen. Sie musste sich so schnell wie möglich offiziell von Rainer trennen, sonst wurde es heikel.

Nach dem Essen legte sie mit dem Chor noch eine weitere Runde im Festsaal ein. Sie spürte, dass der Dirigierkurs an der Musikhochschule ihr ganz neue Perspektiven
eröffnet hatte. Obwohl sie nur zweimal dort gewesen war,
hatte sie unglaublich viel gelernt. Die Chorsänger reagier-
ten auf alles, was sie vorgab, sehr direkt. Der Abend war
eine helle Freude, und die Sänger waren guter Dinge, was
Tampere anbelangte.

Nach der Probe trat Jasper zu ihr. «Du machst das gran-
dios.»

Sie wusste nicht recht, was sie auf so ein großes Kompliment antworten sollte. «Ich würde eher sagen, du be-
gleitest uns so geschickt, dass man meine Fehler nicht
hört.»

«Unsinn, ich lerne hier auch viel Neues.» Er schaute auf seine Armbanduhr. «Schade, ich muss los.»

Er hatte am nächsten Morgen eine Matinee in der Lübecker Handelskammer. Zum Glück würde er gegen Mittag wieder zu ihnen stoßen. Bis dahin würde Britta mit dem Chor ohne seine Begleitung üben. Als er mit seinem Mercedes über die Schlossallee in die Dunkelheit rollte, sah sie ihm nachdenklich hinterher.

Sie selbst entschied, ihren Peugeot am Schloss stehen zu lassen und in Ollis Oldtimer mitzufahren, genauso wie Sybille und natürlich Lilly.

«Was für ein altmodisches Auto», wunderte sich Sybille, als sie einstieg. «Kann sich ein junger Mann wie du nichts Modernes leisten?»

«Dieser Wagen hat ein Vermögen gekostet, Sybille», erklärte Britta ihrer Großtante. «Stimmt's, Olli?»

Er lachte. «Allerdings.»

«Weiß ich doch.» Sybille zwinkerte ihm zu.

Als es anfing zu nieseln, stellte er die Scheibenwischer an.

«Wie wäre es mit einer kleinen Spritztour?», fragte Sybille. «Ich würde Klütz gerne mal wieder so sehen, wie ich es in meiner Jugend erlebt habe: an Bord eines Oldtimers, der so alt ist wie ich.»

Alle lachten.

Olli tat wie ihm geheißen und bog ab auf die Festonallee, die eigentlich für Autos gesperrt war. Aber der einzige Polizist, der das monieren konnte, war Rainer, und der würde beide Augen zudrücken. Dann kutschierte Olli sie weiter über den Markt zum Literaturhaus im alten Speicher und tuckerte durch Niederklütz zur alten Mühle auf dem Hügel. Von hier aus hatte man einen wunderbaren Ausblick auf den Klützer Winkel.

«Kommst du mit uns feiern?», fragte Olli Sybille.

«Kinder, das würde ich gerne, aber die alte Sybille ist zu kaputt. Ich will nur noch auf die Couch, kurz was Blödes in der Glotze sehen und dann ab ins Bett. Morgen haben wir ja wieder volles Programm.»

«Schade.»

Olli setzte Sybille zu Hause ab und fuhr dann weiter zu Britta.

Britta fühlte sich glücklich. Die Kuh ist vom Eis, dachte sie erleichtert. Wie lange hatte sie auf dieses Wochenende hingearbeitet, und nun hatte sich alles so schön gefügt. Sie hatte die Feuerprobe überstanden, Lilly hatte nicht herumgezickt, Olli und Harry waren dabei.

«Endlich sind wir am Start», sagte sie seufzend.

Alle im Wagen lächelten.

23.

Im Wohnzimmer öffnete Britta eine Flasche Wein und schenkte allen ein, bis auf Lilly, die eine Rhabarberschorle trank. Olli war gar nicht mehr von dem Gemälde wegzubekommen, das Klütz als Urwald zeigte.

«So aufregend habe ich Klütz noch nie gesehen», schwärmte er und starrte auf den Tiger am Marktplatz.

Das hing zu seiner Zeit noch nicht hier. Britta wunderte sich, dass sie seine Anwesenheit in ihrem alten gemeinsamen Haus gar nicht mehr als vertraut empfand. Vielleicht weil sie nach der Trennung alles komplett renoviert hatte und von damals bis auf den Sekretär nichts wiederzuerkennen war?

Als sich alle auf der Couch niedergelassen hatten, fragte Lilly Britta: «Wo steckt denn eigentlich dein Rainer?»

«Der hat leider heute Nachtdienst.»

«Nachtdienst? In Klütz?»

«Hier passiert mehr, als du denkst.»

«Dann kann ich es ja jetzt fragen.» Lilly sah Britta verschwörerisch an. «Was hältst du eigentlich von Jasper?»

Damit hatte Britta nun gar nicht gerechnet. «Wir arbeiten gut zusammen», sagte sie beiläufig.

Was die Wahrheit war.

«Und das ist alles? Ich meine, ihr arbeitet ja *sehr eng* zusammen.»

«Ja, es klappt hervorragend.»

«Und was sagt Rainer dazu?» Lilly musterte sie eindringlich.

«Wozu?»

«Na ja, dass du auf Jasper stehst.»

«Wie bitte?»

Was sollte das denn jetzt?

«Nein, es ist alles okay mit uns.»

Jetzt schaltete sich Harry ein. «Ich habe mich jedenfalls heute im Chor so klasse gefühlt wie früher.»

Aber Lilly ließ nicht locker. «Rainer und du, ihr wirkt gar nicht wie ein Paar.»

Olli, der die ganze Zeit geschwiegen hatte, räusperte sich. «Was soll das, Lilly? Das ist ja wohl Brittas Sache.»

«Steckst du da auch mit drin?», fauchte Lilly.

«Wo drin? Was ist denn jetzt passiert?», fragte er perplex.

«Verarscht habt ihr mich!», rief Lilly. «Die ganze Sache mit Britta und Rainer ist eine Lüge. Die beiden sind gar nicht zusammen. Ich habe im Chor gefragt, und alle haben mich nur ausgelacht.»

Britta biss sich auf die Lippe: Das war im schlimmsten Fall zu erwarten gewesen.

Olli starrte Britta an. «Davon wusste ich nichts.»

Auch Harry zeigte sich entsetzt. «Stimmt das etwa?»

«Ja, das war meine Idee», gab Britta kleinlaut zu. «Es war eine saublöde Aktion, Lilly, entschuldige bitte. Ich war total verzweifelt, weil du Olli nicht zum Chor gehen lassen wolltest. Wir brauchen ihn so dringend in Tampere. Du hast ja selbst gesehen, wie knapp wir mit Männerstimmen sind.»

«Und deswegen hast du Lilly frech ins Gesicht gelogen und vorgegeben, dass du einen Freund hast?», rief Harry.

Was hatte sie nur für einen fatalen Fehler begangen? Doch jetzt war es zu spät.

«Ich habe nichts mit Olli», sagte sie zu Lilly. «Das ist lange vorbei.»

«Also, ich bleibe keine Minute länger hier.» Lilly stand abrupt auf und lief aus dem Haus. Olli rannte hinterher, ohne sich zu verabschieden.

«Auf solche Geschichten habe ich auch keinen Bock», meinte Harry. «Von dir hätte ich so was nicht erwartet, Britta.» Er erhob sich ebenfalls.

«Sorry, es war ein Fehler, das sehe ich ja ein», stammelte sie.

Wenn Harry ging, war der Chor am Ende. «Bitte, Harry, du wirst dringend gebraucht, und alle mögen dich!»

Er schüttelte den Kopf. «Für dich ist der Chor kein Chor, sondern eine Sekte. Das ist mir zu fanatisch, tschüs.»

Hilflos schaute Britta ihm hinterher. Sie hatte alles vermasselt.

Kurz entschlossen nahm sie ihr Handy und informierte die anderen per SMS, dass der Rest des Probewochenendes nicht stattfinden würde.

Das Traum vom Chor war ausgeträumt.

24.

Britta stand am Strand und blickte auf die kalte Ostsee. Hinter ihr befand sich ihr vertrautes Hotel Bernstein, das immer noch vollständig eingerüstet war. Ab März würde es wieder ihre Welt sein, aber bis dahin war es noch eine lange Zeit, und es galt, einen harten Winter zu überbrücken.

Einen Versuch hatte sie noch unternommen: Sie hatte Lilly, Olli und Harry jeweils einen Brief geschrieben, und zwar schonungslos ehrlich. Darin hatte sie erläutert, was sie alles getan hatte, damit der Klützer Chor am Leben blieb: die Dirigentensuche, die Musikhochschule, alle mühsamen Versuche, Männerstimmen zu finden, die inneren Zweifel, ob sie als Dirigentin etwas taugte, das ganze Auf und Ab. Und sie hatte ihre Verzweiflung geschildert, als Lilly ihrem Mann das Chorverbot erteilt hatte. Sie gab zu, dass es ihr bei alldem immer auch um sie selbst gegangen war. Ja, sie hatte Angst vorm Alleinsein, und der Chor wäre ihre Rettung vor einem langen Winter gewesen. Sie bat um Entschuldigung. Aber es kam keine Antwort, von niemandem.

Ihre beste Freundin Julika hatte mit ihrer Warnung recht gehabt: Lügen türmten sich immer weiter auf und führten zu nichts.

Von der rauschenden Ostsee mit ihren weißen Schaumkronen wanderte Britta über die langgezogenen Hügel auf den Äckern Richtung Klützer Kirchturm. Die mächtige Sybille-Eiche auf dem Feld war inzwischen fast kahl. Die Luft kam von Norden, das Winterland dort hielt den ersten Schnee bereit, laut Wetterbericht konnte es auch im Klützer Winkel bald schneien. Nach einer guten Stunde bog sie ab auf die Festonallee zu Schloss Bothmer. Sie hätte bei Sarah vorbeischauen können, aber die hatte bestimmt zu tun. Also ließ sie das Schloss links liegen. Was hatte sie hier noch zu suchen?

Sybille verließ kaum noch das Haus. Sie ernährte sich jetzt schon von ihren tiefgekühlten Gerichten, obwohl noch gar kein Glatteis war und sie es durchaus noch zum Einkaufen schaffte. Mit dem Ende des Chores schien sie ihre Lebenslust verloren zu haben. Das gefiel Britta gar nicht. Sie klingelte bei ihr, bis ihr einfiel, dass sie heute wieder mit Regina zum Arzt nach Wismar gefahren war.

Ein kleiner Trost war, dass Heavy-Metal-Steuerberaterin Manu aus Kalkhorst für ihre Einkommenssteuer 1500 Euro Rückzahlung rausgeschlagen hatte – so viel hatte Britta noch nie bekommen, und das für einmal «Hejo, spann den Wagen an» anstimmen! Manu hatte der Steuererklärung die CD beigelegt, auf der Britta den Kanon sang, bevor die wilden Age-of-Hell-Gitarren alles niedermachten. Britta freute sich sowohl über die CD als auch über das Geld, von dem ein kleiner Urlaub drin sein sollte.

Auf dem Rückweg fuhr sie mit ihrem Rad in die Klützer

Seitenstraße, in der Frank sein Reisebüro betrieb. Wie immer klebte er auf seinem Commander-Sessel hinter dem vollgemüllten Schreibtisch. In diesem Laden würde sich nichts ändern, solange er hier arbeitete.

«Na, Britta, alles klar?», begrüßte er sie lächelnd.

«Nee.»

Frank sah sie fragend an.

«Wir stornieren Finnland.»

«Endgültig?», staunte er.

«Ja.»

«Haben die Finnen abgesagt, oder was ist los?»

«Unser Chor hat sich aufgelöst. Wir kriegen einfach nicht genug Männer zusammen.»

«Echt jetzt?»

«Hast du was Nettes für mich, für den Winter?», fragte Britta.

«Wo soll's denn hingehen?»

«Egal, Hauptsache, da ist Sonne.»

«Kanaren oder weiter weg? Afrika, Asien, Karibik?»

«Am liebsten alles drei hintereinander und so lange wie möglich. Nur teuer darf es nicht werden.»

Er nickte. «Ich melde mich.»

Sie ging hinüber zum Klützer Markt, auf dem die üblichen Stände aufgebaut waren: Früchte, Marmelade, Honig, Socken und Fleisch. Ein Blick rüber zum Friseursalon verriet ihr, dass Gerda gerade Kundschaft hatte. Ob es wohl noch Chorrabatt bei ihr gab, jetzt, wo es den Chor gar nicht mehr gab?

Sie schlenderte zu Wendys Obst-und-Gemüse-Stand. Deren Wangen glühten rot wie immer, aber ihre Augen wirkten matt.

«Moin, Britta», grüßte sie.

«Moin, Wendy, wie geht's?»

«Muss ja», seufzte sie.

Über den Chor zu reden war sinnlos, denn es würde eh nichts ändern, und das tat dann noch einmal extra weh.

«Ich schlage mich auch so durch.»

«Sag mal, du hast doch jetzt, wo das Hotel geschlossen ist, jede Menge Zeit», sagte Wendy.

Und seitdem der Chor aufgelöst ist, erst recht, fügte Britta in Gedanken hinzu. «Kommt drauf an, ich will so bald wie möglich in die Sonne abhauen.» Kälte und Dunkelheit krochen ihr förmlich in die Knochen.

«Für die Weihnachtsfeier der Klützer Feuerwehr brauchen wir noch Leute, die etwas für den Basar basteln.»

Weihnachten? Daran hatte sie noch gar nicht gedacht. Es würde dieses Jahr ein trauriges Fest werden. Hoffentlich war sie dann schon weit weg.

«Wie ist es, bist du dabei?»

Britta war nicht besonders begeistert von der Idee, ihr fiel aber keine plausible Ausrede ein. «Ich denk drüber nach», antwortete sie vage.

Tatsächlich begab sie sich am nächsten Tag dann doch ins Gerätehaus der Freiwilligen Feuerwehr. Die örtlichen Brandschützer zu unterstützen war Ehrensache, sie wurden von allen hier gebraucht. Im Feuerwehrhaus hatten einige Klützer Frauen ein paar Arbeitsplätze zum Basteln eingerichtet. Es gab drei Töpferscheiben und mehrere Tapeziertische, an denen Makramee und Papierarbeiten angeboten wurden, und in Wendys improvisierter Tischlerwerkstatt konnte man Vogelhäuschen bauen. Viele Frauen aus dem Ort waren da, aber außer Wendy niemand aus dem Chor. Alle hatten sich in ihre Höhlen zurückgezogen.

Britta entschied sich fürs Töpfern. Ihre Idee war es, einen Läufer zu formen, so wie Rainer ihn in Ollis Antiquitätenscheune gekauft hatte. Aber trotz aller Bemühungen bekam sie ihn nicht hin, sie war mit den Gedanken einfach nicht bei der Sache. Frustriert wechselte sie in die Makramee-Gruppe, die einige Muster aus dem Internet vorbereitet hielt. Aber auch das erwies sich als zu schwierig.

«Mir geht es heute nicht gut», entschuldigte sie sich bei Wendy und trottete nach Hause. Das Bett wurde in den nächsten Tagen ihr Biotop. Natürlich hätte sie sich verabreden können, ihre Klützer Freunde lebten ja unmittelbar um sie herum. Julika rief ein paarmal an, aber Britta wollte im Moment lieber alleine sein. Sie las ein Buch nach dem anderen und schlief viel, wovon sie allerdings noch müder wurde.

Einige Tage später klingelte ihr Handy, als sie sich gerade auf der Couch fläzte.

«Hallo, Britta», kam es fröhlich aus dem Hörer. «Wie geht es dir?»

Es war Jasper. Was für eine Überraschung! Sie räusperte sich, um nicht verschlafen zu klingen. «Gut, und dir?»

«Es war etwas viel in letzter Zeit.»

Beneidenswert, das hätte ihr auch gutgetan.

«Schade, dass ich nicht mehr im Klützer Schloss spielen darf», klagte er.

«Das darfst du bestimmt, nur ohne den Chor.»

«Bevor ich mich darum bemühe, habe ich noch etwas anderes: Ich würde dich gerne nach Hamburg einladen.»

«Oh?»

«Es ist nichts Großes, nur eine Lesung, die ich begleite. Vielleicht hast du ja Lust.»

Sie wurde schlagartig wach. «Natürlich, gerne!»

Am übernächsten Tag lag eine Eintrittskarte für die Lesung eines bekannten Schauspielers in ihrem Briefkasten, die im Großen Saal der Hamburger Elbphilharmonie stattfinden würde. Damit hatte sie überhaupt nicht gerechnet. Wie aufmerksam von Jasper, dass er neben all seinen Aktivitäten auch an sie dachte.

25.

Britta fuhr durch die steinernen Häuserschluchten von Hamburg. Die riesigen Gebäude kamen ihr vor wie künstliche Gebirgswände mit Höhlen. Sie hatte sich ein Hotel in der Nähe des Hauptbahnhofs gesucht, wobei sie darauf geachtet hatte, dass sie möglichst hoch einquartiert wurde: Wenn sie schon mal hier war, wollte sie auch Gipfelblick haben. Von ihrem Zimmer im elften Stock aus konnte sie sowohl die Außenalster als auch die Kräne im Hafen sehen.

Nach der Ankunft stellte sie kurz ihren Koffer ab und ließ sich dann durch den belebten Stadtteil St. Georg treiben, der direkt um die Ecke lag. Hier gab es unzählige kleine Läden, in denen sie in Ruhe nach etwas Passendem zum Anziehen für die Elbphilharmonie stöbern konnte. Eine Lesung war kein Event für festliche Abendgarderobe, aber das machte die Kleidungsfrage nicht gerade einfacher: Sie suchte etwas, das nicht überkandidelt und trotzdem elegant aussah.

Schneller als erwartet fand sie gleich mehrere Sachen, die ihr gefielen, und probierte ihre Beute im Hotel vor dem Ganzkörperspiegel aus. Sie liebte es, sich für besondere Anlässe fertig zu machen, das steigerte die Vorfreude. Dafür nahm sie sich immer viel Zeit, vor einer Party genauso wie vor einem klassischen Konzert. Im Hotelzimmer zog sie als Erstes ein schlicht geschnittenes dunkelgraues Kleid an, dazu passte ihre feine Silberkette mit dem Saphir, der genau ihre Augenfarbe hatte. Sie legte sich einen blauen Kaschmirschal um den Hals, der lässig und schick zugleich aussah. Nicht schlecht, urteilte sie selbst.

Das nächste Outfit war ein knielanger schwarzer Rock mit weißer Bluse – sehr klassisch –, aber das sagte ihr für den heutigen Abend nicht so zu. Schließlich kam sie auf die enggeschnittene schwarze Hose vom Chorkostüm zurück. Dazu hielt sie sich eine weinrote Seidenbluse vor den Oberkörper. Es passte perfekt. Sie ließ beides an und wechselte dann ins Badezimmer, um sich zu schminken.

Draußen wurde es bereits dunkel, als sie mit der U-Bahn vom nahegelegenen Hauptbahnhof zum Überseequartier in der Hafencity fuhr. Für die Lesung war es noch viel zu früh. Die Wände der tiefgelegenen, riesigen U-Bahn-Station waren hellblau gekachelt, auf der langen Rolltreppe fühlte sie sich wie ein Fisch, der wie von selbst an die Wasseroberfläche aufstieg. Draußen fegte ihr derselbe launische Herbstwind um die Ohren wie in Klütz. Kaum ein Mensch war in den Straßen mit den vielen modernen Häusern zu sehen, deren Lichter sich in den Kanälen spiegelten. Auf der Elbe schob sich ein riesiger Containerfrachter an ihr vorbei Richtung Nordsee. Sie schlenderte über den Kaiserkai zur Elbphilharmonie, die wie ein stolzer Felsen alles überragte. Der Bau auf dem alten Kaispeicher sah aus wie ein gläserner Eisberg.

Seit drei Wochen hatte sie Jasper nicht mehr gesehen. Dass er hier auftrat, zeigte, wie bekannt er war. Im Fußball hätte man gesagt, er spielte erste Liga. Es war eine tolle Erfahrung für sie gewesen, mit ihm zusammenzuarbeiten, er hatte so viel für sie getan, und alles hatte sich so leicht und richtig angefühlt, wenn er dabei war. Ahnte er das eigentlich? Schade, dass es damit nun vorbei war. Aber wer wusste schon, wozu es gut sein konnte?

Mit einer weiteren Rolltreppe fuhr sie auf die sogenannte Plaza. Die Fahrt endete vor einem großen Schaufenster, durch das man auf die Lichter des Hafens blicken konnte. Sie ging einmal um die Außengalerie der Elbphilharmonie herum und bekam nicht genug von dem Ausblick.

Endlich war es so weit. Sie zeigte am Eingang ihre Karte vor und betrat die Philharmonie. Der Kontrolleur an der Treppe zum Großen Saal sah sie mit großen Augen an.

«Sie haben eine VIP-Karte.»

«Ist die etwa nicht gültig?»

Er lächelte. «Doch, und wie!»

Dann winkte er einen jungen Mann in schwarzem Anzug zu sich, der sie persönlich zu dem Platz führte, den Jasper offenbar für sie ausgesucht hatte. Sie saß ihm in der zweiten Reihe direkt gegenüber, quasi auf Augenhöhe! Britta schaute sich neugierig um. Den Großen Saal der Elbphilharmonie hatte sie schon im Fernsehen gesehen, sie war aber noch nie hier gewesen. Keine Wand hatte einen rechten Winkel, es gab keine Symmetrie, alles floss: sehr ungewohnt und angenehm fürs Auge.

Der Saal füllte sich, sie hatte in der Zeitung gelesen, dass die Veranstaltung lange ausverkauft war. Auf der Bühne standen ein Flügel mit Sitzbank, ein Tisch und ein Stuhl.

Etwa eine Viertelstunde später wurde das Licht im Saal gedimmt und die Bühne beleuchtet. Jasper trat zusammen mit dem Schauspieler herein. In seinem schwarzen Anzug mit dem schwarzen Hemd sah er lässig-elegant aus. Der Schauspieler trug Jeans und ein weißes kurzärmeliges Hemd, was nicht so ihr Fall war. Sie hatte ihn öfter im Fernsehen gesehen, er spielte irgendeinen Kommissar im «Tatort». Es gab großen Vorab-Applaus für die beiden, sie verbeugten sich. Dann setzte sich Jasper an den Flügel.

«Es ist mir eine Freude und eine Ehre, dass Jasper Blüthgen mich heute Abend am Flügel begleitet», sagte der Schauspieler ins Mikro. «Ich bin stolz darauf, diesen Ausnahmemusiker an meiner Seite zu haben.»

Jaspers Gesicht sah entspannt aus, sie entdeckte keine Spur von Lampenfieber. Was er wohl dachte, wenn er solche Komplimente hörte? Bestimmt war er geschmeichelt, aber an seiner Stelle würde sie sich auch unter Druck gesetzt fühlen.

Für einen Moment herrschte absolute Stille im Saal. Dann schlug Jasper ein paar leise Mollakkorde an, die er lange ausklingen ließ.

Der Schauspieler setzte seine Lesebrille auf und begann, ein bekanntes Rilke-Gedicht zu rezitieren, das sie sehr liebte:

Herbsttag
Herr: es ist Zeit. Der Sommer war sehr groß.
Leg deinen Schatten auf die Sonnenuhren,
und auf den Fluren lass die Winde los.
Befiehl den letzten Früchten voll zu sein;
gib ihnen noch zwei südlichere Tage,
dränge sie zur Vollendung hin und jage
die letzte Süße in den schweren Wein.

Jasper setzte ganz leise mit einer melancholischen, einstimmigen Melodie ein, und sie musste unwillkürlich an den nächtlichen Regen im Klützer Winkel denken, als Jasper und sie mit dem Cabrio in die Scheune gefahren waren.

Wer jetzt kein Haus hat, baut sich keines mehr.

Jetzt kamen die Mollakkorde in Bewegung, es entstand ein trauriger Sound, der ganz leicht klang, weil Jasper so behutsam spielte.

Wer jetzt allein ist, wird es lange bleiben,
wird wachen, lesen, lange Briefe schreiben
und wird in den Alleen hin und her
unruhig wandern, wenn die Blätter treiben.

Die Stimme des Schauspielers war wunderbar sonor, auch er schwamm im «Glücksbecken» – wie ihr Chor zu seinen besten Zeiten. Jaspers Musik passte perfekt.

Es folgten ein paar unbekannte Gedichte von Rilke, alle von Jaspers Klängen am Konzertflügel unterlegt. Danach wandte sich der Schauspieler direkt ans Publikum:

«Ich liebe Rilke und seine erhabenen Worte. Es ist eine Bereicherung für mein Leben, dass es sie gibt. Aber all ihre Bedeutung ist dahin, wenn wir im Alltag feststecken und beispielsweise einen Schrank aufbauen müssen. Dann greift Rilke einfach nicht mehr.»

Um das zu demonstrieren, las er eine Bedienungsanleitung vor, mit derselben ausgesuchten Betonung wie zuvor bei den Gedichten.

Legen Sie zunächst die Ober- und Unterseite bereit und befestigen Sie die Seitenwände an der Unterseite. Schrauben Sie die Scharniere zunächst am Schrank fest ...

Gelächter und Beifall. Der Schauspieler lächelte über seine Brille hinweg.

«Es kann einen wahnsinnig machen, oder? Und trotzdem klappt es meist nicht mit dem Schrank. Wie schön, dass es gegen den Wahnsinn des Lebens die Musik gibt.»

Er nickte Jasper zu, und der begann eine Mischung aus Jazz und Klassik zu spielen. Seine Improvisationen klangen wie die Gedichte Rilkes, herbstlich-schwermütig und gleichzeitig erhaben.

Vom Rest der Veranstaltung bekam Britta nicht mehr viel mit, weil sie immer tiefer in ihre Träume versank. Sie dachte an den Sommer und an den Chor, an Jaspers einfühlsame Begleitung am Flügel, und ihr Brustkorb wurde eng vor Sehnsucht und Melancholie.

Am Schluss der Aufführung sang der Schauspieler zu Jaspers Begleitung den Jazz-Klassiker «Autumn Leaves». Für beide gab es einen Riesenapplaus. Britta wurde noch einmal bewusst, wie bekannt Jasper war. Wie konnte es sein, dass er ihren Laienchor begleitet hatte?

Nach der Veranstaltung wusste sie nicht so recht, wohin mit sich. Würde sie Jasper gleich noch mal sehen, oder war es das jetzt gewesen? In diesem Moment kam eine SMS von ihm:

«Auf der Plaza in einer viertel Stunde?»

«Ja», antwortete sie.

Sie huschte auf die Toilette und zog dort ihr Lieblingsparfüm «Eternity» aus der Tasche. Verstohlen sprühte sie sich einen Hauch auf den Hals. Dann zog sie ihren weinroten Lippenstift nach und eilte raus auf die Plaza. Schon sah sie Jasper auf sich zukommen. Als er bei ihr war, nahm er sie in den Arm.

«Es war wunderschön», sagte sie. «Vielen Dank.»

Er lächelte. «Ich freue mich, dass du Zeit hattest zu kommen.»

«Na hör mal, das lasse ich mir doch nicht entgehen.»

Sie standen am Geländer und blickten über die Lichter des Hafens.

«Ich weiß noch, wie ich das erste Mal hier gespielt habe», sagte er. «Ich fühlte mich viel zu unbedeutend dafür.»

«Und jetzt?»

«Heute Abend war ich ja nur Beifang, der große Fisch war der Schauspieler.»

«Unsinn, es waren auch viele Fans von dir im Saal.»

«Gegen einen echten Tatortkommissar ist das gar nichts.» Er zwinkerte ihr zu. «Außerdem bin ich vor Lampenfieber fast gestorben – sowieso, und weil heute auch noch du im Saal warst.»

«Meinetwegen? Du spinnst.»

«Ich wollte dir schon gefallen.»

Wow, flirtete er etwa gerade mit ihr?

«Hast du! Ich hab dein Spiel sehr genossen.»

«Glück gehabt. Aber das wusste ich ja vorher nicht, es hätte auch schiefgehen können.»

Unpassenderweise klingelte in dem Moment ihr Telefon. Es war Ludmilla. Nein, nicht jetzt! Britta drückte sie weg. Gerade wollte sie Jasper etwas Nettes sagen, da meldete sich das Handy erneut. Verdammt, warum hatte sie es nach dem Konzert nicht einfach ausgelassen? Es war eine SMS von Ludmilla:

«RUF MICH SOFORT AN! DRINGEND!»

Was konnte gerade wichtiger sein, als mit Jasper am Hamburger Hafen zu stehen? Irgendeine Dorfgeschichte aus Klütz? Es klingelte erneut.

«Entschuldige bitte, da muss ich wohl mal kurz rangehen. Scheint wichtig zu sein.»

Sie drückte Ludmillas Nummer.

«Hallo, hier ist Britta, gibt's was Wichtiges?»

«Britta, endlich», rief Ludmilla. «Ich habe heute Nacht Dienst im Krankenhaus und muss dir etwas sagen: Sybille ist vor einer halben Stunde eingeliefert worden.»

Britta bekam vor Schreck einen trockenen Mund. «Oh, Gott! Was ist passiert?»

«Wissen wir noch nicht genau. Sie ist von der Leiter gefallen, als sie eine Lampe an der Decke aufhängen wollte. Gebrochen ist nichts, aber es war ein Schlaganfall.»

«Ich komme sofort.»

Britta starrte einen Moment verloren auf den Boden.

«Was ist los?», fragte Jasper.

«Sybille liegt im Wismarer Krankenhaus, es geht ihr sehr schlecht.»

Jasper schaltete sofort. «Ich fahre dich.»

«Danke, aber mein Wagen steht im Hotel.» Ihr war leicht schwindelig.

«Dann bringe ich dich dorthin.»

«Das musst du nicht, die anderen warten auf dich.»

«Unwichtig.»

Von der Hafencity bis zum Hotel waren es keine zehn Minuten. Sie verabschiedeten sich mit einer innigen Umarmung.

«Ich wünsche Sybille alles Gute!», flüsterte er.

«Danke.»

«Fahr vorsichtig, hörst du?»

Eine Viertelstunde später raste Britta über die Autobahn Richtung Wismar.

26.

Vor sich im Scheinwerferlicht sah sie den immer gleichen Ausschnitt der Autobahn. Sie trat das Gaspedal voll durch, der Motor wurde lauter, und das löchrige Verdeck beulte sich im Fahrtwind mächtig auf. In ihrem Zustand sollte sie eigentlich nicht fahren – niemand sollte das, wenn er große Sorgen hatte. Sie konnte sich kaum aufs Lenken konzentrieren. Zwischendurch versuchte sie es mit Radio, aber Musik und Gerede gingen gerade gar nicht. Hoffentlich kam sie nicht zu spät.

Nein, so durfte sie nicht denken! Sybille würde auf jeden Fall wieder gesund werden. Sie bedeutete Britta so viel, sie war nicht nur ihre Großtante, sondern auch ihre Freundin. Es war schwer zu erklären, weil sie altersmäßig so weit auseinanderlagen. Britta erinnerte sich an ihre erste Zeit in Klütz, als Sybille ihr in ihrem Cabrio die Gegend gezeigt hatte, die Strände, die Seen, die Wälder. Ihre Großtante hatte bei jedem Wetter im Meer gebadet, gerne mal einen Schnaps gekippt und war mit ihrem Wagen immer ein bisschen zu schnell gefahren. Das hatte so viel Spaß gemacht! Jetzt sah Britta ihr strahlendes Gesicht im Kerzenschein vor sich, als ihnen die Mecklenburger Ente im Alten Schweden aufgetischt wurde. Die Art, wie sie ihr Rotsponglas in der Hand hielt und dabei herumscherzte, war unnachahmlich.

Sybille war ein Anker in Brittas Leben, mit allem konnte sie zu ihr kommen. Umgekehrt war sie auch für Sybille da und würde es in Zukunft sein, egal, was nach dem Krankenhaus auf sie zukam.

Wenn Britta genauer darüber nachdachte, kam Sybilles Schlaganfall nicht aus heiterem Himmel. Sie hatte in letzter Zeit oft müde gewirkt, auch wenn sie tapfer zu jeder Chorprobe gekommen war. Britta sah sie in Schloss Bothmer unter dem Kronleuchter stehen und begeistert das Wort «Tampere» ausrufen, dann aber auf dem Heimweg fast in sich zusammenfallen, voller Angst vor dem Winter. Hätte Britta mehr für sie tun können? Aber was?

«Bitte, Sybi, bleib bei mir», murmelte Britta. «Ich brauche dich. Wir alle brauchen dich.»

Ihr traten die Tränen in die Augen. Sie ahnte, dass ab jetzt in Sybilles Leben nichts so sein würde wie bisher. War sie nach dem Schlaganfall womöglich gelähmt? Würde sie Pflege brauchen? Daran mochte Britta nicht denken, aber gleich im Krankenhaus konnte sie alles erwarten. Sie gab sich einen Ruck. Sie sollte nicht so pessimistisch sein. Bestimmt war es nicht so schlimm, wie es im ersten Moment aussah. Das gab es oft.

Das hochmoderne Wismarer Krankenhaus lag weit entfernt vom idyllischen Marktplatz und war hell erleuchtet. Britta parkte in der Nähe des Haupteingangs und rannte so schnell auf das Gebäude zu, dass die beiden automatischen Schiebetüren erst halb geöffnet waren, als sie hineinstürmte. Das Herz schlug ihr bis zum Hals. Der Empfang war nicht besetzt, was sie halb wahnsinnig machte.

«Hallo?», rief sie laut in die leeren neonbeleuchteten Gänge.

Nach einer Weile kam eine Krankenschwester aus einem Raum hinter dem Tresen und musterte sie misstrauisch. «Ja?», raunzte sie statt einer freundlichen Begrüßung.

«Ich möchte zu Sybille Fürstenberg, sie ist vorhin hier eingeliefert worden.»

Die Schwester tippte den Namen in den PC. «Verwandtschaft?», fragte sie.

«Ich bin ihre Nichte.» Eigentlich ja *Groß*nichte, aber egal.

Die Schwester drehte sich mit dem Rücken zu ihr und telefonierte. Sie wisperte so leise in den Hörer, dass Britta sie nicht verstand. Hoffentlich bedeutete das nichts Schlechtes, bitte, bitte nicht!

Nachdem die Schwester aufgelegt hatte, drehte sie sich wieder zu ihr. «Im Augenblick geht es nicht.»

«Bitte, ich möchte sie sehen. Wie geht es ihr?»

«Sie schläft.»

«Und war es ein Schlag…?»

«Reden Sie morgen mit dem Arzt. Wir haben gerade einige Notfälle, der Doktor kann jetzt nicht.»

«Dann warte ich hier.»

Das Krankenhaus war ein besonderes Universum mit ganz eigenen Regeln, dafür hatte sie Verständnis. Trotzdem musste sie mehr erfahren! Mit zitternden Händen zückte sie ihr Handy und rief Ludmilla an.

«Hey, ich bin in der Notaufnahme. Was ist mit Sybi?»

«Britta! Warte, ich komme sofort.»

Wieso sagte ihr niemand etwas? Nach fünf Minuten war Ludmilla in ihrer grünen Schwesternkleidung bei ihr.

«Was ist passiert?», fragte Britta ungeduldig.

Ludmilla nahm ihre Hand. «Es war ein kleiner Schlaganfall. Sybi hat Glück gehabt, sie ist schnell in der Notaufnahme gewesen. Die Ärzte haben die Verengung wieder freibekommen.»

Britta merkte, wie sich ihre Augen mit Tränen füllten. «Und wie geht es ihr jetzt?»

«Sie schläft.»

«Wird sie bleibende Schäden haben?»

«Das werden wir erst morgen wissen.»

Ludmilla führte sie auf die Intensivstation, die nicht weit entfernt lag. Im Vorraum mussten sie sich grüne Kittel überziehen und einen Mundschutz anlegen. Brittas Angst wuchs ins Unermessliche. Sie traten in einen Raum, der mit Geräten vollgestellt war, es sah dort aus wie in einer Weltraumstation. Ludmilla zeigte ihr Sybilles Bett. Ihre Großtante war an einen Tropf und mehrere Kabel angeschlossen, neben ihr stand eine ganze Batterie von Monitoren, die die Lebensfunktionen überwachten.

Als sie so schlafend dalag, sah Sybille ganz klein aus. Wenigstens atmete sie ruhig und regelmäßig. Ludmilla brachte Britta einen Stuhl, den sie neben das Bett stellte. Irgendwann öffnete Sybille die Augen, und Britta nahm ihre Hand.

«Hallo, Sybi», sagte sie leise. «Wie geht es dir, meine Liebe?»

Ob sie sie mit dem Mundschutz überhaupt erkannte?

Sybille starrte sie kurz an und schlief dann wieder ein. Ludmilla legte eine Hand auf Brittas Schulter. Ihren Trost hatte Britta bitter nötig.

«Versteht sie mich überhaupt?», fragte sie.

Ludmilla nickte. «Deine Stimme ist ihr auf jeden Fall vertraut.»

Britta verspürte das dringende Bedürfnis, irgendetwas für Sybille zu tun. «Soll ich ihr vielleicht etwas vorlesen?»

«Es ist mitten in der Nacht, und die anderen hier brauchen Ruhe.»

Jetzt erst entdeckte Britta im Raum noch zwei andere Patienten, die ebenfalls unter Unmengen von Geräten lagen.

«Außerdem schläft sie», fügte Ludmilla hinzu. «Die Ärzte haben ihr ein Schlafmittel gegeben.»

«Ich bleibe bei ihr.»

Ludmilla hob sie sanft aus dem Stuhl. «Du kannst hier gerade nichts für sie tun. Besser, du kommst morgen wieder, wenn sie wach ist.»

«Meinst du, ich kann dann mit ihr reden?»

Ludmilla lächelte. «Aber ja!»

«Sicher?»

«Wie gesagt, ich denke, Sybille hat Glück gehabt. Wir machen morgen ein paar Tests, aber meiner Erfahrung nach besteht Anlass zu großer Hoffnung.»

«Du willst mich nur trösten.»

«Sie wird eine Reha machen, und alles wird gut.»

«Keine Pflege?»

«Vielleicht braucht sie ab jetzt etwas Unterstützung im Haushalt. Es hängt sehr von ihrer Psyche ab, wie schnell sie wieder hochkommt.»

«Wann darf sie denn aufstehen?»

«Morgen früh, mit Hilfe natürlich.»

«So schnell?»

«Bewegung ist alles, sie darf nicht einrosten. Darauf müssen wir mit achten.»

«Klar.»

So wie es Ludmilla sagte, klang die Prognose einigermaßen zuversichtlich. Britta beugte sich hinunter zu ihrer Großtante und gab ihr einen Kuss auf die Stirn.

«Ich komme in ein paar Stunden wieder», flüsterte sie ihr ins Ohr.

Dann nahm sie ihren «Eternity»-Flakon aus der Hosentasche und sprühte etwas davon auf Sybilles Kopfkissen. Es war ihr gemeinsames Lieblingsparfüm und würde sie beim Aufwachen an zu Hause erinnern.

Ludmilla führte Britta aus der Intensivstation heraus. Vor der Tür des Krankenhauses bekam sie einen Heulanfall, der sie heftig durchschüttelte. Ludmilla nahm sie in den Arm und streichelte ihr über den Kopf.

27.

In der Nacht döste Britta unruhig auf ihrer Couch. Solange sie nicht mit Sybille gesprochen und erfahren hatte, wie es ihr wirklich ging, war an Schlaf nicht zu denken. Tausend Gedanken schossen ihr durch den Kopf.

Am frühen Morgen rief Jasper an und erkundigte sich nach Sybille. Viel konnte sie ihm nicht sagen, aber es war sehr aufmerksam, dass er sich meldete.

Als Britta sich gegen sieben Uhr fertig machen wollte, um ins Krankenhaus zu fahren, klingelte es an der Haustür. Was hatte das jetzt zu bedeuten? Sie öffnete die Tür. Vor ihr standen Ludmilla in Schwesternkleidung und Julika, deren Bauch prall wie ein Medizinball aussah.

«Gute Nachrichten!», rief Ludmilla fröhlich. «Tantchen wird heute auf Normalstation verlegt. Es geht ihr besser.»

«Die arme Sybille», sagte Julika und umarmte Britta.

«Ich wollte gerade los zu ihr», erklärte Britta.

Ludmilla hob eine Tüte mit Brötchen hoch. «Vorher gibt es Frühstück.»

«Danke, aber ich habe keinen Hunger», sagte Britta.

«Das ist eine medizinische Maßnahme, sonst kippst du uns noch um.» Ludmilla blickte sie streng an.

«Es geht wirklich nicht.»

«Ein halbes Brötchen geht immer.»

Also ging Britta mit ihnen in die Küche und setzte einen

Kaffee auf. Ludmilla deckte für sie drei den Tisch, während Julika sich erschöpft auf einen Stuhl fallen ließ. Sie atmete schwer und hielt sich den Bauch mit beiden Händen.

«Bei dir alles okay, Julika?», fragte Ludmilla.

«Geht schon.»

«Sicher?»

«Nein. Aber Ablenkung tut mir gut.»

«Gestern war doch dein Stichtag, oder?», erinnerte sich Britta.

«Ja.»

«Und wie geht es dir?»

«Ehrlich gesagt, will ich langsam nicht mehr.»

Britta sah es als Wunder, dass ihre Freundin überhaupt gekommen war, um sie wegen Sybille zu trösten. Beim Frühstück redeten sie nicht viel. Britta würgte ihr halbes Brötchen herunter, mehr aus Höflichkeit, damit Ludmilla Ruhe gab. Danach ging sie im Wohnzimmer an den alten Schreibsekretär und suchte ein paar Fotos von ihrer Großtante heraus. Britta wollte ihr Versprechen einlösen, im Fall der Fälle Bilder aus besseren Zeiten im Krankenzimmer aufzuhängen. Das Pflegepersonal sollte nicht nur die Kranke sehen, sondern den ganzen Menschen, der auch mal jung gewesen war.

Sie fuhren zu dritt nach Wismar, obwohl Ludmilla nach ihrer Nachtschicht bestimmt total kaputt war und Julika wegen der bevorstehenden Geburt auf Abruf stand. Aber die beiden wollten unbedingt mit.

Tagsüber sah das Krankenhaus etwas freundlicher aus

als in der Nacht. Ludmilla führte sie über verwinkelte Gänge zur kardiologischen Station, auf der Sybille lag. Überall kamen ihnen Patienten in Bademänteln entgegen, in den Fluren standen medizinische Geräte rum. Ludmilla grüßte die Schwestern und Ärzte, sie kannte anscheinend alle hier. Auf der Station angekommen, klopfte sie vorsichtig an Raum 23 und öffnete. Britta schlug das Herz bis zum Hals.

Sybille lag am Fenster. Als Britta ihr Gesicht sah, zuckte sie zusammen, es war blass und eingefallen. Dazu kam das Krankenhaushemd, das alle Patienten noch kränker aussehen ließ, als sie ohnehin waren. Regina saß schon neben der Patientin und streichelte ihr die Hand, Gerda saß auf der anderen Seite, Physiotherapeutin Jenny massierte sanft ihren Unterarm. Sybilles Schlaganfall hatte sich offenbar wie ein Lauffeuer rumgesprochen.

Als sie Britta sahen, rückten sie zur Seite. Britta setzte sich auf einen Stuhl neben das Bett, nahm Sybilles Hand und schaute sie an.

«Britta!», hauchte Sybille mit matter Stimme, ihre Augen blitzten für einen Moment freudig auf.

«Du hast mir vielleicht einen Schrecken eingejagt, Sybi», sagte sie.

«Ihr seid alle so nett zu mir», flüsterte Sybille. Das Sprechen kostete sie sichtlich viel Kraft.

«Streng dich nicht unnötig an, wir wollen einfach nur bei dir sein.» Sie streichelte ihre Wange.

Ludmilla besorgte aus dem Schwesternzimmer Tesastreifen, und Britta befestigte die Fotos über dem Bett. Sie zeigten Sybille beim Wasserski, als sie gerade eine elegante Kurve vor der Seebrücke in Boltenhagen zog, mit strahlenden Augen am Lagerfeuer, singend auf einer Party und beim schönsten Sonnenschein mit wehenden Haaren im Cabrio. Es war dieselbe Frau, nur zu einer anderen Zeit.

Irgendwann kamen noch mehr Chormitglieder hinzu: Sarah, Rainer in Polizeiuniform, zehn Minuten später erschien sogar Olli aus Zarrentin. Er sah betroffen aus. So fürsorglich und nett es von allen gemeint war, wurde es jetzt doch zu voll, denn Sybille brauchte Ruhe. Aber einfach so mochten sie sich nicht verabschieden.

«Das Meer?», fragte Rainer in die Runde, und alle nickten.

Sarah, Gerda, Ludmilla, Jenny, Julika, Olli, Rainer und Britta bauten sich um Sybilles Bett auf und sangen zusammen «La mer», und zwar in einer deutschen Version. Es war eins von Sybilles Lieblingsliedern. Sie sangen es ganz leise und voller Mitgefühl:

Das Meer
wiegt sich im Tanz
und rauscht hin zu dem Strand
zu seinem ewigen Ziel.

So intensiv hatten sie es bei keiner Probe hinbekommen. Jeder dachte beim Singen an *seine* Sybille, die auf all ihren Partys und Strandfesten dabei gewesen war. Mit über siebzig Jahren hatte sie sogar noch im Schlafsack am Strand übernachtet.

Das Meer
funkelt im Glanz der Nacht
wie ein Diamant,
Spiegel des Himmels.

Sybille schloss die Augen und lächelte. Plötzlich sah sie wieder aus wie die Gräfin! Britta küsste sie auf die Stirn.

«Danke! Ich muss jetzt schlafen», murmelte Sybille und nahm Brittas Hand.

«Aber ja, Sybi.»

Als sie gemeinsam das Zimmer verließen, waren auf dem Flur davor sämtliche Schwestern und Pfleger sowie der Stationsarzt versammelt.

«Sorry, waren wir zu laut?», entschuldigte sich Rainer.

«Können Sie das bitte noch einmal singen?», bat eine Krankenschwester. «Die anderen Patienten wollen es auch hören.»

Sie schauten sich verlegen an. Aber das versammelte Personal lächelte sie so erwartungsvoll an, dass sie nicht nein sagen konnten. Bevor sie loslegten, rannten die Krankenschwestern und Pfleger den Gang entlang und öffneten alle Türen. Welches Leid sich wohl in all diesen Räumen verbarg? Dann sangen sie noch einmal, dieses Mal etwas lauter.

Und das Meer
im endlosen Strom der Gezeiten.
Wie schön
ist diese Nacht.

Britta hoffte, dass das Lied bei den Patienten eine gute Erinnerung an das Leben draußen weckte: an die Ostsee, die sie im Klützer Winkel zu jeder Jahreszeit kannten, das Gefühl, wenn man am Strand stand und aufs Wasser blickte. Sie wünschten allen, dass sie geheilt zum Meer zurückkehrten.

Die Welt ist wie ein Traum.
Wir sehn all ihre Pracht
vereint schwebend im Raum.

Rainer und Olli gingen nach dem Singen in jedes Zimmer und riefen den Patienten lächelnd zu: «Gute Besserung vom Klützer Chor!»

Plötzlich war ein lautes Stöhnen zu vernehmen. Julika stützte sich mit dem Rücken an der Wand ab und stöhnte laut auf. Sie sah kalkweiß aus.

«Julika?», rief Gerda.

«Ein Arzt!», rief Ludmilla und drückte den Notknopf an der Wand, der einen schrillen akustischen Alarm auslöste. Britta und Rainer hielten Julika fest.

Eine junge Ärztin, höchstens Mitte zwanzig, die ihre hellblonden Haare zu einem Pferdeschwanz zusammengebunden hatte, stürzte mit einem Pfleger aus dem Schwesternzimmer. Sekunden später wurde eine Trage herbeigerollt. Ludmilla und die Ärztin legten Julika darauf, dann schoben sie sie im Laufschritt Richtung Kreißsaal. Britta war in solchen Situationen normalerweise ganz ruhig, aber jetzt erfasste sie eine nie gekannte Panik: Julika und ihrem Kind durfte nichts passieren! Sie rannten weiter und weiter, das Krankenhaus schien unendlich groß zu sein. Julika war sonst eine unglaublich toughe Frau, doch jetzt schien ihr Vorrat an Kraft aufgebraucht zu sein. Sie krümmte sich vor Schmerzen. Britta streichelte ihr über den Kopf und redete ihr gut zu, während sie neben der Trage herlief. Mehr konnte sie nicht tun. Immer wieder mussten sie warten, bis irgendwelche Stationstüren aufsprangen, um sie durchzulassen.

«Wie viele Kinder haben Sie schon?», fragte die Ärztin Julika, während sie die Trage weiterrollte.

«Es ist ihr erstes», antwortete Britta für ihre Freundin, die die Zähne zusammenbiss und schwer atmete. Sie hatte vorher gar nichts von ihren Wehen erwähnt.

«Da ist eine Sturzgeburt äußerst selten.»

«Aber sie kommt vor», wusste Ludmilla aus langjähriger Erfahrung.

Julika stieß in immer kürzeren Abständen Schmerzensschreie aus. Es war nicht auszuhalten. Britta litt mit ihrer besten Freundin mit, aber sie konnte nichts für sie tun.

«Wir schaffen es nicht mehr», rief die Ärztin. «Wir brauchen sofort eine Hebamme.»

Es stellte sich heraus, dass ihr Fachgebiet Hals-Nasen-Ohren war, sie also keine Ahnung von Geburten hatte. Aufgeregt telefonierte sie um Hilfe.

Ludmilla rollte die Trage in den nächstbesten Behandlungsraum. Gemeinsam halfen sie Julika aufs Bett. Julika war schweißüberströmt, ihre Wehen kamen in immer kürzeren Abständen. Britta wischte ihrer Freundin mit einem kühlen Waschlappen vorsichtig die Stirn ab und hielt ihr die Hand.

Jetzt stürmte eine Hebamme herein und übernahm das Kommando. Wobei von nun an alles nicht mehr lange dauerte: Julikas Tochter kam in diesem Moment zur Welt.

Als der erste Babyschrei zu hören war, weinte Britta vor Glück mit Julika mit. Die Hebamme legte Julika die Kleine auf den Bauch. Sie war vollkommen verschmiert, als hätte sie jemand mit einer Fettcreme eingerieben. Und sie hatte ganz viele dunkle Haare auf dem Kopf.

Wie winzig sie war! Alle strahlten, vor allem natürlich Julika. Ihre Schmerzen schienen in diesem Moment vergessen. Britta nahm ihre Freundin in den Arm und konnte den Blick nicht von dem wunderbaren Kind lassen, das auf Julikas Bauch lag. Es war ein Wunder!

«Wie heißt die Süße?», fragte sie. Das hatte Julika bisher geheim gehalten.

«Anna.»

Britta beugte sich über das Kind. Unglaublich, wie filigran ihre Händchen und Finger waren!

«Willkommen auf der Welt, Anna.»

«Wir bringen Sie jetzt auf Station», sagte die Hebamme. «So eine schnelle Geburt habe ich noch nicht erlebt.»

Britta eilte hinunter zur Notaufnahme, wo die anderen warteten. Als Regina, Jenny, Gerda, Sarah, Rainer und Olli sie sahen, sprangen sie sofort auf und rannten auf sie zu.

«Anna ist da!», rief Britta atemlos. «3750 Gramm und viele Haare. Julika ist überglücklich, es ist alles gut gegangen.»

Alle schrien, klatschten und sangen, so laut sie konnten, «Let the sunshine in» – bis sie von der Schwester am Eingangstresen aus dem Krankenhaus geworfen wurden.

28.

Über die Ostsee vor Boltenhagen fegte ein schneiden-der Wind, der keinen Zweifel zuließ: Der Winter war nicht mehr weit entfernt. Die Sonne schien aufs bewegte Wasser, die Wellen trugen weiße Gischt auf ihren Käm-men.

Sie spazierten zusammen auf die Seebrücke: Harry, Olli und Rainer sowie Britta, Gerda, Ludmilla, Regina, Jenny, Annika, Sarah und Wendy. Ihre Schals hatten sie fest um die Köpfe gewickelt, anders hätte man es nicht ausgehal-ten. Am Ende der Brücke stellten sie sich eng zusammen wie eine Gruppe Möwen und wärmten sich gegenseitig.

Rainer fing an, gegen den Sturm «La mer» zu singen, die anderen stimmten mit ein. Die Wellen reichten bis zum Horizont und tanzten vor ihnen auf und ab. Die Son-ne schien, die Luft war kalt, aber frisch, es fühlte sich gut an. Plötzlich kam eine Welle, die höher war als alle ande-ren, und klatschte gegen den Anleger. Die Gischt sprühte in hohem Bogen über sie hinweg, jeder bekam ein paar Tropfen ab. Sämtliche Jacken wurden feucht, die Lippen schmeckten nach Salz. Danach wurde es ihnen zu kalt, und sie schlenderten zurück auf die Promenade, auf der um die Jahreszeit fast niemand zu sehen war. Britta hakte sich bei Olli ein, der alleine gekommen war.

«Alles klar bei dir?», fragte sie.

«Es ist schön, hier zu sein», stellte er fest und schaute aufs Meer.

Das hörte sie gerne. «Und Lilly?»

«Ist auf Fortbildung.»

Harry schloss von hinten zu ihnen auf. «Du bist also heimlich hier?», er grinste seinen alten Kumpel verschwörerisch an.

Olli zuckte mit den Achseln. «Lilly ist schon schwierig. Aber sie hat auch andere Seiten.»

«Egal, Hauptsache, du bist hier», fand Britta.

Dass alle gekommen waren, sah Britta als eine Art Bekenntnis zum Chor – obwohl es den ja offiziell gar nicht mehr gab. Gemeinsam schlenderten sie zur Kurklinik an der Promenade, in der Sybille ihre Reha machte. Sie war vor drei Tagen aus dem Krankenhaus entlassen worden und hatte ein Zimmer in der klassizistischen Strandvilla mit dem schönen Namen «Friedas Frieden» bezogen. Obwohl das Haus längst umbenannt worden war, nannten es die Einheimischen weiter so.

Am Telefon hatte Sybille Britta vom Fitnessstudio im Keller und der Schwimmhalle im Neubau vorgeschwärmt. «Ich mache auf meine alten Tage Bodybuilding, stell dir vor!» Britta ließ sich durch ihre lustigen Sprüche nicht täuschen, Sybille war ziemlich angeschlagen. Immerhin hatte sie keine sonstigen Schäden wie Lähmungen oder Sprachstörungen davongetragen. Trotzdem war es ein Warnschuss gewesen, den sie nicht übergehen konnte.

Zusammen mit Harry, Olli und Rainer ging Britta nun

ins Haus, um Sybille abzuholen. Zufälligerweise hatte sie wieder die Zimmernummer 23, wie im Wismarer Krankenhaus. Britta klopfte an die Tür, dann traten sie ein. Das kleine Zimmer war einfach und zweckmäßig eingerichtet, der Blick nach draußen phantastisch, direkt auf die Ostsee. Sybille saß in einem Sessel und war bereits fertig angezogen. Sie trug ihr Chorkostüm, was Britta überraschte, gehörte es doch zur gerade vergangenen, schmerzlichen Geschichte auch in Sybilles Leben.

«Oh, Herrenbesuch, und dazu noch so attraktiver», rief Sybille. Harry, Olli und Rainer lächelten.

«Zähle ich denn gar nichts, oder was?», beschwerte sich Britta lachend.

Sybille zwinkerte ihr zu. «Ich bin Single, mein Kind! Da muss man sehen, wo man bleibt.»

«Wie geht es dir heute?», erkundigte sich Britta.

«Ich bin bestens versorgt, mein Zimmer hat Seeblick, was will ich mehr?»

Es klopfte, und ein weiß gekleideter Pfleger kam herein. Und zwar nicht irgendeiner, sondern ihr Lieblingspfleger Tommaso aus Bella Italia. Sybille hatte schon viel von ihm erzählt, Britta sah ihn das erste Mal. Anscheinend hatten ihre Großtante und sie den gleichen Geschmack: ein junger Mann um die zwanzig mit dunklen, leicht gelockten Haaren und großen braunen Augen. Er wäre glatt als Model durchgegangen – auch so jemanden konnte man in der Reha-Pflege kennenlernen, nicht schlecht.

«Alles okay?», fragte Tommaso in die Runde.

«Wir bräuchten bitte einen Rollstuhl», bat Britta. «Wäre das möglich?»

«Auf gar keinen Fall!», protestierte Sybille. «Den Weg schaffe ich locker ohne.»

«Ist ja nur für alle Fälle», beruhigte Rainer sie und nickte Tommaso verstohlen zu.

«Was für ein Fall sollte das sein?», empörte sich Sybille.

«Ein Fall zu Boden», kalauerte Rainer.

Sybille verdrehte die Augen und sah ihn streng an. Unzweifelhaft blieb sie die Gräfin!

Rainer und Britta hakten sie unter, dann ging es hinaus. Harry schob den Rollstuhl, den Tommaso ihm gebracht hatte, hinterher. Auf der Straße vor Friedas Frieden parkte der blaue Robur-Bus von Frank, den jeder Klützer von den Fotos in seinem Reisebüro kannte. Das Gefährt aus den Sechzigern sah aus wie ein altmodisches Raumschiff von einem anderen Planeten. Es passten über zwanzig Passagiere hinein, Frank suchte immer Mitfahrer für seine Ausfahrten. Die hatte er heute mit ihnen für die kurze Fahrt von Klütz nach Boltenhagen gefunden.

Es gab ein großes «Hallo», als Sybille einstieg, sie formte mit Zeige- und Mittelfinger das Victoryzeichen. Frank warf den alten Diesel an und tuckerte los. Neben ihnen fegte der Wind über die abgeernteten Felder, die meisten Bäume trugen kein Laub mehr. Die Bischofsmütze der St.-Marien-Kirche war weithin übers Land sichtbar, genau dort wollten sie hin.

Ihre Mitsängerin Julika war der eigentliche Grund,

weswegen sie sich hier und heute getroffen hatten. Das sogenannte «Kindskiek» stand an, alle wollten die kleine Anna sehen und der glücklichen Mutter gratulieren. Diejenigen, die in der Wismarer Klinik gewesen waren, hatten zudem das Gefühl, ein bisschen Geburtshilfe geleistet zu haben – was natürlich übertrieben war.

Britta war das Pastorat von den vielen Treffen mit Julika so vertraut wie ihre eigene Wohnung. Julika hatte sich in den vier Räumen großzügig ausgebreitet. Allein zwei Zimmer waren Bibliotheken mit hohen Bücherregalen an den Wänden, gefüllt mit Titeln wie «Die Propheten Haggai und Maleachi» oder «Die hasmonäische Personalunion von Priester und König in den Qumranrollen». Britta ahnte nicht einmal, worum es da gehen könnte. Immerhin gab es auch eine Ecke mit Krimis, denn Julika war versierte Spezialistin für raffinierte Morde – vermutlich als Ausgleich zur Nächstenliebe, die natürlich ihr Hauptjob war.

Britta und Julika hatten wer weiß wie oft hier im Wohnzimmer gesessen, Wein getrunken und geredet, in guten wie in schlechten Zeiten hatten sie zusammengestanden. Was viele vergaßen: Eine Pastorin, die sich als Seelsorgerin um andere kümmerte, brauchte selbst auch mal jemanden, um über ihre eigenen Nöte zu reden.

Das Wohnzimmer mit den alten Möbeln füllte sich schnell mit den Chorsängern. Alle hatten die Schuhe vor der Haustür ausgezogen und liefen in Socken herum. Julika sah müde, aber glücklich aus. Die kleine Anna lag in einem Bastkorb unter einer dicken Bettdecke und war natürlich der Star des Tages. Sie hatte jetzt schon dichte dunkle Haare wie ihre Mutter und wirkte zufrieden. Die Männer tranken Schnaps, die Frauen Sekt, auch Sybille ließ sich zur Feier des Tages einen Fingernagelbreit zum Anstoßen einschenken. Dazu wurden leckere Häppchen gereicht, die Rainer wieder einmal höchstpersönlich fabriziert hatte. Alle hatten Geschenke für das Baby mitgebracht.

Jetzt legte Julika Sybille ihre Tochter in den Schoß, die war vollkommen verzückt von der Kleinen.

«Neugeborene sehen alles auf dem Kopf, wusstet ihr das?», fragte Sybille in die Runde, während sie Anna liebevoll das Haar streichelte.

«Das wünsche ich mir bei Polizeikontrollen manchmal auch, dann wäre vieles lustiger», bemerkte Rainer.

«In deinen Protokollen würden sich ganz neue Fragen ergeben», überlegte Olli. «Flog der Täter von rechts oben oder links unten vorbei?»

Alle rissen sich darum, Babysitter zu werden. Wenn Anna größer war, würde sie Gerdas Friseursalon erkunden, in Reginas Galerie Bilder malen und auf Wendys Bauernhof Tiere streicheln. Jede Einzelne von ihnen würde sich um sie kümmern.

Irgendwann stellten sie sich zusammen vor das große Bücherregal mit der theologischen Fachliteratur und sangen für das Neugeborene und die glückliche Mutter. Und zwar das Programm, das ursprünglich einmal für den Auftritt in Tampere gedacht gewesen war, denn das hatten sie am besten drauf: «Country Roads», «Don't Worry Be Happy» und «Abendstille überall». Abschließend sangen sie «Wir sind der Chor» auf die Melodie von ABBAs «Thank You for the Music»:

Das sind unsre Lieder,
wir singen weiter,
gnadenlos, besessen, heiter.
Machen viel Theater,
weil uns fast alles gelingt,
was Chaos bringt.
Und aus Rachengold-Kehlen
erklingt die Botschaft:
Toll sind unsere Lieder,
solang sie jemand singt.

Es hörte sich total geschmeidig an, so gut hatten sie es bisher auf keiner Probe hinbekommen. Perfekt wäre es für sie trotzdem nur mit Jaspers Klavierbegleitung und unter seinem aufmerksamen Blick gewesen. Seit dem Treffen in der Elbphilharmonie hatten Britta und er sich nur noch am Telefon gehört.

Nach dem letzten Ton wurde es totenstill im Raum. Keiner traute sich etwas zu sagen.

«Wir sollten das in Tampere singen», murmelte Olli.

Alle schauten sich an. Mehr musste nicht gesagt werden.

29.

Bevor sie nach Finnland fuhren, fanden sie nur noch einen Tag, an dem sie gemeinsam im Schloss üben konnten. Alle waren erschienen: Gerda, Ludmilla, Annika, Jenny, Sarah, Regina, Julika, Wendy, Harry, Rainer, Olli – und Lilly. Letztere versicherten, sie hätten sich endgültig versöhnt, und Britta wollte das einfach mal glauben.

Sie zog Lilly kurz zur Seite: «Ich muss noch einmal sagen, wie blöd ich zu dir war. Umso großartiger von dir, dass du dabei bist.»

«Du warst halt verzweifelt. Meine Eifersucht war ja auch unbegründet, das habe ich eingesehen.»

«Erledigt?»

«Ja.»

Zu einer Umarmung reichte es nicht, aber sie gaben sich immerhin die Hand.

Da das Kavaliershaus nach einem Wasserschaden repariert werden musste, wurde es notgedrungen eine öffentliche Probe im Festsaal. Der Besichtigungsbetrieb in Schloss Bothmer musste weiterlaufen, während sie sangen. Im November war zwar nicht viel los, aber wenn Besucher kamen, schauten sie natürlich auch in den Festsaal.

Sybille war extra aus der Rehaklinik gekommen, um sie moralisch zu unterstützen. Zum aktiven Mitsingen war sie noch zu schwach. Trotzdem hatte sie sich von ihrem Pfleger Tommaso in ihr Chorkostüm stecken lassen, um ihre Zugehörigkeit zu demonstrieren. Ihr Rollstuhl stand direkt neben dem Kinderwagen der kleinen Anna, um die sie sich liebevoll kümmerte, während Julika sang.

Jasper trug zu seiner Cordhose wieder ein schwarzes Hemd und behielt die braune Lederjacke an, was ihm sehr gut stand. Bei ihren täglichen Telefonaten hatte er sich eingehend nach Sybille und ihrem Gesundheitszustand erkundigt. Und er hatte verbindlich zugesagt, den Chor nach Tampere zu begleiten, was Britta nach dem Hin und Her der letzten Wochen alles andere als selbstverständlich fand. Es war eigentlich zu schön, um wahr zu sein.

Als Erstes sangen sie sich ein, indem sie brummend kreuz und quer durch den Raum liefen. Eine Gruppe asiatischer Touristen sah ihnen andächtig zu und machte Fotos und ganze Filme von ihnen. Womöglich hielten sie das für einen eigentümlichen Volkstanz, den sie später Freunden und Bekannten als «typisch deutsch» vorführen würden.

Als Britta alle vor sich versammelte und die Arme hob, um mit «Wir sind der Chor» zu beginnen, polterte eine Schulklasse aus Frankfurt herein. Britta versuchte, sich nicht von den Besuchern ablenken zu lassen, aber die anderen wurden sofort nervös. Dabei war die Schulklasse mengenmäßig gar nichts, wenn sie bald vor achthundert Zuhörern singen würden! Allein diese Zahl kam ihnen immer noch wie ein Albtraum vor. Andererseits war ihre Lust ungebrochen, das Glück ihrer Mittwochabende mit anderen zu teilen.

Es gab eine Menge zu tun. Britta ging alle Lieder noch einmal genau durch. Das Problem war, dass noch nichts so richtig zusammenpasste, da sangen ungeordnete Einzelstimmen, aber kein geschlossener Chor. Die Männer dröhnten viel zu laut, weil sie das Gefühl hatten, gegen die weibliche Übermacht sonst nicht bestehen zu können. Lilly quietschte ungehemmt ihre falschen Töne heraus. Nur die zurückhaltende Annika, die sonst eher eine leise Stimme hatte, wuchs über sich hinaus und röhrte wie eine Souldiva.

Kein Stück lief wirklich rund, also musste Britta etwas anderes einfallen, um die Stimmen zu lockern. Am besten, sie begannen erst mal bei einem Kinderlied, das man ohne Anspruch und Anstrengung einfach so herunterträllern konnte. Sie kam auf die «Vogelhochzeit», der sie mal zusammen auf einem Fest einen ganz neuen, albernen Text gebastelt hatten:

Der Grünspecht, der Grünspecht, dem wird vom Hochzeitsessen schlecht.

Die Schwalbe, die Schwalbe, die trinkt sehr viele Halbe.

Der Adler, der Adler, bestellt sich lieber Radler.

Der Rabe, der gibt ganz gut acht und filmt die wilde Hochzeitsnacht.

Die ist dann bei YouTube zu sehn, das finden alle Vögel schön.

Fiderallala, fiderallala, fiderallala.

Die Idee erwies sich als goldrichtig: Alle entspannten sich merklich, weil sie das Lied nicht so ernst nehmen mussten wie die Stücke für ihren großen Auftritt. Plötzlich waren sie wieder eine Einheit!

Als sie danach «Don't Worry» sangen, tauchten sie wie von selbst ins Glücksbecken ein, ihre Stimmen klangen voll und warm. Dafür gab es spontanen Beifall von ein paar Touristen, was Britta als gutes Omen nahm. Jetzt musste sie nur noch das Problem mit Lilly lösen, denn die sang nicht nur falsch, sondern auch furchtbar laut ...

Am Nachmittag eilte Britta direkt nach der Probe in Franks Reisebüro, der sofort aufsprang, als sie seinen Laden betrat.

«Ich habe die neuen Tickets!», rief er.

«Treffen wir uns in Travemünde am Hafen, oder wie läuft das?», fragte sie.

«Nein, ganz anders. Ich werde euch mit meinem Bus von Haustür zu Haustür bringen.»

«Wie jetzt?»

«Von Klütz bis Tampere.»

«Meinst du, dein alter Gaul hält das durch?», fragte sie skeptisch.

Frank wirkte etwas beleidigt. «Der Motor ist überholt, ich habe neue Winterreifen aufgezogen. Damit kommen wir bis zum Nordpol, wenn es sein muss. Mein Robur muss mal raus und was anderes sehen, sonst rostet er.»

«Okay», sagte sie.

«Wir fahren nach Travemünde auf die Fähre, setzen über und düsen dann von Helsinki nach Tampere. Es ist alles gebucht, den Bus bezahle ich.»

«Nein, das regeln wir über die Chorkasse.»

«Ich möchte das gerne selber übernehmen. Bitte.»

«Aber dann bezahlen wir dir wenigstens die Fähre und das Hotel in Tampere.»

«Wie dem auch sei, übermorgen geht's los.»

Sie würde es erst glauben, wenn sich der Bus tatsächlich mit dem Chor an Bord in Bewegung setzte.

30.

Zwei Tage später besuchte Britta Sybille in Friedas Frieden, um sich von ihrer Großtante zu verabschieden. Gemeinsam aßen sie zwei riesige Stücke Schwarzwälder Kirschtorte und schauten durch das Zimmerfenster der Rehaklinik auf die Ostsee. Von hier aus konnte man die Seebrücke sehen, auf der sie letztens alle gestanden hatten.

«Willst du nicht doch mitkommen? Als Zuschauerin?»

Sybille lächelte gütig und tätschelte kurz ihre Hand. «Das ist nett, aber mein Platz ist zurzeit das Fitnessstudio.»

«Sicher?»

«Ich bin glücklich, dass es den Chor wieder gibt und dass Tampere klappt.» Sie strahlte sie an: «Das hast du perfekt hinbekommen.»

«Ich hatte es selber nicht mehr geglaubt.»

«Du musst den Chor zusammenhalten.» Sybille wirkte plötzlich sehr ernst. «*Das* ist mein Vermächtnis!»

Es klopfte, und Sybilles Lieblingspfleger Tommaso kam herein. Er lächelte charmant wie immer.

«Guten Morgen, Tommaso», grüßte Britta ihn freundlich.

«Buon giorno, signora Britta», sagte er.

«Britta ist übrigens auch Single», erklärte Sybille. «Und sie ist sogar noch jünger als ich.»

Der vierundzwanzigjährige Pfleger lachte höflich.

«Du wirst in Tampere auf jeden Fall dabei sein», kündigte Britta ihrer Großtante an.

«Ja, in Gedanken.»

«Nein, du wirst uns live sehen und hören.»

«Wie das?»

«Moderne Technik, lass dich überraschen.» Sie zwinkerte Tommaso zu. «Dein Pfleger aus Italien wird sich darum kümmern.»

Am nächsten Tag trudelten die Chormitglieder am Klützer Markt ein. Reginas Mann Stefan war da, Julika kam mit der schlafenden Anna im Kinderwagen; das Kind würde von den anderen betreut werden, wenn Julika mal kurz ausspannen wollte. Lilly und Olli kamen dazu, und Harry konnte sich kaum von seiner Krankenschwester Natalia trennen. Offenbar war es mehr als nur ein Partyflirt gewesen. Wie schön für ihn! Einige verschwanden noch einmal in Gerdas Friseursalon auf die Toilette, dabei ging es bei der ersten Etappe nur bis nach Travemünde.

Allein wie unterschiedlich die Gepäckstücke waren, die Frank verlud! Da gab es Hartschalenkoffer, an denen noch die Zettel der letzten Flugreise klebten; Annika, die Jüngste, hatte einen uralten Lederkoffer von ihrer Uroma dabei; des Weiteren Sporttaschen und Extratüten mit Aufdrucken der Supermärkte von Klütz und Umgebung oder Stoffbeutel aus dem Literaturhaus Uwe Johnson. Auf jeden Fall hatten alle ausreichend warme Kleidung dabei,

denn in Finnland lag Schnee, und es herrschten Minus-
temperaturen im zweistelligen Bereich. Fast kam es Britta
vor wie eine Expedition.

Dann ging es endlich los. Britta saß vorne neben Frank,
dem stolzen Chauffeur. Er hupte dreimal laut, dann heul-
te der Diesel auf, und sie tuckerten gemächlich in die
Dämmerung. Die sanften Hügel des Klützer Winkels lösten bei Britta leichte Wehmut aus. Dieselbe Strecke hatte
sie zur Musikhochschule genommen, nun ging es weiter
zu ihrem eigentlichen Ziel. Das ganze Auf und Ab lag
hinter ihr, der Streit von Lilly und Harry, Ollis und Harrys Ausstieg, die Party bei Ludmilla, das geplatzte Probewochenende, Jaspers Konzert in der Elbphilharmonie,
Sybilles Schlaganfall, die Geburt der wundervollen Anna.
Was war nicht alles passiert seit dem letzten Tag im Hotel
Bernstein!

Im Travemünder Fährhafen reihte sich der Robur in
die Lkw-Schlange zur Fähre ein. Jasper wartete bereits
am Kai auf sie, er war von Lübeck gekommen und wurde
mit großem «Hallo» begrüßt. Als Britta ihn sah, machte ihr
Herz einen Sprung. Nun waren sie vollzählig.

Die MS Finnsum, die vor ihnen festgemacht hatte, erschien Britta wie ein riesengroßes Gebäude. Der Rumpf
war blau gestrichen, die Aufbauten weiß. Es war dieselbe
Fähre, die ihren Weg gekreuzt hatte, als sie mit dem Rad
auf dem Weg zum zweiten Meisterkurs bei Claudio Abbantino gewesen war. Die Finnsum war im Übrigen kein
Traumschiff, sondern eine Art schwimmende Autobahn-

raststätte in Richtung Helsinki. Im November ging kaum jemand auf Kreuzfahrt über die Ostsee, es würden überwiegend Lkw-Fahrer und Handelsvertreter an Bord sein.

«Wir müssen irre sein», stellte Gerda fest.

«Wieso?»

«Ausgerechnet im Winter fahren wir in den Norden, wo es noch kälter ist als bei uns.»

«Und es ist länger dunkel», ergänzte Jenny.

«Nun übertreibt mal nicht, die Halle in Tampere wird geheizt sein, und elektrisches Licht haben die da auch», beruhigte sie Sarah.

Sie bestiegen das Schiff, wo Britta ihren kleinen Koffer in die schmucklose Kabine trug. Sie war ganz in Weiß gehalten, es gab einen Einbauschrank und ein winziges Badezimmer mit einer Dusche – mehr brauchte sie auch nicht für eine Nacht. Wobei, ein Boxspringbett hätte sie auch nicht abgelehnt ...

Eine halbe Stunde später legten sie ab. Britta ging an Deck. Trotz des kalten Windes trafen sich alle an der Reling und schauten zu, wie die Lichter an den Ufern der Trave vorbeizogen. Nach ein paar Minuten passierten sie den Leuchtturm an der Hafenausfahrt, und dann ging es hinaus auf die nächtliche Ostsee. Das Festland wurde erstaunlich schnell kleiner.

Britta hatte unterschätzt, dass sie als Chorleiterin für alles zuständig war. Ohne dass sie es angestrebt oder verkündet hatte, sahen die anderen sie als Reiseleiterin. Jeder wollte etwas wissen, und wenn es nur darum ging, wie man die Dusche in der Kabine heißer bekam. Dabei hätte sie jetzt auch einfach mal gut loslassen und nichts tun können.

Bald wurde es ihr an Deck zu kalt, und sie ging wieder hinein. Im Treppenhaus kam ihr Olli entgegen.

«Du musst deiner Frau irgendwie klarmachen, dass sie nicht mit auf die Bühne kann», bat ihn Britta. «Es tut mir leid, das sagen zu müssen, aber Lilly kann einfach nicht singen.» Endlich traute sie sich, Klartext zu sprechen, denn es war unumgänglich: Lillys Gequietsche würde den ganzen Auftritt verderben.

Olli sah sie erschrocken an. «Das kannst du vergessen. Wenn ich ihr das sage, lässt sie sich scheiden.»

«Dann ist bei euch sowieso alles zu spät.»

«Könntest du nicht …?»

«Nee, das ist dein Job.»

Mit besorgter Miene schlich Olli davon.

Im Gang unter ihr fuhr Jenny gerade zusammen mit Ludmilla die kleine Anna im Kinderwagen spazieren, um die schlafbedürftige Julika für ein, zwei Stunden zu entlasten.

«Na, wie fühlt sich das an als junge Mutter?», fragte Britta und legte ihren Arm um Jenny.

«Sie ist so süß!»

Durch die Scheibe der Außentür sah sie, wie Jasper über die Treppen des Außendecks joggte. Sie ging hinaus und wartete ab, bis er nach einer Runde wieder bei ihr vorbeikam.

«Sportlich», bemerkte sie.

«Mach doch mit!», rief er keuchend.

In diesem Moment tauchte Annika hinter ihm auf, ebenfalls in Joggingklamotten. «Du hast vielleicht ein Tempo drauf», rief sie, während sie mit hochrotem Kopf nach Luft japste.

«Ich habe eine Abkürzung genommen», behauptete Jasper und lachte.

«Tick, du hast ihn!» Annika stupste ihn kichernd am Arm an und rannte los. Jasper lief sofort hinterher, ohne sich von Britta zu verabschieden. Die beiden schienen sich bestens zu verstehen. Annika war mit ihren vierundzwanzig vielleicht etwas zu jung für ihn. Aber besser zu jung als zu alt, dachte Britta. Sie spürte, dass es ihr einen leichten Stich versetzte.

Dann schlenderte sie weiter ins Bordrestaurant, wo Frank, Rainer und Olli an der Bar hockten und Bier tranken. Ludmilla, Wendy und Regina saßen daneben an einem Tisch, vor sich jeweils einen Schnaps. Am Nachbartisch schlürften Sarah und Gerda bunte Cocktails, sie ließen es richtig krachen. Die anderen Passagiere hier waren Lkw-Fahrer aus allen möglichen Ländern sowie Geschäftsleute, außerdem ein paar finnische Urlauber, die gerade aus Amsterdam zurückkamen. Sarah und Gerda stimmten jetzt ein paar versaute Lieder an.

«Wo habt ihr die bloß her?», fragte Britta halb belustigt, halb erstaunt.

«Ballermann auf Malle», nölte Sarah, die schon leicht

angeheitert war. Ausgerechnet sie, die sonst immer so brav und zurückhaltend war – herrlich!

Britta setzte sich zu den anderen und bestellte eine Cola. Bald stellte sich heraus, dass die Trucker im Raum mehr Deutsch verstanden als erwartet. Sie staunten über die frechen Weiber aus Klütz und gaben ihnen mächtig einen aus. Natürlich nur Hochprozentiges, mit Bier hielten sie sich erst gar nicht auf. Gerda quatschte so intensiv mit einem bärtigen Vertreter für Rentierfelle, dass Britta sich nicht gewundert hätte, wenn sie mit ihm nach Lappland ausgewandert wäre. Gut für die Stimme war der Alkohol natürlich nicht, dachte Britta, aber sie wollte nicht die Obergouvernante spielen.

Das Schiff schaukelte immer heftiger über die nächtliche See. Bald mussten einige Passagiere schlagartig das Bordrestaurant verlassen und sich über die Reling hängen. Sie hatten zwar brav ihre Reisetabletten genommen, aber die Seekrankheit kümmerte sich nicht darum und schlug unerbittlich zu.

Zum Glück bemerkte Britta nichts von dem Schaukeln, die Tabletten, die sie vorsorglich genommen hatte, taten ihre Wirkung. Sie verschwand in ihrer Kabine und legte sich in die Koje. Das Schiff stampfte auf und ab, irgendwann wurde ihr doch etwas anders. Sie konzentrierte sich auf ihren Atem und brummte ein paar Töne, das half. Zwischendurch rätselte sie immer noch über Jasper: Hatte er jetzt was mit Annika? War er vielleicht nur ihretwegen im Klützer Chor?

31.

Als sie gegen acht im Hafen von Helsinki ankamen, war es immer noch dunkel. Hier ging die Sonne um Viertel nach neun auf und schon gegen drei wieder unter. In Finnland hatte es tagelang geschneit, sie tauchten nun in jene Winterwelt ein, die Britta in ihrer Phantasie oft vor sich gesehen hatte: Schneeflocken vor ihrem Fenster, die stundenlang vom Himmel fielen.

Die Dächer der Häuser lagen unter einer dicken weißen Schicht begraben, auch der mächtige Dom über der Stadt war ganz in Weiß gehüllt. Die Geräusche der Stadt waren stark gedämpft, die Autos schlichen im Schritttempo durch die Straßen.

«Wahnsinn», rief Jenny und schaute sich mit großen Augen in der Märchenwelt um, in der sie gerade gelandet waren.

«Hat jemand Skier dabei?», fragte Rainer.

Frank fuhr seinen himmelblauen Bus von Bord und schaltete das Navi ein, das er an die Windschutzscheibe geklebt hatte. Vorhin hatte Britta noch mit Jasper an Bord gefrühstückt, er hatte sich zu ihr gesetzt und nicht zu Annika. Hätte er das wohl getan, wenn er gerade mit Annika die Nacht verbracht hätte? Eher nicht. Im Bus saßen Britta und er dann wieder zufällig nebeneinander, wobei er ihr galant den Platz am Fenster überließ. Sie blickten auf die Altstadt von Helsinki. Alles sah fremd aus – und sehr spannend.

Britta hatte sich vorgestellt, dass sie die Chorreise mit viel Singen im Bus verbringen würden. Aber die meisten hatten die Nacht durchgemacht und schliefen schon in Helsinki ein, dem Rest fielen dann spätestens auf der Landstraße nach Tampere die Augen zu. Frank hatte sich an Bord der Fähre seine Thermoskanne mit Kaffee füllen lassen, der hielt ihn munter. Ansonsten waren nur Jasper und sie wach.

Normalerweise brauchte man für die Strecke zwei Stunden, aber mit dem langsamen Robur würden es wohl über drei werden. Beharrlich brummte er auf seinem Weg voran. Aus den Schildern am Straßenrand konnte man nichts schließen. Finnisch war anders als alle anderen europäischen Sprachen – bis auf Ungarisch, aber wer sprach das schon?

«Kannst du irgendein Wort Finnisch?», fragte Jasper.

«Ich bin damit quasi aufgewachsen», antwortete Britta.

«Echt?»

Sie lachte. «Nein, ich spinne nur rum. Aber im Hotel haben wir manchmal Finnen. ‹Hallo› heißt ‹Hei›, ‹auf Wiedersehen› ‹Näkemiin›, ‹ja› ist ‹kylla›. Alles andere habe ich vergessen.»

«Kiitos», fiel ihm noch ein.

«Stimmt, das heißt ‹danke›, oder?»

Uralte Mischwälder zogen an ihnen vorbei, auf den Bäumen lagen Tonnen von schwerem, feuchtem Schnee, vom Himmel wehten weiter dichte Flocken über die Landschaft.

«Hast du eigentlich Lampenfieber vor unserem Auftritt?», fragte Britta.

«Ohne geht es bei mir nie, leider.»

«Obwohl unsere Bühne nicht die Elbphilharmonie sein wird?», wunderte sie sich.

«Der Konzertsaal in Tampere ist fast genauso groß.»

«Und hast du nach dieser Reise schon etwas vor?»

Jasper lächelte. «Ja, ich will mal etwas ganz Neues ausprobieren: Pause machen.»

Sie überlegte. «Keine Taste berühren und lange schlafen?»

«Lange schlafen auf jeden Fall, aber ohne Tasten geht es nicht. Das ist für mich keine Arbeit, sondern Lust.»

«Und Weihnachten?» Immerhin war es nicht mehr weit bis dahin.

«Da bin ich bei meinen Eltern im Ruhrpott, und du?»

«Ich feiere Heiligabend mit Sybille und fahre dann auch in den Ruhrpott, zu meiner Mutter.» Ihr Vater lebte schon lange nicht mehr.

«Wenn wir beide da unten sind, lass uns doch zusammen feiern.»

Sie lachte. «Deine Eltern und meine Mutter?»

Witzige Idee.

«Warum nicht mal etwas Neues ausprobieren?»

«Abgemacht.»

Okay, es war ein Scherz von ihm. Andererseits, warum sollte man das nicht einfach machen? Mal sehen, was dabei herauskam. Auf jeden Fall könnte es ziemlich nett werden. Sie schauten zusammen hinaus auf die Schneeflocken, die leise und dicht vom Himmel fielen.

«Ich erinnere mich gerade an ein Gedicht, das ich an der Grundschule lernen musste», sagte er. «Ich habe es nie vergessen, es kommt mir immer wieder, wenn es schneit.»

«Dann los.»

«Gefroren hat es heuer / Noch gar kein festes Eis. / Das Büblein steht am Weiher / Und spricht so zu sich leis: / ich will es einmal wagen / Das Eis, es muss doch tragen / Wer weiß?»

«Sehr gut.»

«Ich musste vor die Klasse treten und es ganz alleine aufsagen.»

Britta überlegte. «Ich kann nur ‹Schneeflöckchen, Weißröckchen›.»

Sie sangen es zusammen so leise, dass die anderen nicht aufwachten: «Schneeflöckchen, Weißröckchen, wann kommst du geschneit? Du wohnst in den Wolken, dein Weg ist so weit.»

Die zweite Strophe hatte er nicht mehr drauf, die sang sie alleine: «Komm setz dich ans Fenster, du lieblicher Stern, malst Blumen und Blätter, wir haben dich gern.»

«Es ist typisch, dass man sich vor allem an die kitschigen Lieder erinnert», sagte sie.

«Sie bringen Gefühle halt direkt auf den Punkt», meinte Jasper.

Dann verstummten sie und betrachteten schweigend das wilde Schneetreiben. Die finnischen Wälder zogen vorbei wie in einem Kinofilm. Am liebsten wäre sie endlos so weitergefahren.

Kurz vor Tampere wachten die anderen auf und schauten aufgeregt hinaus. Nun hatten sie jenen Schicksalsort erreicht, über den sie seit Wochen geredet hatten. Tampere war eine Industriestadt, die verschneiten Häuserblocks in den Straßen sahen auf den ersten Blick etwas schmucklos aus. Annika ging nach vorne zu Frank und schnappte sich das Mikrophon, das dort sinnloserweise herumlag. Sinnlos deswegen, weil man sich in dem kleinen Bus mühelos auch ohne verständigen konnte. Aber Annika wollte unbedingt die Stadtführerin spielen. Sie legte ein Taschentuch um das Mikro, nahm einen Wikipedia-Ausdruck in die Hand und legte los:

«Wir nähern uns gerade der drittgrößten Stadt Finnlands, sie hat 230 000 Einwohner.» Die Lautsprecher waren so alt wie der Bus, sie knarzten und knisterten. «Tampere liegt zwischen zwei Seen mit einem Höhenunterschied von 18 Metern. Dazwischen gibt es einen Wasserfall, der zur Stromerzeugung genutzt wird.»

Sie ist eben in ihrem tiefsten Herzen Lehrerin, dachte Britta. Obwohl Annika das sonst nicht raushängen ließ.

«Es gibt hier ein Eishockey-, ein Puppen-, ein Gymnastik- und ein Spionagemuseum. Die wir alle nicht besichtigen werden, weil wir keine Zeit haben.»

Sie wurde immer überdrehter und begann, den größten Unsinn zu erzählen. «Tampere wurde irgendwann das erste Mal urkundlich als ‹Trampele› erwähnt, was auf Finnisch ‹Ort der Trampel› hieß. Man sagt auf Finnisch: ‹Raaavikiss, jozinenn gavis Tampere!›»

«Wow», rief Gerda beeindruckt. «Was du alles für Sprachen kannst!»

Britta grinste, das war lupenreines Phantasie-Finnisch.

«Auf Englisch bedeutet das so viel wie: ‹If you make it there, you make it anywhere!› Annika sang ins Mikro, ohne dass sie die schlechte Tonqualität irgendwie störte: «New York, New York». Die anderen stimmten mit ein: «Start spreading the news, I am leaving today, I want to be a part of it ...» Schließlich grölten alle, so laut sie konnten: «I wanna wake up in a city, that doesn't sleep. And find I'm king of the hill, top of the heap ...»

Für die Klützer war Tampere ihr New York, das war klar!

Danach folgte wie selbstverständlich ihre Chorhymne, ohne dass Annika sie ankündigen musste: «Wir sind der Chor!» Laut singend fuhren sie immer tiefer in die verschneite Stadt hinein.

Wegen der schwierigen Straßenverhältnisse waren sie so spät angekommen, dass sie direkt zur Probe fahren mussten. Ihr Hotel würden sie später beziehen. Frank stoppte den Robur mit dem NWM-Kennzeichen für Nordwestmecklenburg und stellte den Diesel aus. Alle blickten ehrfürchtig auf die futuristische Veranstaltungs- und

Kongresshalle. Die *Tampere-talo* bestand aus weißen Keramikplatten, grauem Granit und Glas. Drinnen gab es mehrere Säle mit ein paar tausend Plätzen. Auf der Straße blieben einige Leute stehen und fotografierten den Bus mit ihren Handys, so ein Gefährt hatten sie wohl noch nicht gesehen.

Der Konzertsaal war in den letzten Wochen in ihrer Phantasie eine finstere, morastige Höhle geworden, in der ihre schlimmsten Befürchtungen hausten. Alle senkten jetzt die Stimme, als sie den Raum betraten. Julika ging voran und schob den Kinderwagen vor sich her. Britta war überrascht von den hellen Wänden und von dem freundlichen Licht im großen Saal. Mit der dunklen Höhle in ihrer Phantasie hatte das überhaupt nichts zu tun. Sie staunte vor allem über die bizarr geformte Holzdecke, die aussah wie mehrere riesige Papierschiffchen nebeneinander. Diese Form sollte wohl eine gute Akustik erzeugen. Einigen im Chor wäre es allerdings lieber gewesen, wenn man nicht jeden Ton genau gehört hätte.

In der Halle wuselten bereits mehrere hundert Sänger herum. Die Klützer schauten still umher. Ihnen wurde nun konkret vor Augen geführt, dass zwanzig Chöre aus aller Welt hier singen würden, unter anderem sie! Achthundert Menschen würden ihnen zuhören. Britta wurde flau im Magen.

«Ich weiß gar nicht, warum ich mich darauf eingelassen habe», sagte Jenny.

Regina widersprach ihr: «Ich finde es super hier!»

Ludmilla suchte Halt an höherer Stelle. «Das Schicksal soll über uns entscheiden.»

«Ich sterbe vor Lampenfieber», gab Wendy zu.

«Das ist normal», sagte Jasper.

Harry konnte dem gar nicht zustimmen. «Nee, normal ist das bei mir gar nicht.»

«Ich bin jetzt schon am Ende», bekannte Olli.

«Nun hab dich nicht so», wies ihn Lilly zurecht.

«Ich möchte, dass es bald losgeht», drängelte Annika.

«Hauptsache, die Kostüme bleiben in guter Erinnerung», hoffte Sarah.

Julikas einzige Sorge war sehr konkret: «Hoffentlich schreit meine Kleine nicht während des Konzerts.»

An einem Mischpult vor der Bühne saß der Leiter des Ganzen, ein breitschultriger Mann mit einem dichten Bart, etwa um die sechzig.

«We are the choir from Klütz», stellte sich Britta vor.

«Gelobt sei Jesus Christus», begrüßte er sie auf Deutsch. «Schön, dass der Herr euch gesund zu uns gebracht hat. Ich bin Paavo Koskinen.»

Er reichte ihr die Hand.

Britta war vollkommen baff über seine frommen Worte. «Ja», sagte sie nur.

Sie schaute sich um. Erstaunlich viele Menschen hier trugen Kreuze um den Hals. War das in Finnland so üblich? Eine Gruppe stand im Kreis, die Leute beteten mit geschlossenen Augen. Waren sie hier überhaupt richtig? Sie fragte noch einmal nach, und Paavo schaute in seine

Unterlagen. «Ihr seid der Kirchenchor der Stadtkirche Hagenow, oder etwa nicht?»

Dort hatte Dustin als Organist gearbeitet – so weit, so richtig. Dass er sie zu einem Kirchenchorkonzert angemeldet hatte, hätte er ihnen gerne mal mitteilen können. Wenigstens stellte sich kurz danach heraus, dass es kein Wettbewerb war, sondern nur ein Treffen ohne Wertung, das entspannte sie etwas.

Trotzdem fragte sich Britta, ob ihr Repertoire hier passend war. Ihre Lieder waren zwar nicht ausgesprochen unchristlich, jedenfalls schätzte sie das so ein. Es war aber auch nichts Geistliches dabei. Sie war nicht sicher, ob die Zuhörer ihre weltliche Ausrichtung akzeptieren würden.

Jetzt trat eine dunkelhaarige Frau zu ihnen und führte sie hinter die Bühne. Die Probe sollte in zehn Minuten beginnen. Britta stellte sich neben Lilly, die gerade den Saal fotografierte.

«Zeig doch mal.»

Lilly hielt ihr das Display ihrer Profikamera hin. Damit hatte sie auch die großformatigen Pferdefotos geschossen, die in ihrer und Ollis Wohnung hingen. Britta scrollte durch die Bilder, die Lilly bereits gemacht hatte. Auf dem kleinen Bildschirm war ihre Abfahrt vom Klützer Marktplatz zu sehen, das Auslaufen in Travemünde, die Ankunft in Helsinki, vor allem aber ein paar sehr nette Bilder von ihr und Jasper, von hinten im Bus aufgenommen; sie steckten lachend die Köpfe zusammen.

«Die sind phantastisch», lobte Britta. «Total professionell. Können wir die ins Netz stellen? Deine Bilder werden alle begeistern.»

«Meinst du?»

Britta wusste, dass Olli noch nicht mit seiner Frau gesprochen hatte. Daher musste sie jetzt eine Punktlandung machen, ohne dass es zum Eklat kam.

«Es wäre ein Traum, wenn du uns auch bei unserem Auftritt fotografieren könntest. Die Bilder würden in der ‹Ostseezeitung› und überall im Landkreis erscheinen und natürlich auf allen relevanten Internetplattformen.»

«Aber dann fehle ich ja im Sopran.»

«Die würden das zur Not auch ohne dich hinkriegen», erklärte sie, ohne eine Miene zu verziehen. «Gott sei Dank sind wir ja genug Frauenstimmen.»

«Sicher?»

«Du bist von uns mit Abstand die Beste im Fotografieren. Wir können froh sein, einen Profi wie dich bei uns zu haben.»

Gegen diese Komplimente konnte sich keine Lilly dieser Welt wehren. «Okay.»

Damit hatte Britta in allerletzter Minute den Störton im Sopran eliminiert. Sie war erleichtert. Olli hatte sie die ganze Zeit bang beobachtet. Sie nickte ihm unauffällig zu. Er verstand sofort und lächelte.

Vor ihnen hatte ein Gospelchor aus England seine öffentliche Probe – Wahnsinnssänger, die sofort voll loslegten. Alle, die im Zuschauerraum herumwuselten, blieben stehen und klatschten spontan mit. Besser ging es wirklich nicht. Man musste zugeben, das war eine ganz andere Liga.

Als Nächstes waren sie dran. Fürs Einsingen blieb keine Zeit mehr, sie mussten gleich loslegen. Der gesamte Klützer Chor fühlte sich auf der riesigen Bühne vollkommen verloren, die Scheinwerfer blendeten. Jasper verspielte sich das erste Mal, seit er sie begleitete. Nichts funktionierte. Peinlich. So würden sie sich später beim Konzert bis auf die Knochen blamieren.

32.

Als sie gegen drei ins Hotel fuhren, wurde es schon wieder dunkel. Es war ein zweckmäßiges Mittelklassehaus, nüchtern und modern. Britta nutzte die Zeit bis zum Auftritt für einen kurzen Spaziergang am nahegelegenen Tammerkoski-Fluss. Sie folgte dem beleuchteten Pfad am Ufer, der vorbei an Industriegebäuden und Wohnhäusern führte. Die Flussränder waren mit einer dünnen Eisschicht bedeckt, auf der Schnee lag. Langsam wurde sie ruhiger.

Ihre Gelassenheit verließ sie jedoch schlagartig, als sie zurück ins Hotel kam. Alle hatten bereits ihre Chorkostüme angezogen und wuselten nervös in der Lobby herum. Dass sie sich vorher umzogen, war so abgesprochen gewesen, denn Umziehen hinter der Bühne wäre angesichts der vielen Chöre nicht zu organisieren gewesen. Olli, Harry, Rainer und Jasper sahen in ihren dunklen Anzügen sehr elegant aus. Jaspers Gesicht wirkte erstaunlich angespannt, so hatte sie ihn noch nie gesehen. Hatte ihn das Lampenfieber gepackt – oder hatte er Angst, sich mit dem Klützer Dorfchor zu blamieren?

Britta stellte sich neben Sarah und schaute in die Runde. Optisch war ihr Chor auf jeden Fall etwas Besonderes.

«Sarah, du kannst mächtig stolz auf deine Kostüme sein», sagte sie.

Sarahs Augen strahlten. Sie hatte die Cocktails an Bord der Fähre erstaunlich gut weggesteckt. Nun eilte Britta auf ihr Zimmer und zog sich ebenfalls um, dann marschierten sie zusammen hinüber zum *Tampere-talo*.

Sie warteten auf dem kahlen Flur vor der viel zu engen Garderobe. Der Zuschauersaal war bereits bis auf den letzten Platz besetzt. Das Publikum kam aus ganz Finnland, wie man ihnen erklärte, es gab sogar einen Sonderzug aus Helsinki. Wenn sich ein Chor drinnen fertig machte, waren die Räume dort überfüllt.

«Ihr müsst um viertel vor sechs rein», sagte der Veranstalter. «Um sieben Uhr seid ihr dann dran.»

Es verzögerte sich dann aber alles, weil es Zugaben gab und die Ansagen länger dauerten als gedacht. Schließlich kamen sie um halb acht in die Garderobe. Sie standen dicht zusammengedrängt wie in einem Hühnerstall. Niemand lachte oder scherzte, nicht einmal Rainer wagte noch einen dummen Spruch. Die Nerven lagen blank. Britta sang ganz leise «Wir sind der Chor», und die anderen stiegen vorsichtig ein. Danach fühlten sie sich etwas besser und sangen sich im engen Raum weiter ein. Jasper und sie standen auf Tuchfühlung nebeneinander, das beruhigte Britta.

Im Saal wurde gerade eine Predigt auf Finnisch gehalten, der Text über die Liebe, aus 1. Korinther 13, so viel hatte Britta mitbekommen. Diese Bibelstelle hatte sie im Religionsunterricht in der Schule auswendig lernen müssen, sie erinnerte sich bruchstückhaft: «Wenn ich in den Sprachen der Menschen und Engel redete, hätte aber die Liebe nicht, wäre ich dröhnendes Erz oder eine lärmende Pauke ... Für jetzt bleiben Glaube, Hoffnung, Liebe, diese drei; doch am größten unter ihnen ist die Liebe.»

Es folgte der phantastische Chor aus England, der das Publikum mit christlichen Liedern rockte. Britta linste durch ein kleines Loch im Seitenvorhang. Die Leute im Saal riefen «Halleluja», sprangen auf und rissen die Arme hoch – von nordischer Zurückhaltung keine Spur. Britta hatte erfahren, dass die Sänger und Zuhörer Mitglieder in verschiedenen Freikirchen waren. Was das hieß? Sie hatte keine Ahnung. Das mit der Liebe war schon okay, aber weder waren sie ein christlicher Chor, noch reichten sie musikalisch an das Niveau der anderen heran. Unter ihren Klützer Sängerinnen und Sängern gab es Katholiken, Protestanten, Atheisten, einige lehnten die Kirche grundsätzlich ab – wenn das die Leute hier wüssten! Es blieb keine Zeit, darüber nachzudenken, denn jetzt kam das Zeichen von einem Bühnenarbeiter: «Go-go-go!»

Gemeinsam betraten sie die Bühne. Brittas Kopf fühlte sich taub an, als stünde sie unter Narkose. Sie stellte sich vor ihre Leute, hob die Arme und schaute allen nacheinander kurz in die Augen: Gerda, Ludmilla, Annika, Jenny, Sarah, Regina, Julika, Wendy, Harry, Olli, Rainer und Jasper.

Beim Anfangslied «Don't Worry Be Happy» kamen ihre Stimmen leider nicht optimal zusammen, der Alt verschleppte das Tempo und hinkte immer etwas hinterher.

Jasper rettete das Chaos mit einem spontanen Solo, das so brillant klang, als sei es geplant gewesen. Es gab freundlichen Applaus, immerhin. Wahrscheinlich mehr aus Mitleid oder Nächstenliebe, befürchtete Britta. Plötzlich trat Julika an das Mikrophon, das seitlich am Bühnenrand aufgebaut war.

«Gott mit euch!», rief sie auf Englisch. «Ich bin die Klützer Pastorin von St. Marien.» War das ihre Rettung? Dass sie nicht der Kirchenchor von St. Marien waren, wusste hier ja niemand, und es spielte auch keine Rolle.

«Wir würden gerne jemanden grüßen», fuhr sie fort. «Unsere Mitsängerin Sybille hat unseren Chor gegründet. Sie wäre heute gerne hier, aber sie ist leider krank geworden.»

Britta wählte Tommasos Nummer in Boltenhagen. Dann trat sie mit eingeschaltetem Smartphone neben Julika und hielt es mit der eingebauten Kamera Richtung Publikum.

«Hallo, Sybille?», rief sie. «Siehst du alles?»

Die Leute klatschten spontan, um Sybille zu begrüßen.

«Wir nehmen das hier auf und senden es live in ihr Zimmer in der Rehaklinik», erklärte Julika. «Wie wäre es, wenn wir alle zusammen ein Lied für Sybille singen? Sie braucht gerade sehr viel Mut und Kraft, beides können wir ihr schenken. Ich schlage vor: ‹La mer›? Das ist ihr Lieblingslied.»

Beifall brandete auf.

«Wenn ihr es nicht kennt, summt einfach mit.»

Dann sagte Britta auf Deutsch gleichzeitig ins Mikro und ins Smartphone: «Sybille, hier in Tampere denken gerade alle an dich!»

Jasper spielte ein kleines Vorspiel, Britta gab den Einsatz fürs Publikum. Es war ergreifend: Alle Menschen im Saal erhoben sich von ihren Plätzen. Erstaunlich viele kannten das Lied und sangen es in ihrer jeweiligen Sprache.

Als der letzte Ton verklungen war, rief Britta tiefgerührt: «Danke.»

Sie hielt das Handy ans Mikro.

«Kiitos! Danke!», schluchzte Sybille aus dem Hörer.

Britta schluckte, sie hatte ihre Großtante noch nie weinend erlebt. Großer Beifall im Saal. Einige im Publikum zückten ihre Taschentücher, um zu winken, aber auch um sich die feuchten Augen abzutrocknen. Jeder hatte eine Oma wie Sybille und erinnerte sich wohl gerade an sie.

Britta erzählte dem Publikum kurz von den Mittwochproben in Klütz, von ihrem Märchenschloss und von dem Zusammenhalt, wenn man nahe am Meer wohnt. Dann sangen sie «Wir sind der Chor».

Auch wenn es kein ernstes Lied war, bekam es nun eine Tiefe, die alle mitriss. Es klang vielleicht nicht ganz so perfekt wie bei den anderen, dafür kam es von Herzen, das spürte jeder im Saal.

Am Ende gab es stehende Ovationen.

33.

Von der Rückfahrt im Bus bekam Britta kaum etwas mit. Sie saß neben Sarah und schlief, auch später, als sie in Helsinki auf die Fähre nach Travemünde warteten.

Nach dem Auftritt hatte sie die halbe Nacht mit den Mitgliedern der anderen Chöre im Kongresszentrum verbracht. Sie verstanden sich prächtig. Einige Gruppen hatten bei der Nachfeier spontan zusammen gesungen, nicht nur geistliches Liedgut, sondern auch Popsongs und Kinderlieder. Bei Themen wie Kirche und Glauben mogelten sich die Klützer irgendwie durch, was bestens klappte. Von Jasper hatte Britta kaum etwas gesehen, er war von Klassik-Fans aus Helsinki erkannt worden, die ihn sofort in Beschlag nahmen. Britta war überall und nirgends dabei gewesen. Sie war überglücklich und erleichtert, dass alles dermaßen gut geklappt hatte! Aber was das Wichtigste war: Es würde in Klütz mit dem Chor weitergehen, das stand nach ihrem Auftritt fest.

Trotzdem würde sie wohl erst mal in ein Loch fallen. Sie hatte praktisch nur auf Tampere und den Fortbestand des Chores hingelebt und ihre gesamte Energie dafür eingesetzt. Jetzt musste sie wieder in den Alltag zurückfinden, das würde dauern.

Auf der Nachtfähre blieb sie in ihrer Kabine, allerdings nicht freiwillig. Sie hatte in der ganzen Aufregung vergessen, ihre Reisetabletten zu nehmen, und die Seekrankheit hatte sie voll erwischt. In ihrem Kopf drehte sich alles und hörte gar nicht mehr auf, dazu kam ein nie gekannter Druck auf Magen und Kopf. Sie hätte alles getan, um von Bord zu kommen, aber das war auf hoher See ja nicht möglich. Allein dieser Gedanke machte sie wahnsinnig! Erst als sie am nächsten Morgen in Travemünde einliefen, hörte es auf.

Sie fuhren im Robur-Bus von Bord. Hier verabschiedete Jasper sich von ihnen. Britta und er trennten sich wortlos mit einer kurzen Umarmung. Sein alter Mercedes parkte am Kai, er stieg ein und fuhr zu sich nach Hause in die Lübecker Altstadt. Dann startete Frank den Diesel, um sie nach Klütz zu bringen.

Auf der Rückreise durch den Klützer Winkel fühlte Britta sich wieder besser, ihre Seekrankheit war endgültig ausgestanden. Bald war die Bischofsmütze der St.-Marien-Kirche in Sicht, dann erreichten sie den Klützer Marktplatz, auf dem schon Reginas Mann und einige andere warteten. Der Himmel war grau, wahrscheinlich würde es heute noch regnen. Zum Abschied umarmten sich alle, müde, aber glücklich. Sie hatten ihr Ziel erreicht!

Britta nahm ihre Tasche und trottete nach Hause. Als sie in ihre Straße einbog, sah sie, dass das Tagesgericht im Frät Kraug laut Tafel heute Wiener Schnitzel mit Pommes oder wahlweise Hühnerfrikassee mit Reis war. Willkommen zu Hause.

Sie fragte sich, was sie heute noch machen würde. Wohl vor allem viel schlafen, das war in der letzten Nacht eindeutig zu kurz gekommen. Sie fühlte sich leer und ausgepowert. Und es würde niemand da sein, der diese Leere auffangen konnte.

Aber dann erkannte sie, dass alles total anders werden würde als gedacht. Sie wusste noch nicht, wie und warum, aber es gab keinen Zweifel. Vor ihrem Haus parkte ein alter, grüner Mercedes. Und an der Hauswand neben ihrer Wohnungstür lehnte Jasper. Hatte er etwas vergessen? Mit einem flauen Gefühl im Bauch ging sie auf ihn zu.

«Ich bin eine Abkürzung gefahren», murmelte er.

Als wenn das wichtig war.

Sie stellte ihre Tasche neben sich ab und schaute ihm in die Augen.

Dann küssten sie sich.

Einfach so.

Endlich.

34.

Das Winterland hatte sich Mitte Februar vom Norden bis nach Klütz ausgebreitet, die Stadt lag unter einer dicken Schneeschicht. Die Kinder rodelten den ganzen Tag auf einem der vielen Hügel und veranstalteten wilde Schneeballschlachten.

Britta stand in ihrem schlichten cremefarbenen Kleid vor dem Spiegel in ihrem Wohnzimmer. Durch den reflektierenden Schnee waren die Räume noch heller als sonst. Immer wieder musste sie daran denken, wie es nach der Reise vor ihrem Haus weitergegangen war: Es war der schönste Film ihres Lebens. Irgendwann hatte sie ihren Schlüssel aus der Jacke gezogen und die Haustür geöffnet. Jasper hatte galant ihre Tasche genommen und war mit ihr hineingegangen. Dort waren alle Schleusen gebrochen.

Sie selbst hätte sich nicht getraut, einen Schritt auf ihn zuzumachen. Wie gerne hätte sie mal seine Hand berührt oder seine Wange. Sie hatte es für aussichtslos gehalten.

Schon im Flur und im Treppenhaus rissen sie sich die Kleidung vom Körper und stürzten dann aufs Bett. Dort wurden sie wieder ganz leise und vorsichtig. Um sich daraufhin so wild zu lieben, dass ihr schwindelig wurde. Sie wollten sich nicht mehr loslassen und lagen die ganze Zeit eng beieinander. Als es draußen dunkel wurde, zündete sie eine große Kerze an. Sie konnte immer noch nicht fassen, dass Jasper bei ihr lag – Jasper!

«Am Kai in Lübeck habe ich gedacht, ich sterbe, wenn ich es dir nicht endlich sage», flüsterte er.

«Ich habe mich ja auch nicht getraut.»

«Dabei war ich die ganze Zeit so verliebt», bekannte er. «Ich habe gedacht, wenn ich eine Abfuhr bekomme, überlebe ich das nicht.»

«Ging mir genauso.»

«Stell dir vor, es wäre so weitergegangen.»

«Undenkbar.»

Dann liebten sie sich erneut.

Jasper kam ins Schlafzimmer, er trug einen Smoking und ein weißes Hemd und sah umwerfend aus.

«Das Kleid ist ein Traum», sagte er und umfasste von hinten ihre Hüften. Sie küssten sich, dann schaute sie auf die Uhr.

«Wir müssen», sagte sie.

«Schade eigentlich.» Er zog sie an sich und küsste sie heftiger. «Wollen wir den Termin nicht verschieben?»

Sie lächelte. «Eigentlich bin ich gar kein besonderer Fan von diesen Veranstaltungen.»

«Ich auch nicht. Aber mit dir ist das etwas anderes.»

Dieser Mann veränderte einiges in ihrem Leben.

Einiges?

Das war stark untertrieben: alles!

Eine Woche nachdem sie zusammengekommen waren,

zog Jasper bei ihr ein. Normalerweise war sie mit so etwas nicht so schnell, aber ihr Gefühl war klar. Bei ihm war sie sich sicher. Ihr kleines Haus war gerade groß genug für sie beide, nur Jaspers Konzertflügel passte nicht hinein, oder man hätte sich im Wohnzimmer nicht mehr bewegen können. Auch dafür gab es eine Lösung: Jasper mietete zum Üben einen Raum in der ehemaligen Schmiede gleich nebenan. Seit Semesterbeginn fuhr er von Klütz aus zur Musikhochschule in Lübeck. Ein Gesangsprofessor und eine Musikpädagogin wohnten in der Nähe, die drei wechselten sich mit dem Fahren ab. Alles fühlte sich gut an.

Draußen pfiff der Wind um die Ecken und wirbelte den Schnee bis zum Dach auf. Zum Standesamt kamen nur Trauzeugen, Eltern und Julika mit – die kleine Anna war natürlich auch dabei. Brittas Mutter aus Unna freute sich riesig über die Hochzeit ihrer einzigen Tochter, Jaspers Eltern aus Gelsenkirchen, die beide sehr sympathisch waren, ebenfalls. Sie hatten sich tatsächlich alle zusammen Weihnachten im Ruhrpott getroffen, es war eine sehr lustige Party gewesen.

Jaspers Trauzeuge war – große Überraschung! – sein und Brittas Mentor Professor Abbantino. Brittas Trauzeugin war Sybille, die sich schon wieder ohne Rollstuhl bewegte, wenn auch etwas langsamer als vorher. Sie behauptete, sie habe von Anfang an gewusst, dass aus ihr und Jasper ein Paar würde. Erst hatte sie sich geweigert, Trauzeugin zu werden: «Ich kann das nur noch ein oder zwei Jahre bezeugen, dann bin ich tot, also was soll das?» Aber Britta ließ nicht locker, und schließlich hatte sie zugestimmt.

Abbantino wartete mit den anderen vor dem Rathaus. Er trug einen langen schwarzen Wintermantel und küsste sie auf beide Wangen. «Ich bin glücklich, Sie wiederzusehen, Britta, auch wenn Sie einen anderen heiraten – was allen Männern in diesem Land die Hoffnung nimmt. Sagen wir du zueinander?»

«Gerne.»

Der Klützer Bürgermeister bestand darauf, sie höchstpersönlich zu trauen, schon weil er Britta gut kannte: Es war ihr Chef Manne Schmidt aus dem Ostseehotel Bernstein. Der mittelgroße, bullige Mann mit dem kurzgeschorenen Haarkranz um die Glatze trug einen schlecht sitzenden schwarzen Anzug und dazu einen silberfarbenen Schlips. Er hielt eine kurze Rede über Traditionen im Klützer Winkel, die wechselvolle Geschichte des Landstrichs und kam dann auf sie beide zu sprechen. Wie sehr er sich persönlich für sie freue. Britta wusste ja, dass er kein großer Redner war, aber sie spürte deutlich, wie herzlich es von ihm gemeint war.

Das Wichtigste dauerte nicht mal eine Minute, und es wurde in würdevollem und feierlichem Ton verkündet:

«Willst du, Britta Fürstenberg, den hier anwesenden Jasper Maximilian Blüthgen zu deinem Ehemann nehmen?»

Sie schluckte. Jasper nahm ihre Hand und schaute sie an.

«Ja.»

«Willst du, Jasper Maximilian Blüthgen, die hier anwesende Britta Fürstenberg ...»

«Ja», unterbrach Jasper etwas zu früh.

«Dann erkläre ich euch hiermit zu Mann und Frau. Herzlichen Glückwunsch!»

Sie küssten sich.

Brittas Mutter und auch Jaspers Eltern verdrückten eine Träne.

Der Robur-Bus wartete mit laufendem Motor vor dem Rathaus. Frank hatte sich in einen Smoking geworfen und hielt die Tür zum gut vorgeheizten Innenraum auf. Britta kletterte zusammen mit Jasper und den Trauzeugen hinein. Dann kutschierte Frank sie durch das verschneite Klütz zum Schloss, wo sie im Festsaal feiern wollten. Die Fahrt erinnerte Britta ein kleines bisschen an ihre Chorreise nach Finnland, auf der sie in genau diesem Bus nebeneinandergesessen und in den Schnee geblickt hatten.

Doch ausgerechnet an ihrem Hochzeitstag schien alles schiefzugehen. «Die Gäste sind im Schneesturm steckengeblieben», erklärte Frank mit Bedauern in der Miene. «Keine Chance, die Straßen im Landkreis sind alle gesperrt.»

«Sag, dass das nicht wahr ist!», rief Britta entsetzt.

Er schüttelte den Kopf. «Tut mir echt leid für euch.»

«Ausgerechnet heute! Und das Buffet?»

Rainer hatte sich bei der Planung mal wieder selbst übertroffen.

Frank zuckte frustriert die Achseln. «Was willst du machen? Das ist höhere Gewalt.»

Die beiden stiegen vor dem Schloss aus, Abbantino bot Sybille den Arm, und sie schritten auf den verschneiten Vorplatz. Der Wind wehte den Schnee fast bis zum ersten Stock.

«Eine Hochzeit ohne Gäste», murmelte Britta bekümmert.

«Traurig», fand Jasper.

«Ich werde dich trotzdem immer lieben.»

«Ich dich auch.»

In diesem Moment wurden die Fenster des Festsaals im ersten Stock aufgerissen, und es erschienen sämtliche Gesichter des Chores, die so laut sangen, wie sie nur konnten: «Let the Sunshine in». Ihre Stimmen füllten den gesamten Vorplatz des Schlosses bis hin zur Festonallee. Sie jubilierten so mitreißend, dass den Engeln im Himmel die Ohren klingen mussten.

Britta drückte Jaspers Hand, so fest sie konnte, um nicht vor Rührung zu weinen. Doch es war längst zu spät, die Tränen schossen ihr bereits kreuz und quer übers Gesicht, während sie tapfer und glücklich gegenanlächelte.

Im Festsaal spielte dann das Studenten-Orchester unter der Leitung von Claudio Abbantino, sogar Klarinettistin Asuka war dabei. In all den Jahrhunderten, die das Schloss Bothmer existierte, hatte es wohl keine so ausgelassene, fröhliche Feier gegeben, die erst im Morgengrauen langsam ausklingen sollte.

Danke

- An meine Mutter Esther Nebe, die mein Musikstudium unter großen persönlichen Einschränkungen immer finanziell unterstützt hat
- An meine Onkel Siegfried und Horst und meine Großväter, die alle Chorleiter waren und Gesang in mein Leben gebracht haben. Besonderer Dank an meinen Großvater Gerhard Blüthgen, der meine Klavierstunden bezahlt hat, was meine Eltern nicht gekonnt hätten
- An alle meine Klavierlehrer
- An Prof. Fred Ritzel, Prof. Nils Knolle und Dr. h.c. Gertrud Meyer-Denkmann, die mir unendlich viel über Musik beigebracht und mich intensiv gefördert haben
- An Susanne Pröbsting, Pressesprecherin der Lübecker Musikhochschule, die mich klug, kompetent und charmant in die Geheimnisse der Lübecker Musikhochschule eingeweiht hat
- An den Hamburger Hafencity-Chor für eure freundliche Unterstützung und die Mittwochabende
- An Dr. Anja-Franziska Scharsich vom Literaturhaus Klütz, u.a. für ihr tolles Buch über Uwe Johnson in Mecklenburg
- An meinen Agenten und Komplizen Dirk Meynecke, der mich wieder heldenhaft unterstützt hat, und das als bekennender Nichtsänger!

- An das tolle Rowohlt-Team: Katharina Schlott, Sünje Redies, Katharina Dornhöfer und Marcus Gärtner sowie Anne-Claire Kühne und Lisa-Marie Paesicke
- Last but not least an meine hochgeschätzten Autorenkolleginnen Gabriella Engelmann, Corinna Hessel sowie an Hendrik Berg und Frank Hemjeoltmanns

Quellennachweise

S. 216: Rainer Maria Rilke, «Herbsttag», in: Das Buch der Bilder (1), Berlin 1906.

S. 231 ff: «La mer», Musik/Text: Charles Trenet, deutscher Text: Hans Fritz Beckmann.

S. 259: Friedrich Wilhelm Güll, «Will sehen, was ich weiß, vom Büblein auf dem Eis», in: Georg Paysen Petersen (Hg.), Mütterchen, erzähl uns was! Erzählungen, Gedichte, Lieder, Spiele, Rätsel und Sprüche für Kinderstube und Kindergarten, Hamburg 1894.

S. 261 ff: «Theme from New York, New York», Musik: John Kander, Text: Fred Ebb.